KB131373

문학은 공유지입니다

문학은 공유지입니다

버지니아 울프 산문선 2

버지니아 울프 지음

최애리 옮김

VIRGINIA
WOOLF

SELECTED ESSAYS
by VIRGINIA WOOLF

일러두기

1. 본서에 수록된 울프 에세이들의 번역 저본은 대체로 아래 판본들을 토대로 했으며, 본문 중엔 *Essays I~Essays VI*라고만 표기했다. 아래 저본의 글이 아닐 경우엔 따로 판본을 밝혀 두었다.

   The Essays of Virginia Woolf, Vol. 1: 1904-1912, edited by Andrew McNeillie(New York: Harcourt Brace Jovanovich, 1989)

   The Essays of Virginia Woolf, Vol. 2: 1912-1918, edited by Andrew McNeillie(New York: Harcourt Brace Jovanovich, 1989)

   The Essays of Virginia Woolf, Vol. 3: 1919-1924, edited by Andrew McNeillie(New York: Harcourt Brace Jovanovich, 1989)

   The Essays of Virginia Woolf, Vol. 4: 1925-1928, edited by Andrew McNeillie(New York: Harcourt, 2008)

   The Essays of Virginia Woolf, Vol. 5: 1929-1932, edited by Stuart N. Clarke(New York: Houghton Mifflin Harcourt, 2010)

   The Essays of Virginia Woolf, Vol. 6: 1933-1941, edited by Stuart N. Clarke(London: Hogarth Press, 2011)

2. 외래어 표기는 기본적으로 국립국어원의 외래어 표기 원칙을 따르되, 경우에 따라 따르지 않은 것들도 있다.

버지니아 울프 산문선을 엮어 내며

　버지니아 울프는 그녀를 유명하게 한 9편의 소설과『자기만의 방*Room of One's Own*』(1929),『3기니*Three Guineas*』(1938) 같은 긴 에세이 외에도 단편소설, 전기, 회고, 서평, 기타 에세이들을 많이 썼고, 다년간의 일기와 편지를 남겼다. 그녀의 사후에 남편 레너드 울프는 그녀가 평소 원했던 대로 일기 가운데 창작과 관련된 부분을 발췌하여『어느 작가의 일기*A Writer's Diary*』(1953)로 엮었고, 그 후 수차에 걸쳐 에세이 선집을 펴냈다. 이런 노력은 레너드의 사후 본격화되어, 자전적인 글들을 모은『존재의 순간들*Moments of Being*』(1976),『서한집*The Letters of Virginia Woolf*』(전6권, 1975～1984),『일기*The Diary of Virginia Woolf*』(전5권, 1977～1984), 초년 일기인『열정적인 도제*Passionate Apprentice*』(1990) 등이 간행되었고, 1986년부터는『에세이

전집*The Essays of Virginia Woolf*』이 발간되기 시작해 2011년 전6권으로 완성되었다. 이『에세이 전집』에는 ― 『자기만의 방』과『3기니』, 그리고『존재의 순간들』을 제외하고 ― 여러 지면에 발표했던 글들이 연대순으로 정리되어 있다.

울프는 잡지에 서평을 기고하면서 작가로서 출발했으며, 소설가로 성공한 후에도 〈일로서의 글쓰기와 예술로서의 글쓰기〉를 병행하여 전자의 글쓰기에 〈백만 단어 이상〉을 쏟아부었다. 레너드에 따르면, 울프의 생전에는 소설보다도 에세이가 더 폭넓게 읽혔다고 한다. 하지만 그녀의 사후에는 소설이 부각되고 에세이는 비교적 뒷전으로 밀려나 있었으니,『에세이 전집』이 완간되는 데 사반세기나 걸린 것도 그런 사정과 무관하지 않을 것이다. 그런데 통틀어 〈에세이〉라고는 해도 사실상 다양한 종류의 글이 포함된다.『에세이 전집』에 실린 5백 편가량의 에세이 중에는 울프 생전에『보통독자*The Common Reader*』1, 2권(1925, 1932)으로 펴냈던 글들을 위시하여, 이제는 잊힌 신간 도서들에 대한 서평도 있고, 개별 도서에 대한 서평으로 쓰였지만 작가론이나 문학원론에 좀 더 가까운 글, 문학 외의 예술에 대한 글, 강연이나 대담 원고, 스케치나 리포트, 시사 및 정치 문제에 대한 발언, 여행기나 개인적 에세이, 전기문도 있다. 울프가 문학과 인생과 세계에 대한 시각을 표출하는 언로가 되었던 이런 글들은 그 방대함으로 인해 〈선집〉으로 발간되는 것이 보통이다.

울프의 사후에 레너드는 그 방대한 문건들 가운데서 『보통 독자』에 필적할 만한 글 1백여 편을 골라 『나방의 죽음 외 *The Death of the Moth and Other Essays*』(1942), 『순간 외 *The Moment and Other Essays*』(1947), 『대령의 임종자리 외 *The Captain's Death Bed and Other Essays*』(1950), 『화강암과 무지개 *Granite and Rainbow: Essays*』(1958)라는 4권의 에세이 선집을 펴냈는데, 모두 『보통 독자』의 형식을 그대로 이어받아 울프의 다양한 면모를 보여 줄 수 있도록 여러 갈래의 글을 구색 맞춰 엮은 책들이다. 그 후 『보통 독자』 1, 2권의 글을 보태어 다시 엮은 4권짜리 『에세이 선집 *Collected Essays*』(1966~1967)에서는 어느 정도 분류를 시도한 듯하나, 아주 말끔히 정리하지는 못한 듯 뒤로 가면서 여러 갈래의 글이 섞여 있는 것을 볼 수 있다.

울프의 에세이들은 좀 더 작은 선집들로 거듭 간행되었는데, 영미권은 물론 기타 언어권에서 발간된 에세이 선집들 역시 다양한 글을 한데 엮는 방식을 택하고 있다. 여러 방면의 글을 한자리에서 읽을 수 있다는 것은 장점이지만, 이런 선집들로는 울프 에세이를 전체적으로 파악하는 데 한계가 있다. 간혹 주제를 정해 엮은 선집들이 있기는 하나 여성, 글쓰기, 여행, 런던 산책 등 특정 주제에 국한한 것들이라 역시 전체적인 시각을 얻기 어렵다.

열린책들에서 내는 이 『버지니아 울프 산문선』에는 『에세이 전집』(1986~2011)으로부터 해외의 여러 선집에 자주 실리는 글을 위주로 총 60편을 골라 싣되, 크게 몇 갈래로 분류해 보았다. 즉, 전4권으로 편성하여, 여성 문학론 내지 페미니즘 관련 글을 제1권, 개인적 수필 내지 자서전적인 글을 제4권으로 하고, 그 중간에 문학에 관한 글을 싣기로 한 것이다. 제2권에는 좀 더 원론에 가까운 글, 제3권에는 개별 작가론 및 작품론으로 나누어 보았는데, 실제로 항상 그렇게 명쾌한 구별이 가능하지는 않아서 제2권에 실은 글에도 개별 작가들에 언급한 대목이 적지 않고 제3권에 실은 글에서도 원론적인 생각들을 찾아볼 수 있다. 그 밖에 문학 외의 예술에 관한 글, 시사적인 글을 한 편씩 제3권과 제4권에 포함시켜 울프 에세이의 대강을 파악할 수 있도록 재구성해 보았다. 각 분류 안에서 울프의 생각이 발전해 가는 것을 보여 줄 수 있는 최소한의 글들을 엮었는데도 적지 않은 분량이 되었다. 이런 여러 면모를 통해 버지니아 울프를 여성으로서, 작가로서, 인간으로서 이해하는 새로운 시야가 열리게 되면 좋겠다.

2022년 5월
최애리

차례

서재에서 보낸 시간[1]

먼저 한 가지 선입견부터 없애기로 하자. 책 읽기를 좋아하는 사람은 곧 지식을 사랑하는 사람이라는 낡은 등식 말이다. 그 둘 사이에는 아무 연관도 없다. 박학자란 죽치고 앉아 책에 몰두해 있는 외로운 열정가로, 그는 책들을 뒤져 가며 자신이 추구하는 특정한 진리의 알갱이를 찾아 헤맨다. 만일 그가 독서의 열정에 사로잡힌다면, 그의 이득은 줄어들고 손가락 사이로 새어 나갈 것이다. 반면 독서가는 처음부터 지식에 대한 욕망을 자제한다. 만일 지식이 남는다면 잘된 일이지만, 지식을 추구하여 체계적인 독서를 하고 전문가나 권위자가 되려 하는 것은 순수하고 사심 없는 독서에 대한 좀

---

1 1916년 11월 30일 『타임스 리터러리 서플러먼트*Times Literary Supplement*』에 게재("Hours in a Library", *Essays II*, pp. 55~66). 〈서재에서 보낸 시간〉이란 울프의 아버지 레슬리 스티븐Leslie Stephen(1832~1904)의 평론집 제목으로, 울프는 평생 이 책을 독서의 길잡이로 삼았다고 말한 바 있다.

더 인간적인 정열이라 생각해도 좋을 무엇을 죽여 버리기 십 상이다.

그럼에도 불구하고, 우리는 책방 샌님에게 어울릴 이미지를 쉽게 떠올리며 미소할 수 있다. 실내용 가운 차림으로 사색에 빠져 있는 창백하고 비쩍 마른 이, 난로에서 주전자를 들어 올릴 힘도 없고 여자에게 말을 걸려면 얼굴이 빨개지는 이, 중고 서적상들의 도서 목록에는 빠삭하면서도 시사 뉴스에는 무지한 이, 날빛이 환한 시간에도 어두컴컴한 자기 골방에 틀어박혀 지내는 이 — 그는 괴팍한 단순성 가운데서도 나름 유쾌한 인물이지만, 이제 곧 살펴보려는 이와는 전혀 비슷한 데가 없다. 왜냐하면 진짜 독서가는 본질상 젊기 때문이다. 그는 호기심이 강하고 아이디어가 풍부하며 사람들과 잘 소통하는 열린 마음의 소유자이다. 그에게 독서란 세상 풍파에서 격리된 서재보다는 야외에서 하는 활기찬 운동과도 같다. 그는 큰길을 씩씩하게 걸어가며, 높이 더 높이 올라가 숨 쉬기 힘들 정도로 공기가 희박한 정상에 오른다. 그에게 독서란 전혀 죽치고 앉아서 하는 일이 아니다.

일반론까지는 아니더라도 수많은 사례들로 보아 독서에 가장 좋은 시기가 열여덟 살에서 스물네 살까지임을 증명하기는 어렵지 않다. 그 무렵에 읽는 책들의 목록은 좀 더 나이든 사람들을 한숨짓게 한다. 문제는 얼마나 많이 읽었느냐보다 어떤 책을 읽었느냐 하는 것이다. 기억을 새롭게 하고 싶다면, 우리 모두 어느 때인가 열정적인 마음으로 쓰기 시작했던 해묵은 공책 중 한 권을 펼쳐 보자. 사실 공책의 대부분은 비어 있지만, 그래도 처음 몇 페이지는 놀랄 만큼 깔끔한 글씨로 채워진 것을 보게 된다. 우리가 생각하는 위대한 작가들의 순위를 적어 둔 페이지도 있고, 고전 작품에서 근사한 대목들을 베껴 둔 페이지도 있다. 읽어야 할 책들의 목록도 있고, 특히 흥미로운 것은 젊은 허영심에서 붉은 잉크로 표시해 둔, 실제로 읽은 책들의 목록이다. 지난 1월 스무 살이 된 누군가가 읽은 책들의 목록을 인용해 보기로 하자. 대부분이 아마도 처음 읽은 책들일 터이다. 1. 로다 플레밍, 2. 새그팻의 면도, 3. 톰 존스, 4. 라오디케아 사람, 5. 듀이 심리학, 6. 욥기, 7. 웹의 시론, 8. 맬피 공작 부인, 9. 복수자의 비극.[2] 이런 식으로 그는 다달이 적어 나가다가, 그런 목록이으레 그러듯이 6월에서 뚝 그쳐 버린다. 하지만 이 독자의 목록을 살펴보면 그가 사실 독서 외에는 아무것도 하지 않았음이 분명하다. 엘리자베스 시대 문학을 꽤 샅샅이 읽었고, 웹

---

2 『로다 플레밍*Rhoda Fleming*』, 『새그팻의 면도*The Shaving of Shagpat*』는 조지 메러디스George Meredith(1828~1909), 『톰 존스 이야기*The History of Tom Jones*』는 헨리 필딩Henry Fielding(1707~1754), 『라오디케아 사람*A Laodicean*』은 토머스 하디Thomas Hardy(1840~1928), 『심리학*Psychology*』은 존 듀이John Dewey(1859~1952), 『영국 시론*Discourse of Poesie*』은 윌리엄 웹William Webbe(1568~1591경 활동), 『맬피 공작 부인*The Duchess of Malfi*』은 존 웹스터John Webster(1580~1625), 『복수자의 비극*The Revenger's Tragedy*』은 시릴 터너Cyril Tourneur(1575~1626)의 작품이다.

스터, 브라우닝,[3] 셸리, 스펜서,[4] 콩그리브[5]도 상당히 읽었으며, 피콕[6]은 처음부터 끝까지, 제인 오스틴[7]의 소설들은 대개 두세 번씩 읽었다. 메러디스를 전부, 입센[8]을 전부, 그리고 버나드 쇼[9]도 조금 읽었다. 그리고 우리가 거의 확신하거니와, 책 읽는 데 쓰지 않은 시간은 그리스인들과 현대인들의 장단점, 로맨스와 사실주의, 라신[10] 대 셰익스피어 등을 논하는 데 쓰였을 것이다. 새벽 여명 속에 불빛들이 희미해질 때까지 말이다.

이 해묵은 목록들을 살펴보면서 우리는 미소하고 또 가벼운 한숨을 짓지만, 이런 마구잡이 독서를 해치우던 때의 기분을 되살릴 수만 있다면 무엇인들 아까우랴 하는 기분도 든다. 다행히 이 독자는 전혀 신동이 아니었으며, 조금만 생각해 보면 우리도 자신이 독서에 입문하던 시절을 떠올릴 수 있다. 어린 시절에 읽던 책들, 금지된 서가에서 슬쩍해 온 책들에는 온 집 안이 잠들어 있을 때 고요한 들판 위로 은밀히 동터 오던 새벽을 흘긋 내다보았을 때의 비현실적인 느낌 내지는 경외감과도 같은 무엇이 있다. 커튼 사이로 내다볼 때

---

3 Robert Browing(1812~1889). 영국 시인.
4 Edmund Spencer(1552~1599). 영국 시인.
5 William Congreve(1670~1729). 영국 극작가.
6 Thomas Love Peacock(1785~1866). 영국 소설가, 시인.
7 Jane Austen(1775~1817). 영국 소설가.
8 Henrik Ibsen(1828~1906). 노르웨이 극작가.
9 George Bernard Shaw(1856~1950). 영국 극작가, 소설가, 비평가.
10 Jean Racine(1639~1699). 프랑스 극작가.

낯설게 다가오던 안개 속의 나무들을 우리는 평생 기억할 것이다. 아이들은 장차 있을 일에 대해 이상한 예감을 갖는 법이니까. 하지만 위의 목록에서 보는 바와 같은, 좀 더 나중의 독서는 전혀 다르다. 아마도 처음으로 모든 제약이 풀어져 읽고 싶은 것은 무엇이든 읽을 수 있고, 아무 도서관이나 드나들 수 있으며, 그리고 무엇보다도 우리와 같은 처지인 친구들이 있다. 며칠이고 연이어 우리는 책만 읽는다. 극도의 흥분과 고양의 시기이다. 도처에서 새로운 영웅들이 나타나는 것만 같다. 우리 마음속에는 자신이 정말로 이 일을 하고 있다는 일종의 경이감이 드는 한편, 일찍이 세상에 살았던 가장 위대한 인간들과 이렇게 친숙해졌다는 것을 으스대고 싶다는 우스꽝스러운 자만심이 일기도 한다. 이 시기는 지식욕이 가장 열렬하고 또 가장 자신만만할 때이며, 위대한 작가들이 인생의 가치에 대해 우리와 견해를 같이하는 것만 같다는 뿌듯함에 한층 더 열렬히 매진하게 된다. 가령 토머스 브라운 경[11] 대신 포프[12]를 영웅으로 삼은 누군가에 맞서 자신의 영웅을 내세울 필요가 있으므로, 우리는 이 사람들에게 깊은 애정을 품으며 그들을 다른 사람들이 아는 것과 같은 방식이 아니라 자기만 사적으로 아는 듯한 기분이 든다. 우리는 그들의 인도하에, 거의 그들이 보는 앞에서 싸우는 것

11 Thomas Browne(1605~1682). 영국 의사, 저술가.
12 Alexander Pope(1688~1744). 영국 시인.

이다. 그리하여 우리는 중고 서점을 드나들며 2절판과 4절판을, 나무 궤짝에 담긴 에우리피데스와 89권짜리 8절판 볼테르를 집으로 끌어들이게 된다.[13]

하지만 이 목록들은 동시대 작가를 거의 싣고 있지 않다는 점에서 특기할 만하다. 이 독자가 메러디스와 하디, 헨리 제임스[14]를 읽기 시작했을 때, 그들은 여전히 살아 있었지만 이미 고전의 반열에 속했다. 칼라일[15]이나 테니슨,[16] 러스킨[17] 등이 자기 시대의 젊은이들에게 영향을 미쳤던 것처럼 그에게 영향을 미친 자기 세대의 작가는 없다. 이는 젊은 날의 아주 독특한 점으로, 널리 인정받는 대작가가 나타나지 않는 한 그는 군소 작가들은 상대하려 하지 않는다. 그들은 바로 그 자신이 살고 있는 세계를 다루고 있는데도 말이다. 그는 차라리 고전으로 돌아가 오로지 제1급의 정신들과 교류하고자 한다. 당분간 그는 모든 인간 활동에서 한발 물러나 멀찍이서 그들을 관조하며 고고하고 엄격한 눈으로 판단한다.

정말이지, 젊음이 지나간다는 징후 중 하나는 우리가 다

---

13 〈나무 궤짝에 담긴 에우리피데스〉는 버지니아 울프의 장서 목록에 없다. 〈89권짜리 8절판 볼테르〉(폴리오판 불역본에는 〈98권짜리 볼테르〉로 옮겨짐)란 정확히 어느 판본을 가리키는지 알 수 없으나(볼테르 전집은 총 72권, 92권 등 여러 판본이 있다), 레너드 울프는 70권짜리 보마르셰판 볼테르 전집을 산 적이 있었다.

14 Henry James(1843~1916). 미국 소설가.

15 Thomas Carlyle(1795~1881). 영국 평론가, 역사가.

16 Alfred Tennyson(1809~1892). 영국 시인.

17 John Ruskin(1819~1900). 영국 평론가.

른 인간 존재들 사이에 자리 잡으면서 그들과의 동지애가 싹트기 시작한다는 것이다. 우리는 가능한 한 높은 표준을 유지하고 있다고 믿고 싶어 하지만, 그러면서도 동시대인들의 작품에 좀 더 흥미를 갖게 되고, 그들의 영감이 부족한 것에 대해서도 변명할 구실을 찾아내며, 그로 인해 한층 그들을 가깝게 느끼게 된다. 그들은 죽은 작가들에 비하면 훨씬 못하지만, 그래도 살아 있는 자들로부터 얻을 것이 더 많다는 주장까지 하게 된다. 우선, 동시대 작가들을 읽는 데는 은밀한 허영심 같은 것이 들어설 여지가 없다. 그들이 불러일으키는 감탄은 지극히 따뜻하고 진실한 것이니, 그들에게 설복되기 위해서는 종종 우리가 명예로 삼던 고상한 편견들을 희생해야 하기 때문이다. 또한 어떤 작품을 좋아하고 싫어하는 자기 나름의 이유를 찾아내야만 하며, 이것은 우리를 한층 더 주의 깊게 만드는 동시에 우리가 정말로 고전 작품들을 읽고 이해했다는 최상의 증거가 된다.

그러므로 아직 펼쳐 보지도 않은, 책등에 찍힌 금박이 선명한 새 책들로 꽉 들어찬 큰 서점에 서보는 것은 헌책방에서 느끼던 흥분 못지않게 즐거운 일이다. 어쩌면 그렇게까지 고양되는 기분은 아닐지도 모르지만 말이다. 하지만 불멸의 작가들이 생각했던 바를 알고자 하던 해묵은 갈증은 어느새 우리 자신의 세대가 생각하는 것을 알고자 하는 훨씬 더 너그러운 호기심으로 바뀌어 있다. 살아 있는 남자들과 여자들이 어떻게 느끼는지, 어떤 집에 살며 어떤 옷을 입는지, 어떻게 돈을 벌며 무슨 음식을 먹는지, 무엇을 좋아하고 싫어하는지, 주위 세계에서 무엇을 보는지, 그들의 실생활은 어떤 꿈들로 채워지는지 — 그들의 책은 이 모든 것을 이야기해 준다. 그들의 책을 통해 우리는 우리 시대의 정신과 육체 모두에서 볼 수 있는 한 많은 것을 볼 수 있다.

그런 호기심이 우리를 장악해 버리면, 어쩌다 꼭 필요한 경우가 아니면 펼쳐 보지 않는 고전들 위에는 먼지가 금세 두껍게 쌓여 간다. 따지고 보면 산 자들의 목소리야말로 우리가 가장 잘 이해하는 목소리니까. 우리는 그들을 우리와 대등한 자로 대접한다. 그들은 우리의 수수께끼를 짐작할 뿐 아니라, 더욱 중요한 것은 우리 역시 그들의 농담을 이해한다는 것이다. 그리하여 우리는 곧 위대한 작가들이 만족시켜 주지 못하는 또 다른 취향을, 그다지 고급은 아닐지라도 분명 즐거운 취향, 곧 나쁜 책들에 대한 취향을 갖기에 이른다. 이름까지 거명할 만큼 무분별하지는 않지만, 우리는 어떤 작가들이 매년(다행히도 그들은 다작이다) 우리에게 말할 수 없는 즐거움을 주는 소설이나 시집, 에세이집을 내는지 알고 있다. 우리는 사실 나쁜 책들에 큰 신세를 지고 있으니, 그 작가들과 주인공들은 우리의 내면생활에서 큰 비중을 차지하는 인물들로 손꼽히게 된다. 회고록이나 자서전 작가들의 경우에도 비슷한 일이 일어난다. 이들은 우리 시대에 새로운 문학 장르를 만들어 내다시피 했는데, 그들 모두가 주요 인사는 아니지만, 신기하게도 그들 중 주요 인사들, 공작이나 정치가 들만이 진짜로 지루하다. 언젠가 웰링턴 공작을 보았다는 것 말고는 별다른 구실도 없이 자신의 의견과 다툼과 열망과 질병을 늘어놓는 남녀의 무리가 적어도 한동안은 우리의 고독한 산책이나 불면의 밤을 달래 주는 내밀한 드라마의 배우들이 되는 것이다. 우리의 의식에서 이 모든 것을 걸러 낸다면 우리는 정말이지 가난해질 것이다. 그리고 자연이나 역사에 관한 책들이 있다. 꿀벌이나 말벌에 관한 책, 산업과 금광과 여제(女帝)와 외교 책략에 관한 책, 강과 야만인, 노동조합과 의회 제정법에 관한 책을, 우리는 노상 읽고 — 아쉽게도! — 노상 잊어버린다. 이렇듯 서점이 문학과는 아무 관련 없어 보이는 온갖 욕망을 만족시킨다고 말하는 것이 서점에는 별 칭찬이 못 될지도 모르겠다. 하지만 여기에는 진행 중인 문학이 있음을 기억해 두자. 이 새로운 책들에서 우리 아이들은 우리를 영원히 기억되게 해줄 만한 한두 작품을 골라낼 것이다. 여기에 — 우리가 알아볼 수만 있다면 — 우리 시대에 대해 다른 시대들에게 말해 줄 시나 소설, 역사책이 있으니, 우리에게 셰익스피어 시대의 군중이 그의 작품 속에서만 살아 움직이듯이 우리 또한 다음 세대들에게 그러할 것이다.

진정 그러하리라고 우리는 믿는다. 하지만 새로운 책들의 경우 어떤 것이 진짜 책인지, 그것들이 우리에게 무엇을 말하는지, 어떤 것들이 한두 해 뒤에는 폐지(廢紙)가 될 엉터리 책인지 알아내기란 실로 어려운 일이다. 이미 엄청나게 많은 책이 있으며, 요즘은 누구나 책을 쓸 수 있다는 말도 자주 들려온다. 아마도 사실이겠지만, 그래도 그처럼 쏟아져 나오는 말의 홍수와 거품, 이 무절제하고 속되고 하찮은 수다의 한복판에는, 그중 소질 있는 저자만 만나면 장구히 이어질 형태로 표현될 수 있을 어떤 위대한 정념의 열기가 있으리라는 것을 의심할 수 없다. 이 격랑을 지켜보는 것, 우리 시대의 사상 및 비전과 드잡이하는 것, 그중 우리에게 소용될 것을 포착하는 것, 무가치하게 생각되는 것을 없애 버리는 것, 그리고 무엇보다도 어눌할망정 최선을 다해 자신의 생각을 표출하는 이들에게 관대해야 함을 깨닫는 것이 우리의 기쁨이 되어야 한다. 어떤 시대의 문학도 우리 시대 문학처럼 그렇게 비권위적이고, 고전의 지배로부터 자유로우며, 제멋대로 경의를 표하고 변덕스러운 실험을 하지 않았다. 예의 주시하는 이들에게도 우리 시대의 시인들과 소설가들의 작품에는 이렇다 할 유파의 흔적이나 목표가 없는 것처럼 보일지도 모른다. 비관론은 피할 수 없다. 하지만 비관론자들도 우리 문학이 죽었다고 설득하거나, 젊은 작가들이 살아 있는 가장 아름다운 언어로부터 가장 낡은 말들을 끌어모아 새로운 비전을 이루어 나갈 때 얼마나 진실하고 생생한 아름다움이 번득이는가를 보지 못하게 할 수는 없다. 우리는 동시대인들의 작품을 판단하기 위해 고전 읽기로부터 배운 모든 것을 필요로 한다. 왜냐하면 그것들에 생명이 있는 한, 그것들은 어떤 알 수 없는 심연에 그물을 던져 새로운 형태를 낚아챌 터이기 때문이다. 그것들이 우리에게 가져다줄 낯선 선물들을 이해심 있게 받아들이고자 한다면, 우리는 그것들을 따라 상상력을 투척해야만 한다.

하지만 새로운 작가들이 시도하는 바를 이해하기 위해 옛 작가들에 대한 지식이 필요한 것 못지않게, 새로운 책들을 탐사함으로써 더욱 날카로워진 눈으로 옛 작가들을 대할 수 있다는 것도 사실이다. 이제 우리는 새로운 책들이 만들어지는 것을 지켜본 덕분에 옛 작가들의 비밀을 꿰뚫어 보고, 그들의 작품에 파고들어 부분들이 결합되는 것을 파악할 수 있으며, 편견 없는 눈으로 그들이 어떤 일을 했는지, 무엇이 좋은지 나쁜지 판단할 수 있다. 아마도 위대한 작가 중 몇몇은 우리가 생각했던 만큼 훌륭하지 않음을 발견할 수도 있다. 실상 그들은 우리 시대의 몇몇 작가만큼 기량이 뛰어나지도 심오하지도 않다. 하지만 한두 경우에는 그럴지도 모르지만, 또 다른 작가들 앞에서는 기쁨과 뒤섞인 일종의 부끄러움이 우리를 압도한다. 가령 셰익스피어나 밀턴,[18] 토머스 브라운 경을 생각해 보라. 작품을 쓰는 법을 조금 안다 한들 그들 앞

18 John Milton(1608~1674). 영국 시인.

에서는 초라해질 뿐이다. 물론 약간의 지식이 작품을 즐기는 데 도움이 되기는 하지만 말이다. 새로운 느낌을 위한 새로운 형식을 찾아 무수한 말을 체질하며 미답의 길을 걸어온 지금 우리가 그들의 성취에 대해 느끼는 경탄을 젊은 날의 우리가 알기나 했겠는가. 새로운 책들은 더 자극적일 수 있고 어떤 점에서는 옛날 책보다 더 흥미로울 수도 있지만, 『코머스』나 『리시다스』, 『호장론(壺葬論)』, 『안토니우스와 클레오파트라』[19]를 다시 읽을 때처럼 절대적인 기쁨을 주지는 못한다. 예술의 본질에 관한 이론을 제시할 생각은 전혀 없다. 예술에 대해 우리는 원래 아는 이상으로는 결코 더 알지 못할 수도 있고, 경험이 쌓여 가며 알게 되는 것이라고는 단지 우리의 모든 즐거움 중에 위대한 예술가들로부터 얻는 즐거움이 단연 최상의 것이라는 사실뿐이다. 그 이상은 알 수 없다. 하지만 아무 이론도 제시하지 않더라도, 그런 작품들에서는 우리와 동시대에 만들어진 책들에서 발견하기를 기대할 수 없는 특질들을 발견할 수 있다. 세월 그 자체에는 나름대로의 연금술이 있는지도 모른다. 하여간 이것만은 사실이다. 고전들은 아무리 자주 읽어도 그 장점이 전혀 줄어들지 않으며 무의미한 말잔치가 되지도 않는다. 그것들은 완벽하게 완성되어 있다. 그 주위에는 어떤 연상의 구름도 무관한

19 『코머스Comus』, 『리시다스Lycidas』는 존 밀턴, 『호장론Hydriotaphia』은 토머스 브라운, 『안토니우스와 클레오파트라Anthony and Cleopatra』는 셰익스피어의 작품.

생각들을 쑤석이지 않는다. 우리 자신의 가장 중요한 경험의 순간에 그렇듯이 우리의 모든 기능이 그 순간에 집중되며, 그들의 손으로부터 우리 위에 일종의 축성과도 같은 것이 내려온다. 우리는 그것을 더욱 선명히 느끼고 더욱 깊이 이해하며 삶에 돌린다.

책은 어떻게 읽을 것인가?[1]

　우선 나는 이 제목 끝에 붙은 물음표를 강조하고 싶다. 설령 내가 이 질문에 대답할 수 있다 하더라도, 그 대답은 나에게만 적용될 뿐 당신에게는 아닐 것이다. 정말이지 독서에 관해 한 사람이 다른 사람에게 줄 수 있는 유일한 조언은 아무 조언도 따르지 말고 자신의 본능에 따라, 자신의 이성을 사용하여, 자신의 결론에 이르라는 것뿐이다. 만일 우리 사이에 이 점이 양해된다면, 나는 좀 더 자유롭게 몇 가지 생각과 제안을 여러분과 나눠 보겠다. 다시 말해, 그런 생각이나 제안이 당신의 독립성을 구속하는 일이 없어야 한다는 것이다. 독립성이야말로 독자가 가질 수 있는 가장 중요한 자질이니 말이다. 도대체 책에 관한 어떤 법칙을 정할 수 있겠는

　1　울프는 1926년 1월 켄트에 있는 헤이스코트 여학교에서 강연한 내용을 같은 해 10월 『예일 리뷰*Yale Review*』에 발표했고, 이 글을 대폭 수정하여 『보통 독자』 제2권(1932)에 실었다. 여기서도 1932년본을 번역했다("How Should One Read a Book?", *Essays V*, pp. 572~584).

가? 워털루 전투가 일어난 날짜는 변경할 수 없는 사실이지만, 『햄릿*Hamlet*』이 『리어왕*King Lear*』보다 더 나은 작품인지 아닌지는 아무도 말할 수 없다. 그런 질문에 대해서는 각자 대답해야 할 것이다. 제아무리 모피를 두르고 가운을 걸친 권위자라 해도, 그들을 우리 서재에 맞아들여 그들에게 우리가 무엇을 어떻게 읽을지, 우리가 읽는 것에 어떤 가치를 부여할지 말하게 한다는 것은 서재라는 성역의 본령인 자유의 정신을 파괴하는 것이다. 다른 곳들에서는 법과 관습에 얽매일 수도 있겠지만, 서재에서는 아니다.

하지만 자유를 누리려면 — 다소 진부한 말이긴 하지만 — 우리는 물론 자신을 절제할 수 있어야 한다. 자신의 힘을 되는대로 무지하게 낭비해서는 안 된다. 장미 나무 한 그루에 물을 주겠다고 온 집에 물을 뿜어 대는 식은 곤란하다. 우리는 힘을 훈련하여 정확하고 강력하게 목표 지점에 쏟아야 한다. 그 목표 지점이 뭐냐고? 아마 처음에는 뒤죽박죽 혼란밖에 없는 것처럼 보일지도 모른다. 시와 소설, 역사와 회고록, 사전과 정부 간행 보고서, 온갖 시대와 인종과 기질의 남녀가 온갖 언어로 쓴 책들이 서가에서 서로 떠밀고 있다. 그리고 밖에서는 당나귀가 힝힝대고, 여자들은 우물가에서 수다를 떨고, 들판에는 망아지들이 뛰어 돌아다닌다. 대체 어디서부터 시작해야 할까? 이 잡다한 혼란에 어떻게 질서를 부여하고 우리가 읽는 것으로부터 가장 깊고 폭넓은 즐거움을 얻어 낼까?

책에는 분류가 있으니 — 소설, 전기, 시, 하는 식으로 — 그 분류에 따라 각각의 책이 우리에게 마땅히 주어야 할 바를 얻으면 된다고 말하기는 간단하다. 하지만 책에서 그것이 우리에게 줄 수 있는 것을 구하는 사람은 드물다. 흔히 우리는 막연하고 산만한 마음가짐으로 책을 접하며, 소설이 진짜이기를, 시가 거짓이기를, 전기가 아부하기를, 역사가 자신의 편견을 강화해 주기를 요구한다. 책을 읽을 때 그 모든 선입견을 추방해 버릴 수 있다면, 그것만으로도 훌륭한 시작이 될 것이다. 읽고 있는 책의 저자에게 그가 해야 할 말을 불러 주지 말고, 그가 되려고 해보라. 그의 공저자, 공범이 되는 것이다. 처음부터 물러앉아 뒷짐을 지고 비판부터 한다면, 읽고 있는 책으로부터 가능한 최대의 가치를 얻어 낼 수 없다. 하지만 가능한 한 넓게 마음을 연다면, 첫 대목부터 문장들이 미묘하게 꼬이고 휘어지는 데서 거의 알아채지 못할 만큼 세미한 신호와 기미 들이 당신을 다른 어떤 사람과도 다른 한 인간의 면전으로 데려다줄 것이다. 이 일에 숙달되면 저자가 독자에게 주는, 또는 주고자 하는 훨씬 더 확실한 것을 곧 발견하게 될 것이다.

우선 소설을 읽는 법부터 살펴보자. 어떤 소설이 서른두 챕터로 이루어져 있다면, 그 모든 챕터는 무엇인가를 건물처럼 지어 올리고 다스리려는 시도이다. 하지만 말[言]은 벽돌처럼 손에 잡히지 않으므로, 책을 읽는 것은 건물을 보는 것보다 더 오래 걸리고 복잡한 과정이 된다. 아마도 소설가가 하고 있는 일을 이해하는 가장 빠른 방법은 읽는 것이 아니라 직접 써보는 것이다. 말의 위험과 어려움을 가지고 직접 실험을 해보는 것이다. 당신에게 뚜렷한 인상을 남긴 어떤 사건을 되새겨 보라. 길모퉁이에서 두 사람이 이야기하는 장면을 지나쳤다면, 그때 나무가 흔들렸다든가, 전깃불이 춤추었다든가, 대화의 어조가 우스꽝스러우면서도 어딘가 비극적이었다든가 하는 식으로 전체적인 장면을, 그 순간에 담긴 인상 전체를 말이다.

하지만 사건을 말로 재구성하려 해보면, 그것이 수천 가지 모순된 인상들로 부서지고 마는 것을 발견하게 될 것이다. 어떤 것은 억제해야 하고 어떤 것은 강조해야 하며, 그 과정에서 당신은 아마도 그때의 감정 전체를 그려 낼 수는 없다는 것을 알게 될 것이다. 그런 다음 그 뭉개진 원고를 덮어 놓고 어느 위대한 소설가 — 디포,[2] 제인 오스틴, 하디 같은 — 의 책을 펼쳐 보라. 그러면 그들의 거장다운 솜씨를 좀 더 음미할 수 있게 된다. 우리는 다른 사람 — 디포, 제인 오스틴, 하디 같은 — 의 면전에 있을 뿐 아니라 전혀 다른 세계에 살게 된다. 여기, 『로빈슨 크루소』에서, 우리는 따분한

---

2 Daniel Defoe(1660~1731). 영국 소설가. 『로빈슨 크루소*Robinson Crusoe*』의 작가.

큰길을 터벅터벅 걸어가고 있고, 사건들이 연이어 일어난다. 사실과 사실이 순서대로 나열되는 것으로 족하다. 하지만 디포에게는 대자연과 모험이 전부였던 반면, 제인 오스틴에게는 그렇지 않다. 그녀의 세계는 응접실과, 사람들의 이야기와, 이야기가 거울처럼 세세히 비추어 주는 그들의 성격으로 이루어진다. 그렇듯 응접실과 그 거울상에 익숙해진 다음 하디에게로 돌아서면, 또 판이 바뀐다. 우리 주위에는 황무지가 펼쳐져 있고, 머리 위에서는 별들이 반짝인다. 마음의 이면이 드러난다. 사람들과 함께 있을 때의 밝은 면이 아니라 고독 속에서 고개를 쳐드는 어두운 면 말이다. 우리의 관계는 사람들이 아니라 대자연과 운명을 향한 것이 된다. 하지만 이 모든 세계는 서로 다를지라도 제각기 일관성을 지니고 있다. 각 세계를 만든 사람은 자기 관점의 법칙을 면밀히 준수하므로, 아무리 큰 긴장을 조성하더라도 동일한 작품 안에 상이한 두 종류의 리얼리티를 도입함으로써 — 이것은 이류 소설가들이 흔히 저지르는 실수인데 — 독자를 혼란케 하지는 않는다. 그러므로 한 대가(大家)에서 다른 대가로, 말하자면 제인 오스틴에서 하디로, 피콕에서 트롤럽[3]으로, 스콧[4]에서 메러디스로 넘어가는 것은 전혀 다른 세계로의 이동이며 뿌리 뽑혀 내동댕이쳐지는 일이다. 소설을 읽는 것은 어렵고

---

3 Anthony Trollope(1815~1882). 영국 소설가.
4 Walter Scott(1701~1832). 영국 소설가.

복잡한 기술이다. 위대한 예술가인 소설가가 당신에게 주고자 하는 것을 제대로 받아들이려 한다면, 아주 섬세한 지각뿐 아니라 대담한 상상력이 필요하기 때문이다.

하지만 서가의 잡다한 무리를 훑어보면 작가가 〈위대한 예술가〉인 경우는 드물다는 것을 알게 된다. 애초에 예술 작품이고자 하지 않는 책들이 더 많은 것이다. 가령 전기 및 자서전, 즉 위인들의 생애, 오래전에 죽어 잊힌 사람들의 생애가 소설이나 시와 나란히 꽂혀 있는데, 저것들은 〈예술〉이 아니기 때문에 안 읽을 것인가? 아니면 읽기는 읽되, 다른 목표를 가지고 다른 방식으로 읽을 것인가? 가령, 호기심을 만족시키기 위해 읽을 수도 있다. 저녁에 불은 켰지만 블라인드는 아직 내리지 않은 집, 층마다 인생의 다른 부면을 보여 주는 집 앞을 서성일 때 우리를 사로잡는 호기심 말이다. 그러면 그 사람들의 삶에 대한 호기심이 우리를 들쑤실 것이다. 하인들의 뒷담화, 만찬석의 신사들, 파티를 위해 차려입는 아가씨, 창가에서 뜨개질하는 노부인. 그들은 누구이며 뭐 하는 사람이며 이름은 뭐고 직업은, 사상은, 모험은 어떠한가?

전기와 회고록은 그런 질문들에 답해 주며, 그런 집들을 무수히 밝혀 준다. 그런 책들은 사람들이 일상사를 처리하느라 돌아다니며 애쓰고 실패하고 성공하고 먹고 미워하고 사랑하다가 죽는 것을 보여 준다. 어떤 때는 그렇게 지켜보는 동안 집들이 희미해지고 철제 난간이 사라지면서, 어느덧 바다로 나서게 되기도 한다. 사냥과 항해와 전투를 하거나, 야만인들과 군인들 사이를 누비거나, 대대적인 전투에 참여하기도 한다. 또는 여기 영국에, 런던에 머물고자 한다 해도 장면은 바뀐다. 길이 좁아지고, 집들이 작아져 갑갑해지고, 창문의 유리가 쪽유리로 바뀌고, 악취가 진동한다. 그런 어느 집에서 시인 존 던[5]이 쫓겨 나오는 것을 본다. 벽들이 너무 얇아서 아이들이 울어 젖히는 소리가 벽을 뚫고 나온다. 우리는 그를 뒤쫓아 책갈피의 오솔길을 따라 트위크넘에, 시인들과 귀족들이 만나는 곳으로 유명하던 레이디 베드퍼드[6]의 정원에 이른다. 또 거기서 발길을 돌려 구릉지 아래 윌턴의 대저택으로 가서 필립 시드니[7]가 누이에게 『아르카디아』를 읽어 주는 것을 들을 수도 있고, 그 유명한 로맨스에 등장하는 백로들을 보러 소택지를 거닐 수도 있다. 또 거기서 다른 레이디 펨브로크, 즉 앤 클리퍼드[8]와 함께 북쪽으로 가서 그녀의 거친 황야를 거닐 수도 있고, 시내로 들어가 검은 벨벳

5 John Donne(1572~1631). 영국 형이상학파를 대표하는 시인. 후원자이던 국새상서 토머스 에저턴Thomas Egerton(1540~1617) 경의 조카딸과 비밀 결혼을 하는 바람에 출셋길에서 멀어져 가난하게 살았다.
6 Lucy Russell, Countess of Bedford(1580~1627). 벤 존슨, 존 던 등 당대의 여러 문인을 후원한 귀부인. 런던 남서부 트위크넘에 저택이 있었다.
7 Philip Sidney(1554~1586). 영국 엘리자베스 시대의 대표적 시인. 『펨브로크 백작 부인의 아르카디아The Countess of Pembroke's Arcadia』의 저자. 그의 누이란 펨브로크 2세 백작 부인Mary Herbert, Countess of Pembroke(1561~1621)을 가리키며, 윌턴은 펨브로크 가문의 영지가 있던 곳이다.
8 Anne Clifford, Countess of Pembroke(1590~1676). 영국 귀부인. 문예를 후원했으며, 1603~1616년에 걸친 일기를 남겼다.

양복을 입은 게이브리얼 하비[9]가 스펜서와 시를 논하는 것을 보며 즐거움을 누릴 수도 있다. 엘리자베스 왕조 시대 런던의 명암을 더듬으며 휘적거리는 것보다 더 매혹적인 일은 없을 것이다. 하지만 거기 머무를 수는 없다. 템플,[10] 스위프트,[11] 할리,[12] 세인트 존[13] 같은 이들이 우리를 손짓해 부른다. 그들의 말다툼을 알아듣고 성격을 파악하는 데 또 한참이 걸리고, 그들에게 싫증이 나면 계속 거닐다 검은 옷에 다이아몬드를 단 부인을 지나쳐 새뮤얼 존슨[14]과 골드스미스[15]와 개릭[16]에게 가거나, 또는 기분만 내킨다면 해협을 건너 볼테르[17]와 디드로,[18] 마담 뒤 데팡[19]을 만나러 갈 수도 있다. 그리고 다시 잉글랜드로 돌아와 레이디 베드퍼드의 정원이 있었고 나중에 포프가 살았던 트위크넘으로 — 어떤 장소들은 왜 그리 자주 나오는지! — 갔다가 스트로베리 힐에 있는 월폴[20]의 집으로

---

9 Gabriel Harvey(1546?~1630). 영국 작가. 시인 에드먼드 스펜서의 친구로, 고전시의 운율법을 영시에 차용하자고 주장했다.

10 William Temple(1682~1699). 영국 정치인, 문인.

11 Jonathan Swift(1667~1745). 아일랜드 작가.

12 Robert Harley, Earl of Oxford(1661~1724). 영국 정치인.

13 Henry St John, Viscount Bolingbroke(1678~1751). 영국 정치인. 스위프트 및 포프의 친구.

14 Samuel Johnson(1709~1784). 영국 시인, 평론가, 사전 편찬자.

15 Oliver Goldsmith(1731~1774). 영국 극작가, 소설가.

16 David Garrick(1717~1779). 존슨의 친구로 당대의 유명한 배우.

17 Voltaire(1694~1744). 프랑스 작가, 철학자, 계몽주의 사상가.

18 Denis Diderot(1713~1784). 프랑스 작가, 철학자, 계몽주의 사상가.

19 Madame du Deffand(1697~1780). 볼테르를 위시한 계몽주의 문인들이 드나들던 귀족 살롱의 안주인.

20 Horace Walpole(1717~1797). 영국 정치인, 문인.

가는 거다.[21] 하지만 월폴이 어찌나 많은 인물들을 소개하는지, 가봐야 할 집이 너무나 많아져서 우리는 가령 베리 자매의 문간에서 잠시 머뭇거릴지도 모른다. 바로 그때 새커리가 튀어나오는데, 그는 월폴이 사랑했던 여인과 친구 사이란다.[22] 그러니 그저 친구 집에서 친구 집으로, 정원에서 정원으로, 이 집에서 저 집으로 다니다 보면 우리는 영국 문학의 한 끝에서 다른 끝으로 넘어가게 되며, 그러다 다시 여기 현재로 돌아오게 된다. 그렇게 지나간 모든 순간들과 지금 이 순간을 구별할 수만 있다면 말이다. 이런 것이 우리가 전기와 서한집을 읽는 방식 중 하나이다. 우리는 그런 책들을 통해 과거의 많은 창문들을 밝힐 수도 있고, 고인이 된 유명 인사들의 익히 알려진 버릇을 지켜볼 수도 있고, 때로는 아주 가까이서 그들의 비밀을 상상으로나마 폭로해 볼 수도 있으며, 그들이 쓴 희곡이나 시 한 편을 꺼내 와 그것이 저자의 면전에서는 어떻게 읽히는지 볼 수도 있다. 하지만 이것은 또 다른 문제들을 야기한다. 한 권의 책은 저자의 생애에서 얼마나 영향을 받는가, 하는 것이 그 질문이다. 즉, 작가는

---

21 알렉산더 포프는 18세기 전반기에 트위크넘에 살았고, 호러스 월폴은 18세기 후반기에 트위크넘의 스트로베리 힐에 있던 집을 고딕풍으로 개조하여 살았다.

22 메리 베리Mary Berry(1763~1852)와 애그니스 베리Agnes Berry (1764~1852) 자매는 소설가 새커리William Thackery(1811~1863)가 만년에 친하게 지냈던 자매들이다. 월폴은 자매 중 언니와 다정한 사이였다고 한다.

그의 사람됨으로 어디까지 설명되는가? 우리는 그 사람 자신이 우리에게 불러일으키는 공감과 반감에 어디까지 저항하거나 승복해야 하는가? 말들은 그토록 민감하여 저자의 인품을 그토록 잘 받아들이는데? 이런 것이 전기와 서한집을 읽을 때 우리에게 엄습해 오는 질문들이다. 우리는 그 질문들에 각자 대답해야 한다. 그토록 개인적인 일에서 다른 사람의 선호를 따르는 것만큼 치명적인 일은 없으니까.

하지만 우리는 그런 책들을 또 다른 목표를 가지고 읽을 수도 있다. 문학을 조명하기 위해서라거나 유명 인사들과 친숙해지기 위해서가 아니라, 우리 자신의 창조력을 새롭게 연마하기 위해서 말이다. 서가 오른쪽에 열린 창문이 있지 않은가? 책을 읽다 말고 창밖을 내다보는 것은 얼마나 상쾌한가! 그럴 때 눈에 들어오는 광경 — 망아지들이 들판을 뛰어돌아다니고, 여자는 우물가에서 물동이를 채우고, 당나귀는 고개를 뒤로 빼고 구슬피 울어 젖히는 — 은 독서와는 무관한 그 무의식적이고 끊임없는 움직임이 얼마나 자극적인가. 어떤 서재에서든 거기 꽂혀 있는 대부분의 책들은 남자들, 여자들, 당나귀들의 삶에서 이처럼 스쳐 가는 순간들의 기록일 뿐이다. 모든 문학은 세월이 가면 폐지 더미가 되어 버리며, 그 사라진 순간들과 잊힌 삶의 기록들은 더듬거리는 힘없는 말투 속에 스러진다. 하지만 이 폐지를 읽는 데 맛들이게 되면 놀라지 않을 수 없고, 정말이지 내버려져 썩어 가는 인간 삶의 유물에 압도될 것이다. 그것은 단 한 통의 편지일 수도 있지만, 얼마나 큰 통찰을 주는가! 몇 개의 문장일 수도 있지만, 어떤 시야를 펼쳐 보이는가! 때로는 한 이야기 전체가 어찌나 아름다운 유머와 페이소스와 완전성을 띠고 있는지, 위대한 소설가가 지어낸 것처럼 보이기도 한다. 하지만 그것은 그저 늙은 배우 테이트 윌킨슨이 존스 선장의 이상한 이야기를 회고한 것에 불과하다.[23] 그것은 아서 웰즐리를 섬기는 젊은 하인이 리스본의 어여쁜 처녀와 사랑에 빠지는 것일 뿐이다.[24] 그것은 마리아 앨런이 빈 거실에서 바느질거리를 떨구고 버니 박사의 조언을 들었더라면, 그녀의 리시와 야반도주를 하지 않았더라면 얼마나 좋았을까 탄식하는 것일 뿐이다.[25] 하지만 망아지가 들판을 뛰어 돌아다니고 우물가의 여자는 물동이를 채우고 당나귀는 힝힝거릴 때에, 그 폐지 더미를 헤집어 저 거대한 과거에 파묻힌 반지와 거위와 깨진 코를 찾아내어 되맞추는 일은 얼마나 흥미진진한가.

하지만 결국 우리는 이 폐지 읽기에 싫증이 난다. 우리는 윌킨슨과 번버리와 마리아 앨런 같은 인물들이 우리에게 제

---

23 테이트 윌킨슨Tate Wilkinson(1739~1803)의 『그 자신의 인생 회고록*Memoirs of His Own Life*』은 존스 선장이 우연히 알게 된 사람이 남긴 막대한 재산의 상속자가 되어 가난에서 벗어나는 이야기를 들려준다.
24 웰링턴 1대 공작 아서 웰즐리Arthur Wellesly(1769~1852)를 섬기는 이 젊은 하인이란 헨리 에드워드 번버리Henry Edward Bunbery(1778~1860)로, 그는 나중에 육군 중장이 되었으며 회고록을 남겼다.
25 마리아 앨런Maria Allen은 소설가 패니 버니Fanny Burney (1752~1778)의 아버지 버니 박사의 의붓딸로 마틴 리시턴과 야반도주했다.

공할 수 있는 전부인 반쪽짜리 진실을 완성하는 데 필요한 것을 찾기에 지쳐 버린다. 그들은 완전히 숙련되어 뜻대로 재단하는 예술가의 능력을 갖고 있지 않았다. 그들은 자신의 삶에 대해서조차 온전한 진실을 말하지 못했다. 그들은 아주 근사할 수도 있었을 이야기를 망쳐 놓았다. 그들은 기껏해야 사실들을 제공하는 데 그치거니와, 사실이란 허구의 아주 열등한 형태이다. 그러므로 우리는 반쪽짜리 진술과 추정을 끝장내고픈 마음이 든다. 인간 성격의 미세한 음영을 찾기를 그치고, 더 추상적인 것을, 허구라는 더 순수한 진실을 즐기고 싶어진다. 그래서 우리는 세부를 제쳐 놓고 분위기를, 일반적이고 강렬한 분위기를 창조하며, 규칙적이고 일정한 박자를 찾는다. 그 자연스러운 표현이 시이다. 시를 읽을 때가 된 것이다. 우리 자신이 거의 시를 쓸 수 있을 때야말로 시를 읽을 때이다.

서풍이여, 그대 언제 불어오려는가?
가는 비 내려도 좋으리,
오 내 사랑 내 품에 있다면
내 다시 침상에 있다면![26]

시의 효과는 너무 강하고 직접적이라, 처음에는 시 자체

26 16세기 작자 미상의 시.

의 느낌밖에 다른 느낌이 없다. 그럴 때 우리는 얼마나 심오한 깊이를 체험하는지! 얼마나 갑작스레 완전히 몰두하는지! 여기서는 잡을 것이 아무것도 없다. 우리의 비상 속에는 머물 데가 전혀 없다. 허구가 불러일으키는 환상은 차츰 퍼져 나간다. 그 효과는 준비된 것이다. 하지만 누가 이 넉 줄을 읽을 때 이것을 쓴 이가 누구냐고 묻거나, 존 던의 집이나 시드니의 비서를 떠올리거나, 과거 여러 세대에 걸친 복잡한 일과 연관시키려 하겠는가? 시인은 항상 우리와 동시대인이다. 우리 존재는 개인적 감정의 격렬한 충격 속에서 으레 그렇듯 잠시 집중되고 수축된다. 그러고 나서 감각은 우리의 정신을 통해 좀 더 넓은 원으로 퍼져 나가기 시작하며, 더 먼 감각들에도 기별이 간다. 이 감각들이 소리 내어 토를 달기 시작하고 우리는 반향과 반영 들을 깨닫는다. 시의 강렬함은 광범한 감정을 포괄한다. 시인의 다양한 기술을 알아차리기 위해, 우리는 몇 편의 시를 비교해 보기만 하면 된다. 다음과 같은 시행들의 힘과 직접성을

나는 나무처럼 쓰러져 내 무덤을 찾으리.

오직 내 슬퍼하는 것을 기억하며[27]

---

27 프랜시스 보몬트Francis Beaumont(1584~1616), 존 플레처John Fletcher(1579~1625), 『하녀의 비극*The Maid's Tragedy*』, 제4막 제1장.

다음 시행들의 떨리는 요동이나

　떨어지는 모래알이 분초를 헤아리는

　모래시계에서처럼

　세월이 우리를 닳아뜨려 무덤에 이르게 하는 것을

　우리는 지켜본다.

　쾌락의 시절은 흥청망청 탕진된 후 마침내

　고향에 돌아와 슬픔으로 끝난다.

　하지만 인생은 법석에 지쳐 모래알을 헤아린다.

　한숨지으며 마침내 마지막 한 알을 떨구고

　하여 안식 속에 비운을 마무리 짓는다.[28]

다음 시행들의 명상적인 고요함과,

　젊었거나 늙었거나

　우리 운명, 우리 존재의 심장이자 집은

　무한과 함께 있다. 오직 거기에

　희망, 죽지 않는 희망과 함께 있다.

　노력, 그리고 기대, 그리고 욕망

　그리고 아직도 되고자 하는 무엇[29]

28　존 포드John Ford(1586~1639), 『연인의 우수*The Lover's Melancholy*』,
제4막 제3장.
29　윌리엄 워즈워스William Wordsworth(1770~1850), 『서곡*The*

그리고 다음 시행의 완전하고 소진될 수 없는 사랑스러움
이나

> 움직이는 달이 하늘에 올라가
> 어디에도 머물지 않았네.
> 달은 부드럽게 올라가고
> 그 곁에는 별이 한두 개[30]

다음 시행들의 눈부신 환상과 비교해 보라.

> 그리하여 저 숲속을 쏘다니는 자는
> 걸음을 멈추지 않으리.
> 그럴 때 어느 언덕 아래 멀리
> 온 세상이 타오르는 가운데
> 솟아나는 여린 불길 하나가
> 그에게는 그늘 속
> 크로커스로 보이리.[31]

Prelude』, 제6권.
   30   S. T. 콜리지Samuel Taylor Coleridge(1772~1834), 『노수부의 노래
The Rime of the Ancient Mariner』, 제255~258행.
   31   에버니저 존스Ebenezer Jones(1820~1860), 『세계가 불탈 때*When
the World is Burning*』, 제21~27행.

시인에게는 우리를 배우이자 관중으로 만드는 능력이, 마치 장갑에 손을 넣기라도 하듯 등장인물 속에 들어가 폴스타프가 되었다 리어왕이 되었다 하는 재주가, 단번에 압축하고 확장하고 진술하는 재능이 있는 것이다.

그저 비교하기만 하면 된다고? — 이 말로 들통이 나버렸다. 독서란 실로 복잡하다는 것을 인정해야만 한다. 첫 번째 과정은 작품이 주는 인상들을 고도의 이해력으로 받아들이는 것인데, 이는 독서의 전반부일 뿐이다. 만일 우리가 책에서 온전한 즐거움을 얻고자 한다면, 이 절반은 다른 절반으로 완성되어야 한다. 우리는 그 다양한 인상들에 대해 판단을 내리고 그 스쳐 가는 형태들로 단단하고 영속적인 것을 만들어야 한다. 하지만 바로는 아니다. 독서의 먼지가 내려앉기를 기다리자. 갈등과 질문이 죽어 없어지기를 기다리자. 걷고, 말하고, 장미에서 죽은 꽃잎을 떼어 내고, 잠드는 거다. 그러면 갑자기 우리가 의도하지 않고도 — 자연은 그런 식으로 이행을 일으킨다 — 책이 돌아오되 다르게 돌아와 하나의 전체로서 정신의 꼭대기로 떠오를 것이다. 전체로서의 책은 지금 당장 부분적인 문장들로 받아들인 책과는 다르다. 이제 세부들이 제자리를 찾는다. 우리는 그 형태를 처음부터 끝까지 본다. 그것은 헛간이거나 돼지우리이거나 대성당이다. 그러면 우리는 건물들을 비교하듯이 책들을 비교할 수 있다. 하지만 이 비교 행위는 우리의 태도가 달라졌음을 뜻한다.

우리는 더 이상 작가의 친구가 아니라 그를 판단하는 자이다. 우리는 친구로서 아무리 다정해도 지나치지 않듯이, 판관으로서 아무리 엄격해도 지나치지 않다. 그들은 우리의 시간과 공감을 낭비하게 했으니, 심판을 받아 마땅하지 않은가? 거짓 책, 날조된 책, 공기를 부패시키고 병들게 하는 책을 쓰는 자들은 사회를 타락시키고 더럽히는 가장 불온한 적들이 아닌가? 그러니 우리의 판결에 엄격해지기로 하자. 모든 책을 그 분야의 최고와 비교하기로 하자. 우리 마음속에는 우리가 읽은 책의 형태들이 우리가 내린 판단에 의해 굳어진 채 매달려 있다. 『로빈슨 크루소』, 『에마*Emma*』, 『귀향*The Return of the Native*』 같은 책들 말이다. 새로 읽은 소설들을 이런 작품들과 비교해 보라. 가장 최근의 가장 시시한 소설도 최상의 것과 비교될 권리가 있다. 시도 마찬가지이다. 리듬의 매혹이 잦아들고 말의 광휘가 시들면 어떤 꿈같은 형태가 돌아올 것이며, 이는 『리어 왕』, 『페드르*Phèdre*』,[32] 『서곡』과 비교되어야 할 것이다. 꼭 이것들이 아니더라도 그 나름의 분야에서 최상으로 보이는 것과 말이다. 새로운 시와 소설에서 그 새로움은 가장 피상적인 특질일 뿐이며, 우리는 오래된 것을 판단하던 기준을 던져 버리지 말고 아주 조금만 솔질하면 될 것이다.

그러므로 독서의 후반부인 판단하기, 비교하기, 재빨리

32 라신의 비극.

모여드는 무수한 인상들에 마음을 활짝 열기가 전반부만큼 단순하다고 믿는 것은 어리석은 일이 될 것이다. 책을 앞에 놓지 않고도 읽기를 계속하는 것, 하나의 흐릿한 상을 다른 상에 비추어 보는 것, 그런 비교가 생생하게 살아날 만큼 충분히 폭넓게, 그리고 이해력을 가지고 읽는다는 것은 어려운 일이다. 나아가 〈이 책은 이런 종류일 뿐 아니라 이런 가치를 지니고 있다. 여기서 실패하고 여기서 성공했다. 이 점이 나쁘고 이 점이 훌륭하다〉고 말하기란 한층 더 어렵다. 독자로서 이런 의무를 수행하는 데는 고도의 상상력과 통찰과 지식이 요구되므로, 그 누구도 그런 것을 충분히 갖추었다고는 생각하기 어렵다. 가장 자신만만한 자들도 그런 능력의 씨앗 이상은 갖고 있지 않다. 그렇다면 독서의 이 대목은 내려놓고 평자들로 하여금, 가운 입고 모피를 두른 서재의 권위자들로 하여금 책의 절대적 가치라는 문제를 결정하게 하는 편이 더 현명하지 않겠는가? 하지만 얼마나 불가능한 소리인가! 우리는 공감의 가치를 강조할 수 있고, 책을 읽어 나가면서 자신의 정체성을 그 안에 잠기게 해볼 수도 있다. 하지만 우리는 전적으로 공감할 수도 전적으로 잠길 수도 없다는 것을 안다. 우리 안에는 항상 〈미워하노라, 사랑하노라〉[33]라 말하는 마귀가 있어서 도저히 침묵케 할 수 없다. 실로 시인과

---

33   로마 시인 카툴루스Catullus(B.C. 84?~B.C. 55?)의 『노래Carmina』에 나오는 유명한 시 「미워하고 또 사랑하노라Odi et amo」에 빗댄 말.

소설가에 대한 우리의 관계가 내밀해져서 제3자의 틈입을 참을 수 없게 되는 것은, 우리가 미워하고 또 사랑하기 때문이다. 그 결과가 불쾌한 것일지라도, 우리의 판단이 틀렸을지라도, 우리의 취향은, 우리 전 존재로 충격을 보내는 감각신경은 여전히 우리의 주된 광원이다. 우리는 느낌을 통해 배운다. 우리는 자신의 독특함을 훼손하지 않고는 억누를 수 없다. 하지만 시간이 가다 보면 우리의 취향을 길들일 수도 있고, 어쩌면 그것을 어느 정도 통제할 수도 있을 것이다. 온갖 종류의 책들 ─ 시, 소설, 역사, 전기 ─ 을 탐독한 뒤 읽기를 그치고 살아 있는 세계의 다양성이나 부조화로 눈을 돌리면, 우리의 취향이 조금 달라지는 것을 발견할 것이다. 이제 우리 취향은 그리 탐욕스럽지 않으며 오히려 사색적이 되어, 우리에게 특정한 책들에 대한 판단을 내리게 할 뿐 아니라 어떤 책들에는 공통된 성질이 있음을 말해 줄 것이다. 〈들어 봐, 이걸 뭐라 부를까?〉 그리고 우리에게 어쩌면 『리어 왕』을, 그러고는 『아가멤논*Agamemnon*』[34]을 읽어 주면서 그 공통점을 끌어낼 것이다. 그렇듯 우리는 취향을 길잡이 삼아, 특정한 책을 넘어 책들을 한데 묶어 주는 성질들을 찾아나설 수 있을 것이다. 그것들에 이름을 부여하고, 그럼으로써 우리의 지각에 질서를 가져오는 법칙을 만들 수 있을 것이며, 그 분별로부터 더 깊고 드문 즐거움을 얻을 것이다. 하

34 아이스킬로스Aeschylos(B.C. 525?~B.C. 456)의 희곡.

지만 법칙이란 책들과의 직접적인 접촉을 통해 부단히 깨어질 때에만 존재하므로, 사실들과 손을 끊고 진공 속에 존재하는 법칙을 만드는 것보다 더 쉽고 어리석은 일은 없다. 이제 마침내 이 어려운 시도를 확고하게 하기 위해, 예술로서의 문학에 대해 우리에게 가르쳐 줄 수 있는 얼마 되지 않는 작가들에게로 돌아서도 좋을 것이다. 콜리지와 드라이든과 존슨[35]의 심사숙고한 비평이나 시인들과 소설가들의 무심한 말은 종종 놀랍도록 타당하며, 그들은 우리 마음속 깊은 곳에서 북적거리던 모호한 관념들을 조명하고 확고히 해준다. 하지만 그들이 우리를 도와줄 수 있는 것은 우리가 스스로 독서하는 가운데 정직하게 얻은 질문과 제안 들을 지고서 찾아갈 때뿐이다. 우리가 그들의 권위 아래 기어들어 울타리 그늘 아래 양 떼처럼 드러눕는다면, 그들은 우리를 위해 아무것도 해줄 수 없다. 우리는 그들의 판단이 우리 자신의 판단과 드잡이하여 승리할 때 비로소 그들의 판단을 이해할 수 있다.

만일 그렇다면, 한 권의 책을 제대로 읽는 데 상상력과 통찰력과 판단력의 그토록 희귀한 자질이 필요하다면, 당신은 문학이란 극도로 복잡한 예술이며 우리가 설령 한평생을 독서에 바친 다음이라 해도 그 비평에 아무런 공헌을 할 수 있

35 S. T. 콜리지. 존 드라이든John Dryden(1631~1700), 새뮤얼 존슨 등은 문학 비평의 창시자들로 여겨진다.

을 것 같지 않다고 지레 결론을 내릴지도 모른다. 우리는 독자로 남아야 한다. 굳이 비평가라는 저 드문 존재들에게 속하는 그 이상의 영광을 얻으려 해서는 안 된다. 하지만 여전히 우리에게는 독자로서의 책임과 중요성이 있다. 우리가 제시하는 기준과 우리가 내리는 판단은 공기 중에 스며들어 작가들이 일할 때 숨 쉬는 대기의 일부를 이룬다. 영향력이 창조되는 것이다. 비록 인쇄되지는 않을지언정 그들에게 작용하는 영향력 말이다. 그리고 그 영향력은 — 제대로 교육되고 힘차고 개인적이고 진실하기만 하다면 — 비평이 제 기능을 하지 못하는 상황에서 큰 가치를 발휘할 것이다. 책들이 사격장의 동물들처럼 서평을 받으며 지나갈 때, 비평가는 한순간에 장전하여 겨누고 쏠 수밖에 없으므로, 토끼를 사자로, 독수리를 닭으로 오인하거나 심지어 먼 들판에서 평화롭게 풀을 뜯고 있는 암소에게 총알을 낭비한다 해도 용서해야 할 것이다. 만일 작가가 언론의 비상식적인 포격 뒤에 또 다른 종류의 비평이 있음을 느낀다면, 그저 독서의 기쁨을 위해 책을 읽는 사람들, 느리고 비전문적이지만 큰 공감과 엄격함을 가지고 판단하는 사람들의 의견이 있음을 감지한다면, 이 또한 작품의 질을 개선하지 않겠는가? 만일 우리가 지닌 수단으로 책들이 더 강하고 풍부하고 다양해진다면, 그것은 도달할 만한 가치가 있는 목표가 될 것이다.

하지만 아무리 바람직하다 하더라도, 어떤 목표에 이르기 위해 책을 읽는 사람이 어디 있겠는가? 그저 그 자체로 좋아서 하는 일들, 그 자체가 목적인 즐거움들이 있지 않은가? 그리고 독서야말로 그중 하나가 아닌가? 나는 때로 꿈꾸었다. 심판의 날이 밝아 와 위대한 정복자들과 법률가들과 정치가들이 보상을 받을 때, 그들이 왕관과 월계관과 영원히 썩지 않을 대리석에 각인된 이름을 얻게 될 때, 하느님께서 우리가 책을 끼고 들어서는 것을 보시고는 베드로를 향해 부러움이 섞인 어조로 이렇게 말씀하시는 것을 말이다. 〈저들에게는 상이 필요 없어. 여기서 그들에게 더 줄 게 없어. 저들은 책 읽기를 사랑해 왔으니 말이야.〉

현대 소설[1]

현대 소설을 개관해 보면, 아무리 자유롭게 대략적으로 살펴본다 하더라도, 현대의 기법이 예전 기법보다 어떤 식으로든 더 나아졌음을 당연시하게 된다. 단순한 도구와 원시적인 재료를 가지고도 필딩은 잘해 냈고, 오스틴은 더 잘해 냈다고 말할 수 있겠지만, 그들이 가졌던 가능성을 우리가 가진 것과 비교해 보라! 그들의 걸작은 분명 이상하리만큼 단순한 느낌을 준다. 하지만 문학과 가령 자동차를 만드는 공정을 비교하는 것은 첫눈에는 그럴싸해 보이지만 그 이상은 통하지 않는다. 여러 세기를 지나는 동안 우리는 기계 만들기에 대해서는 많이 배웠지만, 문학 만들기에 대해서는 딱히 배운 것이 있었는지 의심스럽다. 우리는 이전보다 글을 더

---

1 1919년 4월 10일 『타임스 리터러리 서플러먼트』에 〈Modern Novels〉라는 제목으로 처음 발표한 후, 수정 및 보완하여 1925년 『보통 독자』에 〈Modern Fiction〉이라는 제목으로 실은 글. 1925년본을 번역했다("Modern Fiction", *Essays IV,* pp. 157~165).

잘 쓴다고 할 수 없다. 우리가 할 수 있는 것은 고작 이쪽으로 조금, 저쪽으로 조금, 하는 식으로 계속 움직이는 것뿐인데, 충분히 높은 정상에서 내려다보면 그 움직임 전체가 제자리를 맴도는 것처럼 보일 것이다. 물론 우리가 그런 고지에 단 한순간이라도 서보았다는 말이 아님은 두말할 필요도 없다. 평지에서, 군중 속에서, 먼지 때문에 앞이 잘 보이지 않는 채로 우리는 그 행복한 전사들을 부럽게 뒤돌아본다. 그들은 싸움에서 이겼고 그들의 업적은 이미 완성된 것의 평온한 분위기를 띠고 있으므로, 우리는 그들의 싸움은 우리 싸움만큼 치열하지 않았다고 구시렁대고 싶은 기분마저 든다. 결론은 문학사가의 몫이 될 터이니, 우리가 위대한 산문 소설 시대의 처음에 있는지 끝에 있는지 한복판에 있는지는 그가 말해 줄 것이다. 여기 평지에서는 별로 보이는 것이 없다. 우리는 다만 어떤 감사와 적의는 우리에게 영감을 준다는 것, 즉 어떤 길들은 비옥한 땅으로, 또 다른 길들은 먼지와 사막으로 이끄는 것처럼 보인다는 것을 알 뿐이다. 이 점에 대해서는 좀 더 설명해 볼 만하겠다.

그러니까 우리는 고전 작품들을 논쟁거리로 삼으려는 것이 아니다. 그리고 우리가 웰스 씨,[2] 베넷 씨,[3] 골즈워디 씨[4]와 논쟁을 벌인다면, 그 이유의 일단은 그들이 살아 있다는 사실

2 Herbert George Wells(1866~1946). 영국 소설가, 비평가.
3 Arnold Bennet(1867~1931). 영국 소설가.
4 John Galsworthy(1867~1933). 영국 소설가, 극작가.

만으로도 그들의 작품이 살아 숨 쉬는 일상의 불완전함을, 무람없이 대할 수 있는 불완전함을 지닌다는 데 있다. 하지만 우리는 그들의 숱한 재능에 대해 감사하기는 하지만, 무조건적인 감사는 하디 씨, 콘래드 씨,[5] 그리고 그보다는 훨씬 덜하나마 『자줏빛 땅 *The Purple Land*』, 『녹색의 장원 *Green Mansion*』, 『먼 옛날 아득한 곳 *Far Away and Long Ago*』을 쓴 허드슨 씨[6]를 위해 남겨 두게 될 터이다. 웰스 씨, 베넷 씨, 골즈워디 씨는 너무나 많은 희망을 불러일으키고 또 꾸준히 실망시켜 왔으므로, 우리의 감사는 그들이 할 수도 있었지만 하지 않은 일, 우리로서는 분명히 할 수 없겠지만 하고 싶지도 않은 일을 보여 준 데 대해 치하하는 형태를 취하게 될 것이다. 양적으로도 엄청날 뿐 아니라 수많은 뛰어난 자질과 정반대의 자질을 동시에 지닌 그 방대한 작품들에 대해 우리가 제기하려는 공격이나 불만을 단 몇 마디로 요약할 수는 없다. 그래도 굳이 우리가 뜻하는 바를 단 한 단어로 표현하자면, 그 세 작가는 〈유물론자〉라고 해야 할 것이다. 그들이 우리를 실망시키는 것은 그들이 정신이 아니라 육체에만 관심을 두기 때문이다. 영국 소설이 그들에게 가능한 한 공손하게, 하지만 잽싸게 등을 돌려 다른 방향으로 나아갈수록 ─ 설령 사막으로 나아간다 하더라도 ─ 정신에는 더 좋은 일이 되

---

5 Joseph Conrad(1857~1924). 폴란드 출신의 영국 소설가.
6 William Henry Hudson(1841~1922). 영국 소설가, 박물학자.

리라는 느낌이 드는 것이다. 물론 유물론자라는 한 단어가 과녁 셋의 중심을 모두 맞힐 수는 없다. 웰스 씨의 경우 그것은 표적에서 상당히 벗어난다. 하지만 그의 경우에도 그 말은 그의 천재성에 치명적인 불순물이, 그의 영감의 순수성에 섞여든 진흙덩이가 있음을 시사한다. 하지만 세 사람 중에 가장 나쁜 범인은 베넷 씨일 터이니, 그는 단연 최고의 장인(匠人)이기 때문이다. 그는 워낙 견고하게 잘 구축된 작품을 만들어 내므로, 더없이 까다로운 비평가조차도 도대체 어떤 균열이나 틈새로 부패가 파고들었는지 알기 어려울 정도이다. 창틀 사이나 벽널 틈으로 외풍이 새어 드는 것도 아닌데 말이다. 그런데도 인생이 거기 살기를 거부한다면?『늙은 아내들의 이야기*The Old Wives' Tale*』를, 그리고 조지 캐넌과 에드윈 클레이행어와 그 밖의 수많은 인물을 창조한 이라면 그런 위험은 너끈히 극복했다고 말함 직도 하다. 그의 인물들은 풍부하게, 심지어 놀랍도록 생생하게 살아가지만, 그들이 어떻게 사는가, 무엇을 위해 사는가라는 질문은 남는다. 점점 더 그들은 파이브 타운스의 훌륭하게 지어진 별장마저 버리고 어딘가 푹신한 1등석 기차간에서 시간을 보내며 무수한 벨과 단추를 누르고 있을 것처럼 보이며, 그들이 그처럼 호화로운 여행 끝에 도달하는 운명은 브라이턴의 최고급 호텔에서 누리는 영원한 행복이라는 것에 점점 더 의문의 여지가 없어 보인다.[7]

7 『늙은 아내들의 이야기』는 베넷의 대표작이고, 조지 캐넌과 에드윈 클

웰스 씨에 대해서는, 그가 재료의 견고함에서 너무 많은 기쁨을 얻는다는 의미로 유물론자라고 말하기는 어렵다. 그는 너무나 동정심이 풍부하므로 사물을 깔끔하고 실질적으로 만드는 데 그렇게까지 시간을 들이지 못한다. 그는 순전히 마음의 선량함 때문에 유물론자이다. 그는 정부 관리들이 맡아야 할 일까지 자기 어깨에 짊어지고서, 넘쳐 나는 사상과 사실들 때문에 자신이 창조한 인간 존재들의 치졸함과 조잡함을 깨닫지 못하거나 그다지 중요하게 생각하지 않는 것이다. 하지만 그가 만든 지상과 천국이 그의 조앤과 피터[8] 같은 인물들이 현세와 내세에 살게 될 곳이라는 것보다 더 신랄한 비평이 어디 있겠는가? 그들을 창조한 이의 관대함이 어떤 제도와 이상을 제공한다 하더라도, 그들 본성의 열등함이 그것들을 더럽히지 않겠는가? 또한 비록 골즈워디 씨의 성실성과 인간미를 깊이 존경하기는 하지만, 그의 작품에서 우리가 요구하는 것을 발견하기란 역시 불가능할 것이다.

그러니 만일 이 모든 책에 유물론자라는 단 한 단어가 쓰인 꼬리표를 붙인다면, 그것은 그들이 중요하지 않은 것들에 대해 썼으며, 시시하고 덧없는 것을 진실하고 영속적인 것으로 보이게 하는 데 막대한 재주와 막대한 노고를 낭비했다는

레이행어는 〈클레이행어Clayhanger〉 3부작에 등장하는 인물이다. 뒤이어 나오는 〈파이브 타운스〉는 베넷 소설의 배경으로, 영국 중서부에 있는 도자기 공업의 중심지로 설정되어 있다.

8 　웰스의 소설 『조앤과 피터Joan and Peter』에 빗댄 표현.

뜻에서이다.

우리 요구가 까다롭다는 것은 인정한다. 나아가 우리가 요구하는 것이 무엇인지 설명함으로써 우리 불만을 정당화하기 어렵다는 점도 인정한다. 우리는 그때그때 다르게 질문한다. 하지만 우리가 다 읽은 소설을 한숨 쉬며 내려놓을 때 가장 끈질기게 떠오르는 질문은 〈도대체 이럴 만한 가치가 있나?〉, 〈요컨대 뭐가 어쨌다는 건가?〉 하는 것이다. 인간 정신이 때때로 저지르는 작은 탈선들 중 하나로 인해, 베넷 씨는 그의 웅장한 장비를 가지고서 삶을 포착하려 하되 1~2인치 빗나가는 것은 아닌가? 삶은 달아나 버린다. 그리고 아마 삶 없이는 다른 어떤 것도 가치가 없을 것이다. 이런 비유를 사용하는 것은 우리의 막연함에 대한 고백이 되겠지만, 비평가들이 흔히 하듯이 리얼리티가 어쩌고 하는 말을 해봤자 별로 나아질 것이 없다. 모든 소설 비평의 난점인 막연함을 인정하면서, 지금 한창 유행하는 소설의 형식이 우리가 모색하는 바를 확보하기는커녕 자주 놓치고 있다는 견해를 감히 내보기로 하자. 우리가 그것을 삶이라 부르든 정신이라 부르든 진실 혹은 리얼리티라 부르든 간에, 이것은, 이 본질적인 것은 줄곧 달아나고 우리가 제공하는 잘 맞지 않는 옷에 더 이상 갇히기를 거부한다. 그런데도 우리는 마음속의 비전과는 점점 동떨어져 가는 어떤 구도에 따라 서른두 챕터를 끈기 있게 성실하게 써나가는 것이다. 이야기의 견고성을, 진실임

직함을 증명하려는 엄청난 수고는 단순히 헛된 노력일 뿐 아니라 애초의 착상이 지닌 빛을 흐리게 하고 가려 버릴 정도로 잘못된 노력이다. 작가는 자신의 자유 의지가 아니라 그를 속박하는 어떤 막강한 폭군에 의해 플롯을 만들고, 그렇게 희극, 비극, 사랑 이야기, 그리고 개연성의 분위기를 만들어 내야만 하는 것이다. 그런 개연성은 어찌나 완전무결한지, 만일 그의 모든 인물이 살아난다면 당대 유행에 따른 외투의 마지막 단추까지 채워 입고 나타날 것만 같다. 폭군의 명에 따라 소설이 딱 알맞게 쓰인 것이다. 하지만 때로는, 아니 시간이 지날수록 점점 더 빈번히, 우리는 의례적인 방식으로 채워진 페이지를 넘기며 문득문득 회의하고 저항의 발작을 일으키게 된다. 삶이 이렇다고? 소설이란 모름지기 이렇게 쓰여야 한다고?

마음속을 들여다보면, 삶은 〈이렇다〉는 것과 거리가 멀어 보인다. 평범한 날의 평범한 마음을 잠시 검토해 보자. 마음은 무수한 인상을 받아들인다 — 하찮거나, 기발하거나, 덧없거나, 아니면 강철과 같이 날카롭게 새겨지는 것들을. 사방에서 그것들은 무수한 원자들의 부단한 소나기처럼 쏟아지고, 그것들이 그렇게 쏟아져서 월요일 또는 화요일의 삶이 될 때, 강조점은 이전과 다른 곳에 찍힌다. 중요한 순간은 이곳이 아니라 저곳에 오는 것이다. 그리하여 작가가 노예가 아닌 자유인이라면, 써야 하는 것이 아니라 쓰고 싶은 것을 쓸 수 있다면, 자신의 작품을 관습이 아니라 자신의 느낌에 기초할 수 있다면, 플롯도 없어지고 희극도 비극도 전형적인 스타일의 사랑 이야기도 파국도 없어져서, 단추 한 개도 본드가(街)의 양복쟁이들이 다는 방식으로는 달려 있지 않을 것이다. 삶은 규칙적으로 배열된 일련의 마차 등이 아니라 빛무리이며, 의식의 처음부터 마지막까지 우리를 둘러싸고 있는 반투명한 외피(外皮)이다. 이 다양한, 알려지지 않고 한정 지어지지 않은 정신을 — 설령 그것이 어떤 탈선이나 복잡성을 보인다 하더라도 — 가능한 한 외적이고 이질적인 것이 섞이지 않게끔 전달하는 것이 소설가의 직무가 아니겠는가? 우리는 그저 용기와 성실성에 호소하는 것이 아니라, 소설의 고유한 재료는 우리가 관습적으로 믿어 온 것과 다소 다르다는 점을 제시하는 바이다.

어쨌든 이런 식으로 우리는 몇몇 젊은 작가들 — 그중에서는 제임스 조이스[9] 씨가 가장 주목할 만한데 — 의 작품을 선배들의 작품과 구별해 주는 특질을 규명해 보려 한다. 그들은 삶에 좀 더 가까이 다가가서 자신들의 관심을 끌고 마음을 움직이는 것을 성실하고 정확하게 간직하려 한다. 설령 그러기 위해 소설가가 대개 준수하는 관습들의 대부분을 버려야 할지라도 말이다. 원자들이 마음에 떨어지는 대로, 순서대로

---

9 James Joyce(1882~1941). 아일랜드 소설가. 『젊은 예술가의 초상*A Portrait of the Artist as a Young Man*』, 『율리시스*Ulysses*』의 저자.

기록해 보자. 아무리 무연하고 일관성이 없어 보이더라도 각각의 광경이나 사건이 의식에 새겨지는 패턴을 추적해 보자. 흔히 작게 여겨지는 것보다 크게 여겨지는 것 속에 삶이 더 충실하게 존재한다는 생각을 당연히 여기지 말자. 『젊은 예술가의 초상』을, 또는 현재 『리틀 리뷰 *The Little Review*』에 연재 중이며 좀 더 흥미로운 작품이 될 듯한 『율리시스』를[10] 읽은 독자라면 누구나 조이스 씨의 의도에 대해 이런 식의 추정을 내놓을 것이다. 아직 그 일부만을 앞에 놓은 우리로서는 단언하기보다 추정할 수 있을 뿐이지만, 전체적인 의도야 어떠하든 간에 그것은 극도로 성실한 작품이며, 그 결과는 — 어렵다거나 불쾌하다고 판단할 수는 있겠지만 — 부정할 수 없이 중요한 것이다. 우리가 유물론자라고 부른 이들과는 대조적으로, 조이스 씨는 정신적이다. 그는 어떤 대가를 치르더라도 머릿속에서 깜빡이는 내밀한 불꽃의 명멸을 드러내려 한다. 그리고 그것을 간직하기 위해 부차적이라 여겨지는 것은 무엇이든지, 개연성이든 일관성이든 간에, 여러 세대에 걸쳐 독자가 볼 수도 만질 수도 없는 것을 상상할 수 있도록 거드는 데 기여해 온 표지판들을 과감히 무시해 버린다. 예컨대

---

10 『젊은 예술가의 초상』은 1916년에 출간되었고, 『율리시스』는 이 글이 처음 쓰이기 한 달 전인 1919년 3월부터 『리틀 리뷰』에 연재를 시작하여 1920년 12월까지 계속되었다. 울프 부부가 설립한 호가스 출판사는 일찍이 1918년 4월부터 『율리시스』의 출간 제의를 받은 터였으나 제반 사정으로 인해 성사되지 못했고, 실제 출간은 1922년 파리에서 이루어졌다.

묘지에서의 장면은 그 재치와 조야함과 비일관성, 전광석화처럼 번득이는 의미로 인해 정신의 속살에 너무나 깊이 파고들기 때문에, 어쨌든 처음 읽을 때는 그것이 걸작이 아니라고 주장하기 힘들다. 만일 삶을 원한다면, 분명 여기에 삶이 있다. 정말이지 그 밖의 다른 무엇을 원하는지, 그처럼 독창적인 작품이 도대체 왜 — 비교의 수준을 한껏 높여서 —『청춘』이나『캐스터브리지의 시장』[11]에는 필적할 수 없는지 말하려 한다면, 우리는 어색하게 더듬거릴 수밖에 없다. 물론 그냥 작가의 정신이 상대적으로 빈곤해서라고 말해 버리면 그만일 것이다. 하지만 좀 더 밀고 나가, 우리가 밝지만 좁은 방에, 탁 트여 해방된 느낌이 아니라 답답하게 갇혀 있는 느낌이 드는 것은, 그의 정신 못지않게 방법이 부과하는 어떤 제약 때문이 아닌지 곰곰이 음미해 볼 수도 있다. 방법이 창조력을 저해하는 것일까? 즐겁거나 관대한 기분이 들기는커녕 자아에만 — 민감한 감수성에도 불구하고 자기 바깥, 자기 너머에 있는 것은 결코 포용하지도 창조하지도 못하는 자아에만 — 몰두해 있다는 느낌이 드는 것도 방법 탓일까? 외설에 대한 어쩌면 교훈적인 강조가 뭔가 모나고 고립된 효과를 내는 것일까? 아니면 동시대인들로서는 그처럼 독창적인 노력이 주는 것보다 주지 않는 것에 대해 말하기가 더 쉬워서

11 『청춘Youth』은 콘래드의 작품,『캐스터브리지의 시장The Mayor of Casterbridge』은 하디의 작품.

56

일까? 어쨌든 바깥에 서서 방법만을 논하는 것은 잘못이다. 작가로 하여금 표현하고자 하는 것을 표현하게 하는 한, 그리고 독자로 하여금 소설가의 의도에 다가가게 하는 한, 어떤 방법도 옳고 모든 방법이 옳다. 이런 방법은 우리가 기꺼이 삶 그 자체라 부를 태세가 되어 있는 것에 다가가게 해준다는 장점을 지닌다. 『율리시스』를 읽으면 삶의 얼마나 많은 부분이 배제되고 무시되어 왔는지를 깨닫게 되지 않는가? 『트리스트럼 샌디』나 심지어 『펜데니스』를 읽으며,[12] 인생에는 다른 면들도, 더구나 더 중요한 면들도 있다는 확신이 든 것은 충격이 아니었던가?

하여간 현재 작가가 당면한 문제는 — 과거에도 그랬겠지만 — 자신이 쓰고자 하는 바를 자유롭게 쓸 수 있는 수단을 강구하는 것이다. 작가는 자신의 관심이 더 이상 〈이것〉이 아니라 〈저것〉이라고, 오직 〈저것〉으로만 작품을 만들어야 한다고 말할 용기가 있어야 한다. 현대인들에게 〈저것〉, 즉 관심의 대상은 다분히 심리학이라는 어두운 영역에 있을 것이다. 그러므로 대번에 강조점이 달라져서 지금까지는 무시되던 것이 강조되고, 우리로서도 파악하기 힘들고 우리 선배들에게는 이해되지 않았을 어떤 다른 윤곽을 지닌 형태가 필요해진다. 현대인 외에는 아무도, 어쩌면 러시아인 외에는

12 『트리스트럼 샌디 *The Life and Opinions of Tristram Shandy*』는 로런스 스턴 Laurence Sterne(1713~1768)의 작품, 『펜데니스 *The History of Pendennis*』는 새커리의 작품.

아무도 체호프[13]가 「구세프」라는 단편으로 만든 상황에 대해 흥미를 느끼지 않았을 것이다. 러시아로 귀환하는 배 안에 몇 명의 러시아 군인이 앓아누워 있다. 우리는 오가는 몇 마디 대화를 통해 그들이 생각하는 내용을 조금 알게 된다. 그러다 한 사람이 죽어서 실려 나가고, 남은 사람들 사이에 잠시 더 대화가 이어지다가, 구세프 자신이 죽어서 〈마치 당근이나 순무처럼〉 배 밖으로 던져진다. 강조점은 너무나 엉뚱한 데 놓여 있어서 처음에는 전혀 강조점이 없는 것처럼 보인다. 그러다 눈이 어스름에 익숙해져서 방 안의 물건들을 분간하게 되면, 그제야 그 이야기가 얼마나 완벽한가, 얼마나 심오한가, 그의 비전에 얼마나 충실한가를 알게 된다. 체호프는 이것, 저것, 그리고 또 다른 것을 골라서 그것들을 한데 모아 가지고 무엇인가 새로운 것을 만들어 냈다. 하지만 〈이것은 희극적〉이라든가 〈저것은 비극적〉이라고 말하기는 불가능하며, 단편소설이란 모름지기 간결하고 명확해야 한다고 배운 우리로서는 도대체 이 모호하고 딱히 결말이랄 것도 없는 작품을 단편소설이라 해야 할지도 확신할 수 없다.

영국의 현대 소설에 대해서는 가장 기본적인 논의라 할지라도 러시아의 영향을 언급하지 않을 수 없다. 그런데 러시아 작가들에 대해 말하다 보면, 그들의 소설 이외의 다른 소

13 Anton Chekhov(1860~1904). 러시아의 소설가, 극작가. 「구세프」(1890)는 1918년 영역되었다.

설을 쓴다는 것이 시간 낭비라는 느낌마저 들 우려가 있다. 영혼과 마음에 대한 이해를 원한다면, 달리 어디서 그처럼 심오한 작품을 찾을 수 있겠는가? 우리는 영국의 유물주의에 신물이 날 정도지만, 러시아 소설가들은 아무리 군소 작가라 하더라도 인간 정신에 대한 존중을 타고났다. 〈다른 사람들과 함께하기를 배우라. 하지만 이 공감이 생각에 머물지 않게 하며 — 생각으로는 쉬우니까 — 마음으로, 그들에 대한 사랑으로 공감해야 한다.〉[14] 모든 위대한 러시아 작가에게서는 성자의 면모가 엿보이는 듯하다. 타인의 고통에 대한 공감, 그들에 대한 사랑, 정신의 가장 엄정한 요구에 걸맞은 목표에 도달하려는 노력 등이 거룩함의 본질이라면 말이다. 그들 안에 있는 성자의 모습은 우리 자신이 속되고 진부하다는 느낌으로 우리를 당혹케 하며, 유명한 영국 소설 대부분을 모조품이요 속임수로 만들어 버린다. 그렇듯 이해심과 연민으로 넘치는 러시아 정신의 결론들은 어쩌면 불가피하게 극도의 슬픔을 수반한다. 좀 더 정확하게 말하자면, 러시아 정신의 특징은 그 미결성에 있다고 해도 좋을 것이다. 그것은 대답이 없다는 느낌, 삶을 정직하게 들여다보면 오직 질문의 연속일 뿐이며 그 질문은 이야기가 끝난 다음에도 계속해서 울려 퍼질 것만 같다는 느낌이다. 이야기는 대답을 기

---

14 1918년 영역된 러시아 작가 단편집 『시골 목사*The Willage Priest and Other Stories*』 중 엘레나 밀리치나Elena Militsina의 표제작에서 인용.

대할 수 없는 질문으로 끝나며 우리에게 깊은, 그리고 어쩌면 원망스러운 실망감을 안긴다. 아마 그들이 옳을 것이다. 분명 그들은 우리보다 멀리, 우리가 가진 중대한 시각 장애 없이 바라볼 것이다. 하지만 우리도 그들이 보지 못하는 뭔가를 보는 게 아닐까? 그렇지 않다면 왜 이 암울함에 저항의 목소리가 섞여 들겠는가? 이 저항의 목소리는 또 다른 오래된 문명의 목소리이니, 그것은 우리 안에 고통을 감내하며 이해하기보다 즐기고 싸우는 본능을 함양해 온 듯하다. 스턴에서 메러디스에 이르기까지 영국 소설은 유머와 희극에서, 지상의 아름다움에서, 지성의 활동과 육체의 발랄함에서 우리가 누리는 천성적 기쁨을 증언해 준다. 하지만 영국 소설과 러시아 소설처럼 동떨어진 것들의 비교에서 얻어지는 어떤 추론도, 그것이 우리에게 소설이라는 예술의 무한한 가능성을 보여 주고 그 지평선에는 한계가 없으며 허위와 가식 외에는 아무것도 — 어떤 〈방법〉이나 제아무리 자유분방한 실험도 — 금지되어 있지 않다는 사실을 상기시킨다는 점을 제외하면 다 부질없는 것이다. 〈소설에 걸맞은 재료〉 같은 것은 존재하지 않는다. 모든 것이 소설에 적합한 재료이다. 모든 느낌이, 모든 생각이, 두뇌와 정신의 모든 특질이 동원될 수 있다. 어떤 지각도 그릇된 것이 아니다. 만일 소설의 기법이라는 것이 살아서 우리 가운데 있다면, 분명 우리에게 자기를 사랑하고 영예롭게 할 뿐 아니라 파괴하고 괴롭혀 달

라고 요구할 것이다. 그렇게 함으로써 그녀의 젊음은 새로워
지고 그녀의 주권은 확립될 것이다.

베넷 씨와 브라운 부인[1]

이 방 안에서 나는 소설을 쓰는 우를 범한, 소설을 쓰려 하
거나 또는 쓰는 데 실패한 유일한 사람일지도 모르겠습니다.
다행한 일입니다. 현대 소설에 대해 말해 달라는 여러분의
초청을 받고 스스로에게 물어보았습니다. 대체 어떤 마귀가
나를 꼬드겨 그런 미친 짓을 하게 만들었을까 하고 말입니
다. 그러자 자그마한 남자 혹은 여자의 모습이 내 앞에 나타
나 이렇게 말했습니다. 〈내 이름은 브라운이에요. 잡을 수 있

---

1 울프는 1923년 11월 17일 『뉴욕 이브닝 포스트*New York Evening Post*』,
1923년 12월 1일 『네이션 앤드 애시니엄*Nation and Athenaeum*』에 게재한
「베넷 씨와 브라운 부인Mr. Bennet and Mrs. Brown」이라는 글을 확충하여
1924년 5월 〈케임브리지 이단자들Cambridge Hereties〉이라는 모임에서 읽
었고, 이를 다듬어 〈소설의 인물Character in Fiction〉이라는 제목으로
1924년 7월 『크라이티어리언*Criterion*』에 실었다("Character in Fiction",
Essays III, pp. 420~438). 그런데 그녀는 이 글을 그해 10월 호가스 출판사에
서 다시 『베넷 씨와 브라운 부인』이라는 제목의 소책자로 펴냈으므로, 〈베넷
씨와 브라운 부인〉이라는 제목은 1923년의 짧은 버전과 1924년의 소책자로
나온 긴 버전을 모두 가리키며, 여기 옮기는 긴 글 역시 같은 제목으로 소개되
는 것이 보통이다. 모임에서 발표한 글이라 구어체로 옮긴다.

으면 잡아 보세요.〉

대부분의 소설가들이 같은 경험을 합니다. 브라운, 스미스,
또는 존스라는 이름의 누군가가 그들 앞에 나타나 더없이 사
근사근하고 매혹적인 어조로 말하는 겁니다.〈나를 잡을 수
있으면 잡아 보세요〉하고 말입니다. 그러면 그 도깨비불에
홀려, 그들은 책을 쓰고 또 쓰느라 허우적대며 인생의 황금기
를 낭비해 버리고, 대개의 경우 그 보답으로 아주 적은 액수의
돈을 받을 뿐입니다. 그 허깨비를 잡는 이는 거의 없습니다.
대개는 그 옷자락이나 머리칼 한 움큼으로 만족해야 하지요.

남자든 여자든 사람들이 소설을 쓰는 이유는 그렇듯 자신
앞에 나타난 인물을 창조하려는 유혹에 빠져들기 때문이라
고 나는 믿습니다. 이런 믿음은 아널드 베넷 씨도 승인한 바
있습니다. 그의 글을 인용해 보겠습니다.〈좋은 소설의 기초
는 인물 창조 이외의 다른 것이 아니다. (……) 문체도 중요
하고 플롯도 중요하고 관점의 독창성도 중요하다. 하지만 이
모든 것은 인물의 설득력에 비하면 아무것도 아니다. 인물이
리얼하면 그 소설은 성공할 가능성이 있다. 그렇지 못하다면
망각이 그의 분깃이 될 것이다.〉이런 식으로 논의를 전개하
여, 그는 현재 젊은 소설가 중에 일류가 나오지 않는 까닭은
그들이 리얼하고 참되고 설득력 있는 인물을 창조하지 못하
기 때문이라는 결론을 끌어냅니다.[2]

2 아널드 베넷은 1923년 3월 28일 『카셀스 위클리 *Cassell's Weekly*』에 발

오늘 밤 나는 이런 문제들을 신중하기보다는 대담하게 다루어 보려 합니다. 즉, 우리가 소설의 〈인물〉에 대해 말할 때 무엇을 의미하는지 생각해 보고, 베넷 씨가 제기한 리얼리티라는 문제도 살펴본 다음, 그가 지적하는 대로 젊은 소설가들이 정말로 인물을 창조하지 못한다면 그 이유가 무엇인지 알아보려 합니다. 이런 논의가 아주 포괄적이고 막연한 주장으로 이어지리라는 것은 잘 알고 있습니다. 왜냐하면 문제가 워낙 어려우니까요. 인물이라는 것에 대해 우리가 아는 것은 얼마나 적은지요. 예술에 대해서도 그렇고요. 하지만 논의가 더 진척되기 전에 사태를 분명히 해두기 위해, 에드워드 시대와 조지 시대[3]를 양 진영으로 나누었으면 합니다. 나는 웰스 씨, 베넷 씨, 골즈워디 씨, 이런 분들을 에드워드 시대 작가들이라 하고, 포스터 씨,[4] 로런스 씨,[5] 스트레이치 씨,[6] 조이스 씨, 엘리엇 씨,[7] 이런 분들을 조지 시대 작가들이라 하

표한 「소설은 퇴보하고 있는가?Is the Novel Decaying?」라는 글에서 젊은 세대의 소설을 이렇게 비판하고, 특히 울프의 『제이컵의 방*Jacob's Room*』을 예로 들어 작가가 독창성과 영리함을 추구하느라 〈기억에 남을 만한〉 인물을 창조하지 못했다고 혹평했다. 울프가 처음 쓴 「베넷 씨와 브라운 부인」은 이런 평가에 반박한 글이다.

3   에드워드 시대란 빅토리아 시대(1837~1901)에 뒤이어 에드워드 7세의 치세인 1901~1910년 또는 제1차 세계 대전 직전인 1914년까지를 일컫는다. 조지 시대란 하노버 왕가의 조지 1, 2, 3, 4세가 다스렸던 1714~1837년을 말하지만, 20세기에는 조지 5세의 치세(1910~1936)를 비공식적으로 〈조지 시대〉라 일컬었다.

4   Edward Morgan Forster(1879~1970). 영국 소설가.

5   David Herbert Lawrence(1885~1930). 영국 소설가.

6   Giles Lytton Strachey(1880~1932). 영국 작가, 비평가.

7   Thomas Stearns Eliot(1888~1963). 영국 시인.

겠습니다. 그리고 계속해서 이렇게 1인칭으로, 내 의견임을 밝혀 말하더라도 양해해 주시기 바랍니다. 나처럼 고립되고 아는 것도 없는 한 사람의 의견을 온 세상의 의견인 양 말하고 싶지 않기 때문입니다.

내 첫 번째 주장은 여러분도 인정하시리라 생각합니다. 즉, 이 방 안의 모든 사람이 인물을 판단한다는 것입니다. 인물 읽기를 실행하여 그 방면의 기술을 조금이라도 얻지 않고는 단 한 해도 무사히 살 수 없을 것입니다. 우리의 결혼과 우정이 거기 달려 있고, 우리 사업도 대폭 그에 의거해 있으며, 나날이 일어나는 문제들도 그 도움이 있어야만 해결됩니다. 그래서 이제 두 번째 주장을 말해 보겠습니다. 그것은 좀 더 논란의 여지가 있을지도 모르지만, 1910년 12월이나 그즈음에[8] 인간이라는 존재의 성격[9]이 달라졌다는 것입니다.

내 말은 정원에라도 나가듯이 밖에 나가 보니 장미가 피었더라거나 암탉이 알을 낳았더라거나 하는 것이 아닙니다. 그 변화는 그렇게 갑작스럽지도 확연하지도 않습니다. 하지

8 1901년부터 재위했던 에드워드 7세가 1910년 5월에 사망했고, 런던에서 제1회 후기 인상파 전시회가 1910년 11월에 열렸다.
9 이 글의 또 다른 제목인 〈소설의 인물Character in Fiction〉에서 character는 〈인물〉이지만, 이 문단 앞부분에서 〈인물을 판단한다judge of character〉거나 〈인물 읽기character-reading〉라고 할 때의 character는 〈인품, 사람됨〉의 의미에 가깝다. 그런데 이제 〈human character changed〉라고 할 때의 character는 〈인물〉이나 〈인품〉이라기보다는 〈인간이라는 존재의 성격〉이 달라졌다는 말로 새겨야 할 듯하다. 참고로 국내의 여러 인용문에는 〈인간 기질〉, 〈인간 성격〉, 〈인간성〉, 〈인성〉 등으로 옮겨져 있다.

만 그래도 변화는 분명히 있었고, 어차피 임의적이 될 수밖에 없으니, 그 기점을 1910년으로 합시다. 그 최초의 징후는 새뮤얼 버틀러[10]의 책들, 특히 『모든 육체의 길 *The Way of All Flesh*』에 기록되어 있고, 버나드 쇼의 희곡들도 계속하여 그것을 기록합니다. 삶에서는, 비근한 예를 들자면, 요리사라는 인물에서 그 변화를 볼 수 있습니다. 빅토리아 시대의 요리사는 아래층 깊숙한 데서, 막강하고 말없는, 눈에 띄지 않고 속을 알 수 없는 심해 괴물 같은 존재로 살았습니다. 반면 조지 시대의 요리사는 햇빛과 신선한 공기의 산물로, 『데일리 헤럴드 *The Daily Herald*』를 빌리거나 모자에 대한 조언을 구하기 위해 서슴없이 거실을 드나듭니다. 인류의 변화 능력을 보여 주기에 이보다 더 엄숙한 예증이 필요할까요? 『아가멤논』을 읽어 보십시오. 그리고 시간이 갈수록 여러분의 공감이 거의 전적으로 클리타임네스트라에게 쏠리지 않는지 보십시오. 아니면 칼라일 내외의 결혼 생활에 주목하여, 천재성을 지닌 여성이 책을 쓰는 대신 바퀴벌레나 쫓고 냄비나 닦으며 세월을 보내는 게 온당한 일이라 여기게끔 만들었던 끔찍한 가정적 전통이 그에게나 그녀에게나 얼마나 무익했던가를, 그 엄청난 낭비를 슬퍼하십시오.[11] 모든 인간관계가

---

10 Samuel Butler(1835~1902). 영국 소설가.
11 토머스 칼라일의 아내 제인 웰시 칼라일Jane Welsh Carlyle(1801~1886)은 평생 남편에게 헌신하느라 펼치지 못한 문학적 재능을 방대한 서한집에 남겼다.

── 주인과 하인, 남편과 아내, 부모와 자식 간의 관계가 ──
변했습니다. 그리고 인간관계가 변함과 동시에 종교와 행동
거지와 정치와 문학에서도 변화가 일어났습니다. 이런 변화
중 한 가지를 1910년 즈음에 두기로 합시다.

앞에서 나는 사람들이 단 1년이라도 무사히 살려면 인물
을 읽는 데 상당한 기술을 터득해야 한다고 말했습니다. 하
지만 그것은 젊은이들의 기술입니다. 중년과 노년에는 그런
기술이 주로 실제적인 목적으로 행해지며, 인물 읽기에 수반
되는 우정이나 그 밖의 모험이나 실험은 거의 일어나지 않습
니다. 하지만 소설가들은 실제적인 목적으로는 인물에 대해
알 만큼 알게 된 후에도 여전히 인물에 관심을 갖는다는 점
에서 다른 사람들과 다릅니다. 그들은 한 걸음 더 나아가, 인
물 그 자체에 무엇인가 변함없이 흥미로운 것이 있다고 느낍
니다. 소설가들이 보기에는 인생의 모든 실제적인 업무가 완
수된 후에도 사람들에게 여전히 엄청나게 중요한 ── 행복이
나 안락함, 수입 등과는 무관하게 중요한 ── 무엇인가가 있
는 것만 같습니다. 인물 탐구는 소설가에게 몰입거리가 되
고, 인물에 성격을 부여하는 것은 강박관념이 됩니다. 그런
데 소설가들이 인물에 대해 말할 때 무엇을 의미하는지, 그
들로 하여금 매번 자신의 견해를 글로 쓰게 하는 강력한 충
동이 무엇인지 나로서는 설명하기가 무척 어렵습니다.

그러니 여러분이 허락하신다면, 추상적인 분석보다는 간

단한 이야기를 하나 해드리겠습니다. 그것은 다소 요령부득일지도 모르지만, 리치먼드에서 워털루로 가는 여행에 관한 진짜 이야기라는 장점이 있습니다. 이 이야기를 통해 내가 말하는 〈인물〉이 무엇인지 여러분에게 보여 드리고, 여러분도 인물이라는 것이 지닐 수 있는 다양한 양상을, 그것을 말로 표현하려 하자마자 닥치는 무시무시한 위험들을 알게 되었으면 합니다.

몇 주 전 어느 날 밤, 나는 기차 시간에 늦어서, 내가 당도한 첫 번째 기차간에 뛰어올랐습니다. 자리에 앉으면서 묘하게 불편한 느낌이 들어서 보니, 이미 그곳에 앉아 있던 두 사람의 대화가 나 때문에 잠시 끊긴 듯했습니다. 그들은 젊지도 행복해 보이지도 않았습니다. 전혀 그렇지 않았지요. 둘다 나이가 꽤 들어서, 여자는 예순, 남자는 마흔이 훨씬 넘어 보였습니다. 그들은 마주 앉아 있었는데, 남자는 그의 자세나 상기된 얼굴로 보아 몸을 앞으로 내밀고 열띠게 말하고 있었던 듯, 몸을 다시 뒤로 하며 입을 다물었습니다. 내가 방해가 되어 다소 언짢은 듯했습니다. 하지만 나이 든 부인은 (브라운 부인이라고 부르겠습니다) 오히려 안도한 기색이었습니다. 그녀는 깔끔한 ── 모든 것이 단추 채워지고 조여지고 묶이고 수선되고 솔질된 ── 그 지나친 깔끔함이 더러운 누더기보다 한층 더 극도의 빈곤을 드러내는, 가난한 노부인 중 한 사람이었습니다. 그녀에게는 어딘가 불편한 구석이, 괴로움과 고민의 기색이 있었고, 게다가 그녀는 아주 작았습니다. 깔끔한 작은 장화를 신은 발이 거의 바닥에 닿지도 않았습니다. 아무도 의지할 사람이 없고, 뭐든 혼자서 결정해야 하는 듯이 보였습니다. 여러 해 전에 버림을 받았거나 과부가 되었거나 하여 불안하고 근심에 찬 삶을 살아왔겠지요. 아마도 아들 하나를 키우면서. 그런데 최근 들어서는 십중팔구 그 아들마저 잘못되어 가는 것입니다. 이 모든 것이 내가 자리에 앉는 순간 마음속을 스쳐 갔습니다. 대개의 사람들이 그렇듯이 나도 동승한 승객들에 대해 어떤 식으로든 생각이 정리되지 않으면 불편하니까요. 이어 남자 쪽을 바라보았습니다. 그는 브라운 부인의 친척이 아닐 거라고 나는 확신했습니다. 그는 훨씬 더 크고 건장하고 덜 세련된 부류의 사람이었습니다. 아마도 사업가, 북부에서 온 점잖은 곡물상일 거라고 나는 상상했습니다. 청색의 질 좋은 서지 양복을 입고 주머니칼과 비단 손수건을, 그리고 튼튼한 가죽 가방을 가지고 있었습니다. 하지만 분명 그는 브라운 부인과 담판을 지어야 할 유쾌하지 못한 일이 있었는데, 은밀하고 어쩌면 떳떳지 못한 일이라 내 앞에서는 말하고 싶지 않은 듯했습니다.

「그래요, 크로프트네는 하인들 일로 아주 운이 나빴지요.」 스미스 씨(라고 부르겠습니다)가 태연한 분위기를 유지하려는 듯, 앞서 말하던 화제로 돌아가 짐짓 사려 깊은 어조로 말했습니다.

「아, 불쌍한 사람들.」 브라운 부인이 은근히 내려다보는 듯이 말했습니다. 「우리 할머니가 데리고 계시던 하녀는 열다섯 살 때 와서 여든 살까지 있었답니다.」 (우리 두 사람 모두에게 과시하려는 듯, 상한 자존심에서 나오는 도전적인 어조였습니다.)

「요즘은 그런 경우가 흔치 않지요.」 스미스 씨가 타협적인 어조로 말했습니다.

그러고는 둘 다 조용해졌습니다.

「저기에 골프 클럽을 만들지 않는 게 이상하네요. 젊은 친구들 중에 누군가가 할 것만 같은데 말이에요.」 스미스 씨가 분명 침묵이 불편한 듯 말했습니다.

브라운 부인은 굳이 대꾸하려 하지 않았습니다.

「이 지역도 많이 달라지고 있어요.」 스미스 씨는 창밖을 내다보면서, 그리고 내 쪽을 흘끔 돌아보면서 말했습니다.

브라운 부인의 침묵이나 스미스 씨의 어색한 상냥함으로 보아, 그가 그녀에게 모종의 불편한 힘을 행사하고 있다는 것이 뻔히 보였습니다. 아마도 그녀의 아들이 실수한 일이거나, 그녀의 과거사의 불행한 어떤 일이거나, 아니면 딸에 관한 일이겠지요. 어쩌면 그녀는 뭔가 재산권을 양도하는 서류에 서명을 하러 런던에 가는 길이었지도 모릅니다. 분명 그녀는 원치 않게도 스미스 씨의 수중에 있는 것 같았습니다.

내 마음에 그녀에 대한 연민이 차올랐습니다. 그런데 그때 그녀가 불쑥 뜬금없는 말을 꺼냈습니다.

「참나무 잎이 2년 연속으로 벌레 먹히면, 나무가 죽나요?」

그녀는 밝고 또렷하게, 교양 있고 호기심에 찬 목소리로 물었습니다.

스미스 씨는 움찔 놀랐지만, 무난한 화제가 생긴 데 안도했습니다. 그는 그녀에게 병충해에 대해 빠른 속도로 많은 이야기를 해주었습니다. 자신에게는 켄트에서 과수원을 하는 형제가 있다면서, 켄트의 과수업자들이 매년 무슨 일을 하는지 등등에 대해 끝없이 늘어놓았습니다. 그가 그렇게 떠드는 동안 기묘한 일이 일어났습니다. 브라운 부인이 작고 하얀 손수건을 꺼내 눈가를 닦기 시작한 것입니다. 그녀는 울고 있었습니다. 하지만 그녀는 사뭇 침착하게 그의 말에 귀를 기울였으며, 그는 다소 화난 듯이 목소리를 높여 계속해서 말했습니다. 마치 전에도 그녀가 우는 것을 종종 본 적이 있고, 그 버릇이 마뜩잖은 듯했습니다. 마침내 그것이 그의 신경을 건드렸습니다. 그는 돌연 입을 다물고 창밖을 내다보았습니다. 그러고는 내가 처음 들어왔을 때와 같이 그녀 쪽으로 몸을 기울이며, 더 이상 난센스는 참지 못하겠다는 듯 거칠고 위협적인 어조로 말했습니다.

「그럼 아까 일은 얘기가 된 겁니다? 조지가 화요일에 오는 걸로?」

「우리는 늦지 않을 거예요.」 브라운 부인은 한껏 위엄을 추스르며 말했습니다.

스미스 씨는 아무 말도 하지 않았습니다. 그는 자리에서 일어나 코트 단추를 채우고 가방을 집어 들더니, 기차가 클래펌 정션에 채 멈추기도 전에 뛰어내렸습니다. 원하던 것을 얻기는 했지만 스스로 수치스러운 듯, 노부인의 면전에서 벗어나는 것이 기쁜 기색이었습니다.

브라운 부인과 나만 남았습니다. 그녀는 맞은편 구석 자리에, 아주 깔끔하고, 아주 작고, 다소 기묘한, 그리고 극도로 불행한 모습으로 앉아 있었습니다. 그녀가 주는 인상은 압도적이었습니다. 그것은 한 줄기 외풍처럼, 탄내처럼 쏟아져 나왔습니다. 그 압도적이고 기묘한 인상은 대체 무엇으로 이루어져 있었을까요? 그럴 때면 머릿속으로 수천 개의 무관하고 잡다한 관념들이 몰려듭니다. 브라운 부인이라는 사람 주변의 온갖 다양한 장면들이 떠오르는 것입니다. 나는 그녀가 바닷가의 집에서, 성게라든가 유리 케이스에 든 배 모형이라든가 하는 특이한 장식품들에 둘러싸여 있는 모습을 그려 보았습니다. 그녀의 남편이 받은 훈장들이 벽난로 선반 위에 놓여 있었습니다. 그녀는 방 안을 들락날락하면서 의자에 걸터앉기도 하고, 접시에서 음식을 집어 먹기도 하고, 아무 말 없이 한참씩이나 골똘히 생각에 잠기기도 했습니다. 참나무와 병충해가 내게 그 모든 것을 떠올리게 했던 것입니다. 그런데 이 환상적인 은둔 생활 가운데로 불쑥 스미스 씨가 끼어들었습니다. 나는 그가 어느 바람 센 날, 마치 돌풍처럼 불어닥치는 것을 보았습니다. 그는 문을 쾅 소리 나게 닫았습니다. 그의 젖은 우산에서 물이 뚝뚝 떨어져 현관에 물웅덩이가 생겨났습니다. 그리고 두 사람이 마주 앉았습니다.

이윽고 브라운 부인은 끔찍한 사실에 맞닥뜨렸습니다. 그녀는 영웅적인 결정을 내렸습니다. 이른 새벽에 그녀는 가방을 꾸려 들고 역으로 갔습니다. 들어 주겠다는 스미스 씨의 손길을 단호히 뿌리쳤습니다. 그녀는 자존심에 상처를 입었고, 안전한 정박지에서 내몰렸습니다. 그녀는 하인들을 부리던 점잖은 집안 출신이지만 — 이런 세부들은 나중으로 미뤄도 되겠지요. 중요한 것은 그녀가 어떤 사람인가를 이해하고 그녀의 분위기에 잠기는 일입니다. 왜 내가 그 분위기를 비극적이고 영웅적이라고, 그러면서도 기발하고 엉뚱한 데가 있다고 느꼈는지 미처 알아차리기도 전에 기차가 멈추어 섰습니다. 나는 그녀가 가방을 들고 넓고 환한 역 안으로 사라져 가는 모습을 지켜보았습니다. 그녀는 아주 작고 고집스럽고, 아주 연약하면서도 영웅적으로 보였습니다. 나는 그녀를 다시 만나지 못했고, 그녀가 어떻게 되었는지 결코 알 수 없을 것입니다.

이 이야기는 이렇게 요점 없이 끝납니다. 그런데도 이 일화를 들려 드린 것은 내 이야기꾼으로서의 재능이나 리치먼드에서 워털루까지 기차를 타고 가는 일의 즐거움을 보여 드리기 위해서가 아닙니다. 내가 이 이야기에서 여러분의 주목을 끌고자 하는 점은 이것입니다. 여기 한 인물이 있고, 그 인물은 다른 사람에게 깊은 인상을 줍니다. 즉, 브라운 부인이 누군가로 하여금 거의 자동적으로 그녀에 관한 소설을 쓰기 시작하게 만든다는 것입니다. 나는 모든 소설이 그렇듯 맞은편 구석 자리에 앉아 있는 한 노부인으로부터 시작된다고 믿습니다. 말하자면 나는 모든 소설이 인물을 다루며, 소설이라는 형식이 — 어색한, 장황한, 극적이지 못한, 풍부한, 유연한, 생생한, 모든 형식이 — 발전해 온 것은 인물을 표현하기 위해서이지, 설교하거나 노래하거나 대영 제국의 영광을 구가하기 위해서가 아니라고 믿습니다. 〈인물을 표현하기 위해서〉라고 나는 말했지만, 여러분은 이 말에 아주 폭넓은 해석이 적용될 수 있다고 생각할 것입니다. 예컨대 브라운 부인이라는 인물은 여러분의 나이나 태어난 나라에 따라 아주 다르게 와닿을 것입니다. 기차간에서의 그 사건에 대해 영국식, 프랑스식, 러시아식으로 세 가지 다른 버전을 써볼 수도 있습니다. 영국 작가라면 그 노부인을 하나의 〈인물〉로 만들어, 그녀의 특징이나 무의식적인 버릇, 그녀의 단추나 주름살, 리본과 사마귀 같은 것들을 부각시킬 것입니다. 그녀의 개성이 소설 전체를 지배하겠지요. 프랑스 작가라면 그 모든 것을 지워 버릴 것입니다. 브라운 부인이라는 개인을 희생시키고 인간 본성에 대한 좀 더 일반적인 시각을, 좀 더 추상적이고 균형 잡히고 조화로운 전체를 얻으려 할 것입니다. 러시아 작가라면 육체를 꿰뚫고 영혼을 드러낼 것입니다. 영혼만이 워털루 거리를 배회하며 인생에 대하여 뭔가 엄청난 질문을 던지고, 그 질문은 우리가 책을 덮은 후에도 귓가에 쟁쟁하게 남을 것입니다. 그뿐만 아니라, 작가의 기질도 고려해야 합니다. 어떤 인물에서 여러분은 한 가지 면을 보고, 나는 또 다른 면을 봅니다. 여러분은 그것이 이것을 의미한다고 말하고, 나는 저것을 의미한다고 말합니다. 그리고 실제로 글을 쓰는 단계에 이르면, 저마다 자기 나름의 원리들에 입각하여 또 다른 선택을 하게 됩니다. 그렇게 해서 브라운 부인은 작가의 나이와 국적과 기질에 따라, 무한히 다양한 방식으로 다루어질 수 있습니다.

하지만 여기서 나는 아널드 베넷 씨가 한 말을 상기해야 합니다. 그는 소설이 살아남을 가능성은 전적으로 인물이 리얼한가에 달려 있다고 말합니다. 그렇지 않으면 죽을 수밖에 없다고 말입니다. 하지만 리얼리티란 대체 무엇일까요? 리얼리티가 있는지 없는지 누가 판단할까요? 어떤 인물이 베넷 씨에게는 리얼하지만 내게는 영 리얼하지 않을 수도 있습니다. 가령 이 기사에서 그는 『셜록 홈스』의 왓슨 박사가 자신에게는 리얼하다고 말하고 있습니다만,[12] 내게는 왓슨 박

12 베넷은 『셜록 홈스*Sherlock Holmes*』의 인기가 왓슨이라는 인물의 설

사란 지푸라기로 속을 채운 자루요 허수아비요 웃음거리입니다. 모든 책, 모든 인물이 다 그렇겠지요. 어떤 인물이 리얼하냐 아니냐만큼 사람들의 의견이 갈리는 문제도 없을 겁니다. 특히 요즘 소설에서는 더욱 그렇습니다. 하지만 좀 더 넓은 시각에서 보면, 베넷 씨의 말도 전적으로 옳다고 생각합니다. 여러분이 위대한 소설이라고 생각하는 작품들 — 『전쟁과 평화』, 『허영의 시장』, 『트리스트럼 샌디』, 『보바리 부인』, 『오만과 편견』, 『캐스터브리지의 시장』, 『빌레트』[13] 같은 — 은 대번에 어떤 인물을 떠올리게 합니다. 그 인물은 너무나 리얼한 나머지(단순히 실제의 삶과 비슷하다는 뜻은 아닙니다) 그 인물만이 아니라 그의 눈을 통해 보이는 온갖 것들 — 종교와 사랑과 전쟁과 평화와 가정생활과 읍내의 무도회와 석양과 뜨는 달과 영혼의 불멸 — 을 떠올리게 하는 힘이 있습니다. 『전쟁과 평화』에서 다루어지지 않는 인간 경험의 주제는 없을 것만 같습니다. 그리고 이 모든 소설에서, 이 모든 위대한 소설가들은 우리에게 보여 주고 싶은 것을 인물을 통해 보여 줍니다. 그렇지 않다면 그들은 소설이 아니라 시나 역사나 소책자를 써야겠지요.

득력, 곧 리얼리티에 있다고 말한다.
  13 『전쟁과 평화』는 톨스토이, 『허영의 시장Vanity Fair』은 새커리, 『트리스트럼 샌디』는 로런스 스턴, 『보바리 부인Madame Bovary』은 플로베르 Gustave Flaubert(1821~1880), 『오만과 편견Pride and Prejudice』은 제인 오스틴, 『캐스터브리지의 시장』은 토머스 하디, 『빌레트Villette』는 샬럿 브론테 Charlotte Brontë(1816~1855)의 작품.

하지만 베넷 씨의 말을 좀 더 들어 봅시다. 그는 말하기를, 조지 시대 작가 중에는 위대한 소설가가 없으며, 그 이유는 그들이 리얼하고 참되고 설득력 있는 인물을 창조하지 못하기 때문이라고 합니다. 이 대목에 나는 동의할 수 없습니다. 내 생각에는 상황을 달리 보게 할 만한 이유와 변명과 가능성 들이 있으니까요. 적어도 내가 보기에는 그렇습니다. 하지만 이 문제에 관해서는 내가 편견을 갖고 낙관하며 근시안적이 되기 쉽다는 것은 잘 알고 있습니다. 나는 여러분이 치우치지 않고 공정하게, 관대하게 보아 주리라 기대하면서 내 견해를 펼쳐 보겠습니다. 베넷 씨의 말대로라면, 오늘날의 소설가들이 그에게뿐 아니라 일반 대중에게도 리얼해 보이는 인물을 창조하기가 그토록 어려운 이유는 무엇일까요? 도대체 왜 10월이 돌아올 때면 출판업자들은 항상 걸작을 내놓지 못하는 걸까요?[14]

분명 한 가지 이유는, 1910년대 안팎에 소설을 쓰기 시작한 사람들이 일을 배울 만한 선배 영국 작가가 없었다는 점입니다. 콘래드 씨는 폴란드 사람이라 열외이니, 대단히 매혹적이기는 하지만 별 도움이 되지 않습니다. 하디 씨는 1895년 이후로는 소설을 쓰지 않았습니다. 1910년의 가장 두드러지고 성공적인 소설가들은 아마도 웰스 씨, 베넷 씨, 골즈워디 씨일 것입니다. 그런데 그들에게 가서 소설 쓰는

14   영국에서는 많은 신간 소설이 가을에 출간된다.

법을 — 리얼한 인물을 만드는 법을 — 가르쳐 달라는 것은 제화공에게 가서 시계 만드는 법을 가르쳐 달라는 것과도 같으리라 생각됩니다. 내가 그들의 책을 높이 평가하지도 즐기지도 않는다는 말로 들리지 않기를 바랍니다. 나도 그들이 대단히 가치 있고 필요한 작가들이라고 생각합니다. 하지만 시계보다는 장화가 더 중요한 계절도 있으니까요. 비유는 이쯤 해두고, 나는 정말로 빅토리아 시대의 창조적 활동 이후에는 문학뿐 아니라 인생을 위해서도 누군가가 웰스 씨, 베넷 씨, 골즈워디 씨가 쓴 것 같은 작품을 쓰는 것이 필요했다고 생각합니다. 하지만 얼마나 특이한 작품들인지요! 도대체 그것들을 작품이라 부르는 것이 옳을지 의문입니다. 왜냐하면 그것들은 너무나 불완전하고 불만족스러운 느낌을 남기기 때문입니다. 그 느낌을 완결하려면 무엇인가를 — 협회에 가입하든가, 좀 더 필사적일 때는 수표라도 끊든가 — 해야만 할 것 같습니다. 그러고 나면 비로소 흥분이 가시고 책을 덮어 서가에 꽂아 둘 수 있게, 그리고 다시는 읽지 않게 됩니다. 하지만 다른 소설가들의 작품은 그렇지 않습니다. 『트리스트럼 섄디』나 『오만과 편견』은 그 자체로서 완전하며 충분합니다. 그런 작품은 다시 읽고 더 잘 이해하고 싶다는 것 말고는 다른 무엇인가를 하려는 욕망을 불러일으키지 않습니다. 아마도 그 차이는 스턴과 제인 오스틴이 사물 그 자체, 인물 그 자체, 작품 그 자체에 관심을 두었다는 데 있겠지요. 하지만 에드워드 시대 작가들은 인물 그 자체, 작품 그 자체에는 결코 관심을 두지 않았습니다. 그러므로 그들의 작품은 작품으로서 불완전하며 독자 자신이 그것을 완결하기 위해 적극적이고 구체적인 행동을 취해야 합니다.

이 점을 좀 더 분명히 하기 위해, 상상력을 좀 발휘하여 웰스 씨, 골즈워디 씨, 베넷 씨가 브라운 부인과 함께 워털루로 가는 기차간에 타고 있다고 해봅시다. 앞서도 말했듯이, 브라운 부인은 초라한 차림의 자그마한 노부인입니다. 초조하고 지친 기색이 역력합니다. 그녀가 교육의 혜택을 누린 여성인지는 의심스럽습니다. 웰스 씨라면 우리 초등 교육의 불만족스러운 상황을 드러내는 이 모든 징후를 번개처럼 낚아채어, 즉각 유리창 위에 더 훌륭한 세계, 더 개방적이고, 더 명랑하고, 더 행복하고, 더 모험적이고, 더 영웅적인 세계를 그려 보일 것입니다. 그 세계에는 이 곰팡내 나는 기차간이나 고루한 노부인 따위는 존재하지 않겠지요. 그것은 아침 8시면 기적적인 바지선들이 열대 과일을 캠버웰로 가져오는 세계, 공공 유아원, 분수, 도서관, 식당, 응접실, 결혼이 있는 세계, 모든 시민이 너그럽고 솔직하고 당당하고 위엄이 있어 마치 웰스 씨 자신과 같을 세계입니다. 하지만 아무도 브라운 부인 같지는 않습니다. 유토피아에는 브라운 부인 같은 이는 없습니다. 정말이지 웰스 씨는 그녀를 바람직한 모습으로 만들려는 열정에 사로잡힌 나머지, 있는 그대로의 브라운 부인에게는 한 가닥의 생각도 허비하지 않으리라 생각합니다. 골즈워디 씨라면 브라운 부인에게서 무엇을 볼까요? 덜턴 공장의 벽들이 그의 마음을 사로잡으리라는 것을 의심할 수 있을까요? 그 공장에는 날마다 스물다섯 다스의 도기를 만드는 여성들이 있습니다. 마일 엔드 로드에는 그 일로 버는 몇 푼 동전에 생계를 의지하는 어머니들이 있습니다. 하지만 서리에는 나이팅게일이 노래하는 동안 값비싼 여송연을 태우는 고용주들이 있지요. 분노에 불타올라 정보를 축적하고 문명을 규탄하면서, 골즈워디 씨가 브라운 부인에게서 보는 것은 차바퀴에 깨져 구석에 던져진 단지뿐일 것입니다.

에드워드 시대 작가 중에서는 베넷 씨만이 기차간 안에 시선을 둘 것입니다. 그는 실로 모든 세부를 엄청나게 꼼꼼히 관찰할 것입니다. 광고물들, 스와니지와 포츠머스의 사진들, 좌석의 쿠션이 단추들 사이로 울룩불룩한 모양새, 브라운 부인이 휘트워스 바자에서 3파운드 3실링 3펜스에 산 브로치를 달고 있는 것, 양쪽 장갑을 다 기운 것 — 왼쪽 장갑의 엄지 부분은 통째로 간 것 — 등을 눈여겨보겠지요. 뒤이어 그는 이 기차가 윈저에서 논스톱으로 오다가 리치먼드에서 한 번 선다는 것, 그것이 극장에 갈 여유는 있지만 자동차를 살 만한 사회적 계층에는 도달하지 못한, 하지만 물론 경우에 따라서는(어떤 경우인지 그는 말해 줄 것입니다) 회사

(어떤 회사인지도 말해 주겠지요)에서 차를 빌리기도 하는, 중산층 주민들의 편의를 위해서라는 것도 언급할 것입니다. 그런 다음 그는 침착하게 브라운 부인에게 다가가서 그녀가 어떻게 대칫에 소유권이 아니라 점유권만 있는 작은 재산을 물려받았는지, 또 그것이 어떻게 사무 변호사 벙게이 씨에게 저당 잡히게 되었는지 이야기하겠지요. 하지만 굳이 베넷 씨에 대해 이런 상상을 할 필요가 있을까요? 그는 실제로 소설을 쓰지 않나요? 그의 소설을 손에 잡히는 대로 아무거나 펼쳐 봅시다. 『힐다 레스웨이스*Hilda Lessways*』[15]로군요. 그가 소설가라면 마땅히 그래야 할진대, 어떻게 힐다를 리얼하고 참되고 설득력 있는 인물로 만드는지 한번 봅시다. 그녀는 조심스럽게 조용히 문을 닫는데, 이는 어머니와의 관계가 긴장되어 있음을 보여 줍니다. 그녀는 『모드*Maud*』[16]를 즐겨 읽으며, 감수성이 예민합니다. 여기까지는 그런대로 괜찮습니다. 베넷 씨는 특유의 여유 있고 자신감 있는 태도로 처음 몇 페이지에서 — 여기서는 한 터치 한 터치가 중요하지요 — 그녀가 어떤 아가씨인지 보여 주려 하고 있습니다.

하지만 그는 힐다 레스웨이스가 아니라 그녀의 침실 창문에서 보이는 풍경부터 묘사하기 시작하는데, 그 구실인즉슨 집세를 받으러 다니는 사람인 스켈런 씨가 그쪽에서 오고 있

15 베넷의 〈클레이행어〉 3부작 중 제2부.
16 앨프리드 테니슨의 시집.

다는 것입니다. 베넷 씨는 이렇게 씁니다.

그녀의 등 뒤에는 턴힐 구역이 펼쳐져 있었고, 턴힐을
북방 전초지로 하는 파이브 타운스 전역이 어둑하니 남쪽
으로 펼쳐져 있었다. 채털리 숲의 기슭에서 운하는 크게
커브를 그리며 체셔의 더럽혀지지 않은 들판과 바다를 향
해 굽이쳤다. 운하 쪽, 힐다의 창문과 정면으로 마주 보이
는 곳에 밀가루 공장이 있었고, 거기서는 거의 가마나 굴
뚝에서 나오는 만큼의 연기가 솟아 올라 양쪽 풍경을 다
막아 버렸다. 밀가루 공장에서부터 벽돌 깔린 오솔길이
새로 지은 작은 집들과 거기 딸린 정원들을 가로지르며
상당한 거리를 지나 곧장 레스웨이스가로 이어지고 레스
웨이스 부인의 집 앞에 이르렀다. 스켈런 씨는 이 길을 따
라왔을 터였다. 그는 길 저쪽 끝의 작은 집에 살았다.

단 한 줄의 통찰력 있는 문장이 이 모든 묘사보다 더 많은
일을 했을 테지만, 소설가에게 필요한 귀찮은 일이라 치고
넘어갑시다. 그런데 힐다는 어디 있지요? 애석하게도 그녀
는 여전히 창밖을 내다보고 있습니다. 열정적이고 불만에 차
있지만, 그녀는 집을 볼 줄 아는 아가씨입니다. 그녀는 종종
스켈런 노인을 자기 침실 창문에서 보이는 빌라들과 비교하
곤 합니다. 그러므로 그 빌라들도 묘사해야만 합니다. 베넷

씨는 이렇게 씁니다.

그 줄은 〈자가(自家) 빌라들〉이라고 불렸다. 대부분의
땅이 점유권만 있는 터라 소유주를 바꾸려면 〈벌금〉을 내
야 할 뿐 아니라 장원 영주의 대리인이 주재하는 〈법정〉의
봉건적 동의가 있어야만 하는 구역에서 그것은 사뭇 자랑
스러운 명칭이었다. 그 집들은 대부분 거주자의 소유였으
며, 거주자들은 제각기 그 땅의 절대 군주로서 마른 셔츠
와 수건 들이 펄럭거리는 가운데 저녁이면 땅거미 진 정
원을 공들여 가꾸었다. 자가 빌라들은 빅토리아 시대 경
제학의 마지막 승리를, 신중하고 근면한 장인의 신격화를
상징했다. 그것은 주택 금융 조합 직원이 낙원에 대해 품
었던 꿈에 상응하는 것이었다. 실로 그것은 아주 가시적
인 업적이었다. 그렇지만 힐다의 불합리한 경멸감은 그
사실을 인정하려 들지 않았다.

만만세! 드디어 힐다 자신이 나옵니다. 하지만 그렇게 금
방은 아니지요. 힐다는 이것도 저것도 또 다른 것도 될 수 있
었겠지만, 그저 집들을 바라보고 집들에 대해 생각만 하지는
않았습니다. 힐다도 어느 한 집에 살고 있었던 것입니다. 그
렇다면 힐다는 어떤 집에 살았을까요? 베넷 씨는 이렇게 씁
니다.

그것은 찻주전자 제조업자였던 조부 레스웨이스가 지은 네 채의 단독 테라스 하우스에서 가운데 두 집 중 하나였다. 네 채 중 단연 으뜸이었고, 테라스의 소유주가 사는 집이라는 것이 표가 났다. 구석 집 중 하나에는 야채 가게가 있었는데, 주인집 정원을 다른 집 정원보다 약간 더 크게 만드느라 채소 가게에 딸린 정원은 좀 작았다. 이 테라스 하우스들은 작지 않았고, 연간 임대료가 26~36파운드는 되었으므로 장인이나 보험 회사 말단 직원, 집세 받으러 다니는 사람의 수입으로는 얻기 어려웠다. 게다가 그것은 넉넉하게 잘 지은 건물로, 그 지음새는 조지 시대의 쾌적함을 희미하게나마 보여 주고 있었다. 그것은 읍내의 신축 단지 중에서는 확실히 가장 좋은 줄에 있었다. 자가 빌라들을 지나 테라스 하우스로 가면서, 스켈턴 씨는 분명 더 우월하고 더 넓고 더 자유로운 무엇인가에 이르는 것이었다. 문득 어머니의 목소리가 들려왔다……

하지만 우리는 힐다 어머니의 목소리도 힐다의 목소리도 들을 수 없습니다. 우리는 베넷 씨가 우리에게 집세니 자가 소유니 점유권이니 벌금이니 하는 사실들을 말해 주는 목소리밖에 듣지 못합니다. 베넷 씨는 대체 무엇을 하려는 걸까요? 나는 베넷 씨가 하려는 일에 대해 나름대로의 견해를 갖고 있습니다. 그는 우리에게 자기를 대신하여 상상하게 하려

합니다. 그는 우리에게 최면을 걸어 믿게 하려는 것이지요. 그가 집을 만들었으니, 그 안에 사는 사람이 반드시 있으리라고 말입니다. 그의 모든 관찰력에도 불구하고, 인간애와 공감력에도 불구하고, 베넷 씨는 구석 자리의 브라운 부인을 한 번도 돌아보지 않았습니다. 그녀는 거기 기차간 구석 자리에 앉아 있습니다. 그 기차간은 리치먼드에서 워털루로 가는 것이 아니라 영문학의 한 시대에서 다음 시대로 가는 것이지요. 브라운 부인은 그대로입니다. 브라운 부인은 인간 본성이니 표면적으로만 달라질 뿐이며, 들락날락하는 것은 소설가들입니다. 그녀는 거기 앉아 있는데, 에드워드 시대 작가들 중 아무도 그녀를 돌아보지 않습니다. 그들은 강력하고 탐색하는 눈길로 창밖을, 공장을, 유토피아를, 심지어 기차간의 실내 장식과 좌석을 씌운 천까지 샅샅이 훑어보지만, 그녀에게는, 인생과 인간에게는 눈길을 주지 않습니다. 그렇게 하여 그들은 자신의 목적에 맞는 소설 쓰기 기술을 개발했고, 자기 일을 위한 연장을 만들고 관습을 수립했습니다. 하지만 그 연장은 우리의 연장이 아니고, 그들의 일은 우리의 일이 아닙니다. 우리에게 그 관습은 파멸이요, 그 연장은 죽음입니다.

여러분은 내가 하는 말이 모호하다고 불평할 만합니다. 관습은 뭐고 연장은 뭐며 베넷 씨와 웰스 씨와 골즈워디 씨의 관습이 조지 시대 작가들에게는 잘못된 관습이라는 건 무슨 뜻이냐고 물을 수도 있습니다. 어려운 질문입니다. 지름 길을 시도해 보겠습니다. 글쓰기에서 관습이란 예법에서의 관습과 크게 다르지 않습니다. 삶에서나 문학에서나 마찬가지입니다. 안주인과 낯선 손님 사이의 간극을 메울 수단이 필요하듯이, 작가와 낯선 독자 사이의 간극도 그렇습니다. 안주인은 날씨라는 것을 생각해 냅니다. 여러 세대의 안주인들이 날씨야말로 우리 모두가 믿는 보편적 관심사라고 가르쳐 왔으니까요. 그래서 〈올해 5월은 날씨가 고약하네요〉라고 운을 뗌으로써 잘 모르는 손님과 공감대를 형성한 다음 좀 더 흥미로운 화제로 넘어가는 것입니다. 문학에서도 마찬가지입니다. 작가도 독자가 알 만한 얘깃거리, 독자의 상상력을 자극하고 좀 더 기꺼이 친해질 만한 얘깃거리를 제시함으로써 공감대를 형성해야 합니다. 이 만남의 장은 어둠 속에서 눈 감고도 쉽게, 거의 본능적으로 찾아갈 수 있어야 한다는 것이 가장 중요합니다. 앞서 인용한 대목에서 베넷 씨도 이런 공감대를 이용하고 있습니다. 그가 당면한 문제는 우리로 하여금 힐다 레스웨이스라는 인물의 리얼리티를 믿게 만드는 것입니다. 그래서 그는 에드워드 시대 사람답게, 힐다가 사는 집, 그녀의 창가에서 보이는 집 등을 정확하고 세밀하게 묘사함으로써 허두를 뗍니다. 집이라는 것은 에드워드 시대 사람들이 쉽게 친해질 수 있는 공동의 장이었으니까요. 우리가 보기에는 간접적이지만 이 관습은 감탄스러울 만큼 작용했고, 수천 명의 힐다 레스웨이스가 그런 수단을 통해 이 세상에 나왔습니다. 그 시대와 그 세대에게는 이 관습이 훌륭한 것이었습니다.

하지만 이제, 내 처음의 예화를 해체해도 된다면, 여러분은 내가 관습의 부족을 얼마나 절실히 느끼고 있는지, 한 세대의 연장이 다음 세대에게 무용지물이 되면 사태가 얼마나 심각해지는지 알게 될 것입니다. 그 사건은 내게 깊은 인상을 남겼습니다. 하지만 그것을 어떻게 전달해야 했을까요? 내가 할 수 있었던 것이라고는 오간 대화를 가능한 한 정확하게 기록하고, 그들이 입고 있던 옷을 자세히 묘사하고, 온갖 종류의 장면들이 내 머릿속으로 밀어닥친다고 말하고, 그것들을 뒤죽박죽으로 뒤섞으며, 이 생생하고 압도적인 인상이 외풍이나 탄내 같다고 묘사하는 것이었습니다. 솔직히 말하자면, 나도 노부인의 아들과 그가 대서양을 건너면서 겪는 모험과 그녀의 딸과 그녀가 웨스트민스터에서 한다는 모자 가게에 대해, 그리고 스미스 씨의 지나간 삶과 셰필드에 있는 그의 집에 대해 세 권짜리 소설을 만들어 내고 싶다는 강한 유혹을 느꼈습니다. 그런 이야기들이야말로 내게는 세상에서 가장 재미없고 무의미하고 작위적인 것이라고 생각하면서도 말입니다.

만일 그랬더라면, 내가 뜻하는 바를 이야기하기 위한 엄청난 노력을 면할 수 있었겠지요. 내가 뜻하는 바에 도달하기 위해서는, 뒤로 뒤로 뒤로 돌아가 이것저것 다 실험해 보고 이 문장 저 문장을 써보아야 했을 것입니다. 모든 단어를 내 비전에 비추어 가능한 한 정확히 어울리게 만들면서, 어떻게든 우리 사이에 공감대를, 여러분이 너무 이상하거나 비현실적이거나 억지스러워서 믿어지지 않는다고 하지 않을 만한 관습을 형성해야 한다는 것을 의식하면서요. 나는 그 힘든 일을 게을리했던 것을 인정합니다. 나는 내 브라운 부인이 손가락 사이로 빠져나가게 내버려 두었습니다. 나는 여러분에게 그녀에 대한 어떤 사실도 말하지 않았습니다. 하지만 그것은 위대한 에드워드 시대 작가들의 탓이기도 합니다. 나는 그들에게 — 그들은 나보다 나은 선배들이니까요 — 이 인물에 대한 묘사를 어떻게 시작해야 할지 물어보았습니다. 그들은 대답했습니다. 〈먼저 그녀의 아버지가 해러깃에서 가게를 한다고 말하고, 가게 임대료가 얼마인지, 1878년 가게 점원들의 급료는 얼마였는지 확인해 보라. 그녀의 어머니는 무엇 때문에 죽었는지 알아보고, 암을 묘사하고, 캘리코 천을 묘사하고, 또 무엇을 묘사하고……〉 하지만 나는 〈그만, 그만!〉이라고 외쳤고, 그 추하고 둔탁하고 부적당한 연장을 미안하지만 창밖으로 던져 버렸습니다. 왜냐하면 그런 식으로 암과 캘리코 천을 묘사하기 시작하면, 내 브라운 부인, 즉 내가 여러분에게 전달할 방법을 모르면서도 붙들고 있는 비전이 흐리멍덩해져서 영영 사라지리라는 것을 알고 있었기 때문입니다.

내가 에드워드 시대의 연장이 우리에게 맞지 않는 연장이라고 말하는 것은 바로 이런 뜻입니다. 그들은 사물의 짜임새에 엄청난 강조점을 두었습니다. 그들은 우리에게 집을 주면서 그러면 우리가 그 안에 사는 인간 존재를 연역할 수 있으리라고 기대했습니다. 그들이 그 집을 훨씬 더 살기 좋은 집으로 만들었다는 점은 높이 평가하는 바입니다. 하지만 소설이란 무엇보다 먼저 사람들에 관한 것이고 그들이 사는 집은 그다음이라고 본다면, 그런 식으로 시작하는 것은 잘못된 방식입니다. 그러므로 조지 시대 작가들은 기존의 방법부터 던져 버려야 했던 것입니다. 그는 브라운 부인을 독자에게 그려 보일 아무 방법도 갖지 못한 채 그녀와 단둘이 마주하고 있었습니다. 하지만 이 말은 좀 틀렸네요. 작가는 결코 혼자가 아니니까요. 그의 곁에는 항상 대중이 함께 있지요. 같은 좌석은 아니더라도, 적어도 바로 옆 기차간에요. 그런데 대중이란 이상한 여행 동반자입니다. 영국의 대중은 아주 영향받기 쉽고 고분고분한 존재로, 일단 여러분의 이야기를 경청하게 만들면 몇 년이고 그 이야기를 믿을 것입니다. 만일 여러분이 대중에게 〈모든 여자에게는 꼬리가 있고, 모든 남자에게는 혹이 있다〉고 충분한 신념을 담아 말한다면 대중은 실제로 꼬리 달린 여자, 혹 붙은 남자를 보게 될 것이고, 만일 여러분이 〈말도 안 되는 소리. 원숭이에게 꼬리가 있고 낙타에게 혹이 있지. 남자와 여자에게는 두뇌와 심장이 있어서 생각하고 느끼는 거야)라고 말한다면 대단히 혁명적이고 어쩌면 부적절한 말이라고 생각할 것입니다. 대중에게 그런 말은 심술궂고 온당치 못한 농담으로만 들릴 것입니다.

하지만 본론으로 돌아갑시다. 여기 영국 대중이 작가의 곁에 앉아서 거대한 이구동성으로 말합니다. 〈노부인들은 집이 있소. 아버지가 있소. 수입이 있소. 하인이 있소. 보온용 물병이 있소. 그렇게 해서 우리는 그들이 노부인이라는 걸 아는 거요. 웰스 씨와 베넷 씨와 골즈워디 씨는 항상 우리에게 이런 방식으로 노부인을 알아보는 거라고 가르쳐 왔소. 그런데 당신의 브라운 부인은 전혀 그렇지 않으니, 어떻게 그녀의 존재를 믿으라는 거요? 그녀가 사는 빌라의 이름이 앨버트인지 밸모럴인지도 모르는데, 그녀가 얼마짜리 장갑을 끼는지도, 그녀의 어머니가 암으로 죽었는지 폐결핵으로 죽었는지도 모르는데, 그녀가 어떻게 살아 있을 수 있다는 거요? 아니, 그녀는 당신의 상상의 파편일 뿐이오.〉 그리고 물론 노부인들은 상상력이 아니라 자가 빌라나 점유 재산으로 이루어져야 하겠지요.

그러므로 조지 시대 소설가는 어색한 처지에 있었습니다. 브라운 부인은 자신이 사람들이 생각하는 것과는 사뭇 다르다고 항의하면서, 소설가에게 자신을 구해 달라고, 자신의 매력을 잠시 스쳐 가는 눈길로나마 보아 달라고 호소했습니다. 그런가 하면 에드워드 시대 소설가들은 자기들의 연장을 내밀며 집을 짓는 데도 허무는 데도 유용하다고 주장했고, 영국 대중은 우선 보온용 물병부터 봐야겠다고 우겨 댔습니다. 그러는 동안 기차는 우리 모두 내려야 할 역으로 치닫고 있었지요.

이상과 같은 것이 1910년경 조지 시대의 젊은 작가들이 빠져 있었던 곤경이라고 나는 생각합니다. 그중 많은 작가들은 — 특히 포스터 씨나 로런스 씨를 염두에 두고 하는 말이지만 — 그런 연장을 던져 버리는 대신 어떻게든 사용해 보려 애쓰느라 자신의 초기작을 망치고 말았습니다. 타협하려 했던 것이지요. 그들은 자신이 어떤 인물의 특성에 대해 직접적으로 느꼈던 것을 골즈워디 씨의 공장법에 대한 지식, 베넷 씨의 파이브 타운스에 대한 지식과 결부시키려 했습니다. 그런 노력에도 불구하고 그들은 브라운 부인과 그녀의 특성에 대해 너무나 뚜렷한 느낌을 가지고 있었으므로 더 이상은 그런 식으로 계속할 수가 없었지요. 무엇인가 대책이 필요했습니다. 브라운 부인은 목숨이든 팔다리든 소중한 재산이든 내놓고서라도 구출되고 표현되어 이 세상과 제대로 관계를 맺어야 했습니다. 기차가 역에 도착하여 그녀가 영원히 사라지기 전에요. 그래서 온통 깨부수는 일이 시작된 겁니다. 그래서 우리는 사방에서, 시와 소설과 전기에서, 심지어 신문 기사나 에세이에서도, 부서지고 무너지고 깨지는 소리, 파괴의 소리를 듣게 된 겁니다. 이것이 조지 시대의 지배적인 소리입니다. 만일 여러분이 지난날은 얼마나 감미로웠던가를 생각한다면, 셰익스피어와 밀턴과 키츠,[17] 하다못해 제인 오스틴과 새커리와 디킨스[18]를 생각한다면, 언어가 자유로워지면 얼마나 높이 솟아오를 수 있는지 생각하며 바로 그 독수리가 붙잡혀 머리가 벗어진 채 끽끽 울어 대는 것을 본다면, 이 파괴의 소리는 우수 어린 소리가 될 것입니다.

이런 사실들에 비추어 볼 때, 그리고 내 귓가에 들리는 소리들이나 내 머릿속에 떠오르는 상념들에 비추어 볼 때, 베넷 씨가 우리 조지 시대 작가들이 인물을 리얼하게 만들지 못한다고 탄식하는 것도 일리가 있음을 부정하지 않겠습니다. 나는 우리가 빅토리아 시대 작가들처럼 가을마다 어김없이 세 편씩 불후의 명작을 쏟아 내지 못한다는 데 동의할 수밖에 없습니다. 그럼에도 나는 우울해지기는커녕 낙관적이 됩니다. 왜냐하면 이런 사태는 관습이 케케묵은 것이든 설익은 것이든 간에 작가와 독자 사이의 전달 수단이 되지 못하고 오히려 장애요 방해물이 되었다는 데서 비롯되기 때문입니다. 현재 우리가 겪고 있는 것은 쇠퇴가 아니라 예법의 부재입니다. 작가와 독자가 좀 더 흥미진진한 우정을 나누기 위해서는 예법이라는 전주곡이 필요한 것이지요. 이 시대의 문학적 관습은

17 John Keats(1795~1821). 영국 시인.
18 Charles Dickens(1812~1870). 영국 소설가.

워낙 인위적이라 — 방문 시간 내내 날씨에 대해, 오직 날씨에 대해서만 말해야 하지요 — 당연히 약한 자들은 분노하게 되고 강한 자들은 문학 사회의 기초와 규칙 자체를 파괴하게끔 됩니다. 그 징후들이 도처에서 나타나고 있습니다. 문법이 파괴되고 구문이 해체되는 것이, 마치 어린 소년이 주말 동안 아주머니 댁에 묵으면서 안식일의 엄숙함이 길어질수록 미칠 듯한 심정으로 제라늄 꽃밭에서 뒹구는 형국입니다. 물론 더 어른인 작가들은 그렇게 멋대로 울적함을 드러내지는 않지만요. 그들은 필사적일 만큼 성실하고 용기가 대단한데, 단지 포크를 써야 할지 손가락을 써야 할지 모를 뿐입니다. 그러므로 여러분은 조이스 씨나 엘리엇 씨를 읽을 때면, 전자의 점잖지 못함과 후자의 난해함에 놀랄 것입니다. 조이스 씨가 『율리시스』에서 보여 준 점잖지 못함은 숨을 쉬려면 유리창을 깨야만 할 것 같다고 느끼는 절망적인 사람의 의식적이고 계산된 점잖지 못함으로 보입니다. 이따금, 창문이 부서질 때면, 그는 정말 굉장합니다. 하지만 그 무슨 힘의 낭비인지요! 게다가 그것이 남아도는 힘과 야성의 흘러넘침이 아니라 신선한 공기가 필요한 사람의 의도적인 행동이라면, 점잖지 못함이라는 것도 얼마나 진부해지는지요! 엘리엇 씨의 난해함도 그렇습니다. 나는 엘리엇 씨가 현대 시 중에서 가장 아름다운 몇몇 구절을 썼다고 생각합니다.[19] 하지만 그는 사회의

19 울프가 이 글을 썼을 당시 출간된 엘리엇의 작품은 『프루프록과 그 밖

오랜 관행이나 예의를, 약자에 대한 존중과 진부함에 대한 배려를 얼마나 못 참는지요! 그의 어느 시구의 강렬하고 황홀한 아름다움에 잠겨 있다가 어지럽고 위태롭게 다음 행으로, 그리고 또 다음 행으로, 마치 공중 곡예사가 그네에서 그네로 날듯이 넘어가야 한다고 생각할 때면, 나는 오래된 예법을 갈구하게 된다고, 그렇게 공중에서 미친 듯이 회전하는 대신 그늘에서 책을 읽으며 조용히 꿈꾸었던 선조들의 무심함이 부러워진다고 고백하게 됩니다. 그런가 하면, 스트레이치 씨의 『빅토리아 시대의 명사들Eminent Victorians』과 『빅토리아 여왕Queen Victoria』에서는, 시대의 결, 시대의 조류를 거스르는 글쓰기의 노력과 긴장이 눈에 띕니다. 물론 그 점이 크게 부각되지 않는 것은 그가 사실이라는 억센 것을 다루는 대신 주로 18세기를 소재로 하여 자기 나름의 아주 은근한 예법을 만들어 내고 있기 때문이지요. 이 자기 식의 예법 덕분에 그는 그 고장에서 가장 지체 높은 이들과 함께 식탁에 앉아 그 절묘한 의상으로 위장한 채 온갖 것을 다 말할 수 있습니다. 만일 그런 의상 없이 벌거벗었더라면 하인들이 그를 방에서 쫓아냈겠지요. 그렇다 하더라도 『빅토리아 시대의 명사들』을 매콜리 경[20]의 몇몇 에세이와 비교해 보면 —

의 관찰들Prufrock and Other Observations』, 『시집Poems』, 『황무지The Waste Land』 등이었다.

20   Thomas Babington Macaulay(1800~1859). 영국 정치인, 역사가, 수필가.

매콜리 경이 항상 틀렸고 스트레이치 씨가 항상 옳다고 느껴지기는 하겠지만 ― 매콜리 경의 에세이들에서는 자기 시대를 등에 업은 듯한 든든함, 거침없음과 풍부함이 느껴질 것입니다. 그의 힘은 곧장 작품으로 쏟아져 들어갔으며, 아무것도 은닉이나 변절의 목적으로 사용되지 않았습니다. 하지만 스트레이치 씨는 우리가 보게 하기 위해 먼저 우리 눈을 뜨게 해야 했습니다. 그는 아주 기교적인 화법을 모색하고 조립해냈습니다. 그 노력은 겉으로 드러나지는 않지만, 그의 작품으로 흘러들었어야 할 힘을 소모하고 그의 활동 반경을 제한했습니다.

이런 이유들로 해서, 우리는 이 실패와 파편의 계절을 받아들여야 합니다. 우리는 진실을 말하는 방식을 찾느라 그토록 많은 힘을 쏟은 뒤에, 진실 그 자체는 다소 지치고 혼란스러운 상태로 우리에게 도착하리라는 것을 인식해야 합니다. 율리시스, 빅토리아 여왕, 프루프록 씨[21] ― 브라운 부인에게 최근 그녀를 유명하게 만든 몇몇 이름을 붙여 보자면 ― 는 구출자들이 찾아낼 즈음에는 다소 창백하고 흐트러진 모습입니다. 우리에게 들리는 것은 구출자들의 도끼 소리로, 내 귀에는 박력 있고 원기를 북돋우는 소리이지만, 물론 잠들기를 원치 않는다면 그렇다는 것이지요. 여러분이 잠을 청

21　T. S. 엘리엇의 시 「J. 앨프리드 프루프록의 연가The Love Song of J. Alfred Prufrock」의 화자.

할 경우에 대비해서는, 그 필요를 기꺼이 만족시킬 뭇 작가들이 마련되어 있습니다.

이렇게 하여 나는 처음에 제기했던 질문 중 몇 가지에 다소 장황하게나마 답해 보았습니다. 조지 시대 작가를 에워싸고 있다고 여겨지는 어려움들을 설명하고, 그를 위한 변명을 찾아보았습니다. 이제 그들이 책을 쓰는 일의 동역자로서, 브라운 부인과 같은 기차간에 탄 동행자로서 여러분의 의무와 책임을 감히 상기시키는 것으로 끝을 내도 될까요? 브라운 부인은 그녀에 대한 이야기를 하는 우리에게뿐 아니라 침묵을 지키고 있는 여러분에게도 보일 테니 말입니다. 지난 일주일 동안의 일상생활에서 여러분은 내가 묘사하려 했던 것보다 훨씬 더 이상하고 흥미로운 경험들을 했습니다. 스쳐가는 대화의 일부를 듣고 경이감에 사로잡히기도 했고, 마음속의 느낌이 얼마나 복잡한지 당혹스러운 심정으로 잠자리에 들기도 했습니다. 하루 동안에도 수천 가지 생각들이 머릿속을 지나갔고, 수천 가지 감정들이 마주치고 충돌하고 더없는 혼란 가운데 사라져 갔습니다. 그럼에도 불구하고 여러분은 작가들이 당신에게 이 모든 것의 한 가지 버전을, 그 놀라운 현현과는 무관한 브라운 부인의 한 가지 모습을 떠안기는 것을 허용합니다. 여러분은 겸손한 나머지 작가들이란 여러분 자신과 아예 다른 족속이라고, 그들이 여러분보다 브라운 부인에 대해 훨씬 더 잘 안다고 생각하는 모양입니다. 그보다 더 치명적인 실수는 없습니다. 독자와 작가의 이런 구분, 독자 편에서의 겸손, 작가 편에서의 전문가연하는 태도야말로 작품을 변질시키고 무력하게 만듭니다. 작품이란 독자와 작가 사이의 긴밀하고 대등한 연합의 건강한 산물이라야 하는데 말입니다. 그래서 저 날렵하고 매끈한 소설들, 젠체하는 우스꽝스러운 전기들, 맥 빠진 비평들, 장미와 양(羊)의 순수함을 노래하는 듣기 좋은 시들이 오늘날의 문학으로 그럴싸하게 통하는 것입니다.

여러분의 역할은 작가들이 높은 자리에서 내려와 우리의 브라운 부인을 가능한 한 아름답게, 무슨 일이 있어도 진실하게 묘사하도록 요구하는 것입니다. 여러분은 그녀가 무제한의 능력과 무한한 다양성을 지닌 노부인임을, 어떤 장소에도 나타날 수 있고, 어떤 옷이라도 입을 수 있으며, 어떤 말이라도 할 수 있고, 어떤 행동이라도 감행할 수 있음을 주장해야 합니다. 하지만 그녀가 말하는 것들, 그녀가 행하는 것들, 그리고 그녀의 눈과 코와 말과 침묵은 압도적인 매력을 지니고 있습니다. 왜냐하면 그녀는 우리를 살아 움직이게 하는 정신이요, 삶 그 자체이기 때문입니다.

하지만 지금 당장 완벽하고 만족스러운 그림을 기대해서는 안 되겠지요. 간헐적인 것, 모호한 것, 단편적인 것, 실패를 참아 주시기 바랍니다. 정당한 명분으로 여러분의 도움을 청하는 바입니다. 끝으로 한 가지 엄청나게 대담한 예언을 하자면 — 우리는 영국 문학의 위대한 시대 중 하나의 언저리에 있습니다. 그곳에 도달하려면, 브라운 부인을 결코, 결코 저버리지 말아야 할 것입니다.

시, 소설, 그리고 미래[1]

    대다수의 비평가들은 현재에 등을 돌리고 과거를 응시한다. 분명 현명한 일이겠지만, 요즘 글에 대해서는 아무 언급도 하지 않는다. 그런 임무는 서평가라는 부류에게 — 서평가라는 직함 자체가 이들 자신이나 이들이 탐사하는 대상의 덧없음을 시사하는 듯하다 — 넘겨 버린다. 하지만 때로는 자문하게 된다. 비평가의 의무란 항상 과거라야만 할까? 그의 시선은 항상 등 뒤를 향해 고정되어야만 할까? 그도 때로는 돌아서서 앞을 보고, 무인도의 로빈슨 크루소처럼 눈 위에 손 그늘을 만들어 미래를 내다보며, 그 희미한 시야 가운데서 언젠가 우리가 도달할지도 모를 땅의 희미한 윤곽을 그

----

1   1927년 8월 14일과 21일 두 번에 나누어 『뉴욕 헤럴드 트리뷴*New York Herald Tribune*』에 게재. 1927년 5월 18일 옥스퍼드 대학 영문학 클럽에서 강연(낭독)한 글을 손질한 것이다("Poetry, Fiction and the Future", *Essays IV*, pp. 428~441). 레너드 울프가 나중에 편집한 에세이집 『화강암과 무지개 *Granite and Rainbow: Essays*』(1958)에는 〈예술이라는 좁은 다리The Narrow Bridge of Art〉라는 제목으로 수록되었다.

려 볼 수는 없는 걸까? 이런 생각들이 과연 옳은지는 입증할 수 없지만, 지금 같은 시대에는 빠져들고픈 유혹을 느끼게 되는 생각들이다. 왜냐하면 우리 시대는 분명 현재 있는 곳에 단단히 닻 내리지 못한 시대라, 주위의 사물들이 유동하는 것은 물론이고 우리 자신도 유동하고 있기 때문이다. 대체 우리가 어디로 가고 있는지 말해 주는 것, 아니 짐작이라도 해보는 것이 비평가의 의무가 아닐까?

명백히 이런 질문은 아주 엄밀히 대상을 좁혀 가야겠지만, 짧은 지면에서나마 불만족과 어려움의 예를 들어 보는 것은 가능할 테고, 문제를 면밀히 검토해 보면 우리가 그 어려움을 극복했을 때 나아갈 방향을 좀 더 잘 짐작할 수 있을 것이다.

정말이지 누구라도 현대 문학을 웬만큼 읽다 보면 뭔가 불만족스러운 것, 뭔가 어려운 것이 우리 길을 가로막고 있음을 느끼지 않을 수 없다. 사방에서 작가들은 성취할 수 없는 일을 시도하고 있고, 자신들이 사용하는 형식을 밀어붙여 생소한 의미를 담으려 애쓰고 있다. 이런 현상에 대해서는 많은 이유가 제시될 수 있겠지만, 여기서는 한 가지만을 들어 보기로 하자. 그것은 시(詩)가 우리 선조들에게 대대로 해온 구실을 우리에게 하지 못하고 있다는 것이다. 시는 그들에게 너그럽게 해주던 서비스를 우리에게는 베풀지 않는다. 그토록 많은 에너지, 그토록 많은 천재성을 실어 나르던 표현의 통로가 좁아졌든가 아니면 비껴나 버린 듯하다.

물론 이런 사태는 어느 정도까지만 사실이다. 우리 시대는 서정시로 풍부하고, 어쩌면 다른 어떤 시대보다 더 풍부하다. 하지만 우리 세대와 다가오는 세대에게는 황홀경이나 절망의 서정적 외침만으로는 — 너무나 강렬하고, 너무나 개인적이고, 너무나 제한되어 있으므로 — 충분치 못하다. 정신은 괴이한 혼종의 다룰 수 없는 감정들로 가득 차 있다. 지구의 나이가 30억 년이라는 것, 인간의 생명은 일순간에 지나지 않는다는 것, 그럼에도 인간 정신의 역량은 무한대라는 것, 생명은 무한히 아름답고도 혐오스럽다는 것, 동료 피조물들이 사랑스럽고도 역겹다는 것, 과학과 종교가 공모해 신앙을 죽여 버렸다는 것, 모든 결속의 고리가 부서진 것 같지만 뭔가 통제가 있어야 한다는 것 — 이런 회의와 갈등의 분위기 속에서 작가들은 이제 창조해야 하며, 서정시의 고운 짜임은 더 이상 이런 시각을 담기에 적합하지 않다. 장미 한 잎으로 거칠고 거대한 바위를 감쌀 수 없는 것처럼.

하지만 과거에는 무엇으로 이와 같은 태도 — 대비와 충돌로 가득한 태도, 인물과 인물의 갈등을 요구하는 동시에 무엇인가 전반적인 구성력을, 전체적인 조화와 힘을 부여하는 어떤 개념을 필요로 하는 태도 — 를 표현했던가를 곰곰이 생각해 보면, 우리는 한때 그런 형식이 있었다고, 그것은 서정시라는 형식이 아니라 연극, 엘리자베스 시대의 시극이라는 형식이었다고 대답해야 한다. 그런데 그 형식이 오늘날은 도저히 부활할 가능성 없이 죽어 버린 듯하다.

오늘날 시극이 처한 상황을 들여다보면, 세상의 어떤 힘이 그것을 되살릴 수 있을지 심각한 의심이 든다. 물론 최고의 재능과 야심을 가진 작가들이 여전히 시극을 써 오기는 했다. 드라이든이 죽은 이래, 모든 위대한 시인들이 나름대로 시도를 했던 것으로 보인다. 워즈워스와 콜리지, 셸리와 키츠, 테니슨, 스윈번[2]과 브라우닝(세상을 떠난 이들만 꼽아보더라도) 등이 모두 시극을 썼다. 하지만 아무도 성공하지 못했으니, 그들이 쓴 모든 희곡 중에서 여전히 읽히는 것은 아마도 스윈번의 『아탈란타』와 셸리의 『프로메테우스』 정도일 테고,[3] 그것도 동일 작가의 다른 작품들에 비하면 현저히 적게 읽힌다. 그 밖의 작품들은 우리 책장의 맨 꼭대기 선반에 올라가 날개 밑에 머리를 처박고 잠들어 있다. 아무도 그 잠을 일부러 깨우지 않을 것이다.

하지만 이런 실패에 대한 설명을 찾아보는 것은 흥미로운 일이니, 우리가 검토하려는 미래에 빛을 비추어 줄지도 모르기 때문이다. 시인들이 더 이상 시극을 쓰지 못하는 이유는 아마도 다음과 같은 방면 어디쯤에 있을 것이다.

삶에 대한 태도라는 막연하고도 신비로운 것이 있다. 문학에서 삶으로 잠시 돌아서 보면, 우리 모두 삶과 썩 사이가

2 Algernon Charles Swinburne(1837~1909). 영국 시인.
3 각기 스윈번의 『캘리돈의 아탈란타*Atalanta in Calydon*』, 셸리의 『사슬에서 풀려난 프로메테우스*Prometheus Unbound*』를 가리킨다.

좋지 않은 사람들을 안다. 자신이 원하는 것을 좀처럼 얻지 못하는 불행한 사람들, 불편한 각도에 서서 모든 것을 다소 삐딱하게 바라보며 좌절하고 불평하는 이들 말이다. 그런 가 하면 아주 만족한 듯이 보이지만 현실과의 모든 접촉을 잃어 버린 것 같은 사람들도 있다. 그들은 애완견이나 오래 된 도자기에 모든 애정을 쏟는다. 아니면 자신의 건강이나 유행이 들고나는 것밖에는 관심이 없다. 하지만 또 다른 사 람들, 딱히 왜 그런지는 말하기 어렵지만, 천성 덕분인지 환 경 덕분인지 자기 능력을 최대한 발휘하여 중요한 것에 전 념하는 듯이 보이는 이들이 있다. 그렇다고 해서 반드시 행 복하거나 성공적이지는 않지만, 그래도 그들의 존재에는 활기가 있고 그들이 하는 행동에는 목표가 있다. 그들은 십 분 살아 있는 듯이 보인다. 이것은 부분적으로는 환경의 결 과일 테지만 — 그들은 자신에게 맞는 환경 가운데 태어났 다 — 그보다는 그들에게 있는 자질들이 균형을 이룬 결과 이다. 그래서 사물을 불편한 각도에서 삐딱하게 보거나 흐 릿하게 왜곡하지 않고 공명정대하게 바라보는 것이다. 그 들은 무엇인가 단단한 것을 붙잡고, 행동하면 확실한 성과 를 낸다.

마찬가지로 작가에게도 삶에 대한 태도가 있다. 물론 여기 서 말하는 것은 방금 말한 것과는 다른 삶이지만, 그들도 불 편한 각도에 설 수 있고 작가로서 원하는 것을 얻지 못한 채 실패하고 좌절할 수도 있다. 가령 조지 기싱[4]의 소설들이 그렇다. 그리하여 그들도 교외로 칩거하여 반려견이나 공작 부인에게, 예쁜 것, 감상적인 것, 속물적인 것에 관심을 기울일 수 있다. 우리의 가장 성공적인 소설가 중 몇몇이 실제로 그렇다. 하지만 천성 덕분인지 환경 덕분인지 자신의 능력을 중요한 일들에 마음껏 쓸 수 있는 위치에 놓인 듯한 이들도 있다. 그들이 글을 더 빨리 더 쉽게 쓴다거나 대번에 성공하고 유명해진다는 뜻이 아니다. 그보다는 문학적으로 위대한 대부분의 시대에 공통적으로 나타나는 어떤 특질을 분석해 보려는 것이다. 그 특질은 엘리자베스 시대 극작가들의 작품에서 가장 뚜렷하게 나타난다. 그들의 삶에 대한 태도는 그들로 하여금 사지를 자유롭게 움직이게 해주며, 그들의 시야는 온갖 다양한 것들로 이루어져 있지만 그들의 목적에 부합하는 풍경을 제공해 준다.

이는 물론 부분적으로는 환경의 결과이다. 책이 아니라 연극을 향했던 대중의 기호, 도시의 작은 규모, 사람들 사이의 거리, 교양 있는 이들조차도 그 가운데서 살아갔던 무지함, 이 모든 것이 엘리자베스 시대의 상상력을 사자와 일각수, 공작과 공작 부인, 폭력과 미스터리로 넘쳐나게 했다. 이를 한층 강화한 또 다른 요소는 간단히 설명할 수는 없지만 분명 느낄 수 있는 어떤 것이다. 그들에게는 자유롭고 충만하게 자

4 George Gissing(1857~1903). 영국 소설가.

신을 표현할 수 있게 하는 삶의 태도가 있었다. 셰익스피어의 희곡들은 실패하고 좌절한 마음에서 나온 작품이 아니다. 그 것들은 그의 생각을 완벽하게 감싸는 탄력 있는 외피이다. 그 는 철학에서 술주정 난투극으로, 사랑 노래에서 논쟁으로, 그 저 흥겨운 놀이에서 심오한 사색으로 아무 거리낌 없이 넘어 간다. 엘리자베스 시대의 모든 극작가들이 다 그렇다. 그들은 우리를 지겹게 할지언정 — 실제로 그렇다 — 두려움이나 자 의식에 빠져 있다는 느낌, 무엇인가가 그들 마음의 흐름을 가 로막거나 제한하거나 방해하고 있다는 느낌은 들게 하지 않 는다.

반면 우리가 현대의 시극을 펼칠 때 — 이는 많은 현대 시 에서도 마찬가지인데 — 대번에 드는 생각은 작가가 편안하 지 않다는 것이다. 그는 두려워하고 억지로 내몰리며 자의식 을 떨쳐 버리지 못한다. 이유야 얼마나 지당한가! 우리 중 누 가 토가를 걸친 크세노크라테스라는 이름의 남자나 담요에 싸인 에우독사라는 이름의 여자와 함께 있는 것이 편하겠는 가? 하지만 무슨 이유에선가 현대 시극은 항상 로빈슨 씨가 아니라 크세노크라테스에 관한 것이며, 채링 크로스 로드가 아니라 테살리아에 대한 것이다. 엘리자베스 시대 극작가들 이 배경을 외국 어딘가로 설정하고 남녀 주인공들을 왕자와 왕녀로 만든 것은 극히 얇은 베일을 사이에 두고 이쪽에서 저쪽으로 넘어간 데 불과하다. 그것은 인물들에 깊이와 거리를 부여하기 위한 자연스러운 장치였다. 그래 봤자 배경은 언제나 영국이고 보헤미아의 왕자는 영국 귀족과 동일 인물이다. 그러나 현대 시극을 쓰는 작가들은 전혀 다른 이유에서 과거와 거리의 베일을 찾는 듯하다. 그들은 효과를 내기 위한 베일이 아니라 아예 가려 버리는 커튼을 원한다. 그들이 과거를 배경으로 하는 것은 현재가 두렵기 때문이다. 그들은 만일 그들이 자신의 생각을, 서기 1927년 그들의 두뇌에서 실제로 돌아가며 곤두박질치는 비전과 공감과 반감을 표현하고자 한다면, 시적 관습에 어긋나리라는 것을 의식한다. 그들은 그저 우물대며 더듬거리거나 한구석에 앉아 있거나 아니면 방에서 나가야 한다. 엘리자베스 시대 극작가들은 완벽한 자유를 허용하는 태도를 지녔지만, 현대 극작가들은 도무지 태도라는 것이 없거나 아니면 너무나 경직되어 스스로 사지를 비틀고 시야를 왜곡시키는 태도밖에는 없다. 그래서 그는 크세노크라테스에게서 피난처를 구해야 하는 것이다. 크세노크라테스는 아무 말도 하지 않거나 아니면 무운시(無韻詩)로 예모 있게 말할 수 있는 것만을 말하니까.

좀 더 자세히 설명해 봐도 될까? 대체 어떤 변화가 있었기에, 무슨 일이 일어났기에, 무엇이 작가를 그토록 궁지로 내몰았기에, 그는 자기 마음을 영국 시의 오랜 전통 속에 풀어 놓을 수 없게 된 것일까? 웬만큼 큰 여느 도시의 거리들을 걸어 보기만 해도 일종의 답이 떠오를 것이다. 벽돌이 깔린 긴

대로에는 상자 같은 집들이 연이어 있고, 그 집에는 제각기 다른 사람이 살며, 이들은 프라이버시를 지키려고 문이며 창문에 빗장을 지른다. 이들은 머리 위를 지나는 전화선이나 지붕을 뚫고 쏟아지는 음파들로만 이웃과 연결되는데, 이 연결선을 통해 전 세계의 전쟁과 살인과 파업과 혁명에 관한 소식들이 시끄럽게 전해진다. 집 안에 들어가서 그에게 말을 걸어 보면, 그는 아주 경계심을 품고 비밀스러우며 의심이 많은 동물로, 극도로 자의식적인 데다 속내를 드러내지 않으려고 노심초사하는 것을 보게 될 것이다. 사실상 현대 생활에는 그가 그토록 경계해야 할 것이라고는 없다. 사생활에는 폭력이 없으며, 우리는 서로에게 예의 바르고 관용적이고 온화한 사람들이다. 전쟁조차도 개인보다는 회사나 공동체에 의해 수행된다. 결투는 사라진 지 오래다. 결혼의 유대는 아무리 무리수를 두어도 웬만해선 파탄나지 않는다. 보통 사람은 예전보다 더 조용하고 상냥하고 자립적이다.

하지만 우리가 이 친구와 함께 산책을 해보면 그가 모든 것에 대해, 추악함과 비루함과 아름다움과 즐거움에 대해 극도로 민감한 것을 보게 될 것이다. 그는 아주 호기심이 많다. 그는 생각이 자기를 어디로 끌고 가든 무심히 따라간다. 그는 전에는 사적으로도 언급되지 않던 것을 공개적으로 논한다. 바로 이 자유와 호기심이 어쩌면 그의 가장 뚜렷한 특징, 즉 겉보기에 무관한 사물들을 마음속에서 연결 짓는 특이한 방식의 원인일 것이다. 단순하고 개별적이던 느낌들이 더 이상 그렇지 않다. 아름다움은 부분적으로 추함이며, 즐거움은 부분적으로 역겨움이고, 쾌락은 부분적으로 고통이다. 전에는 온전하게 마음에 들어오던 감정들이 이제는 문턱에서부터 조각조각 부서진다.

예를 들어 보자. 봄밤이고 달이 높이 떴으며 나이팅게일이 노래하고 버들가지가 강물 위로 늘어져 있다. 그렇다. 하지만 동시에 한 병든 노파가 흉물스러운 철제 벤치 위에서 기름때 찌든 누더기를 뒤지고 있다. 그의 마음에는 노파와 봄이 한꺼번에 들어가 뒤엉키지만 한데 섞이지는 않는다. 어울리지 않는 두 가지 감정이 서로 물어뜯고 걷어차는 것이다. 키츠가 나이팅게일의 노랫소리를 들었을 때의 감정은 기쁨에서 아름다움을 지나 인간의 불행한 운명에 대한 슬픔으로 바뀌기는 해도 온전한 하나이다. 그는 대조적인 것을 부각시키지 않는다. 그의 시에서 슬픔은 아름다움에 수반되는 그림자이다. 반면 현대 시인의 마음속에서 아름다움에 수반되는 것은 그 그림자가 아니라 반대자이다. 현대 시인은 〈더러운 귀에 짹짹〉거리며 노래하는 나이팅게일에 대해 말한다.[5] 현대의 아름다움 곁에는 아름다움이 아름답다고 해서 빈정거리는 냉소의 영이 함께하는 것이다. 그는 거울을 거꾸로 뒤집어 우리에게 아름다움의 다른 쪽 뺨이 얽고 변형된

5 T. S. 엘리엇의 시 『황무지』의 한 구절을 인용해 말하고 있다.

것을 보여 준다. 마치 현대 정신은 항상 자신의 감정을 검증하기를 원한 나머지 모든 것을 있는 그대로 받아들이는 힘을 잃어버린 것만 같다. 의심할 바 없이 이 회의적이고 반문하는 정신은 영혼을 참신하고 활기차게 만들어 주기는 했다. 현대의 글에는 감미롭지는 않더라도 건전한 솔직함과 정직성이 있다. 현대 문학은 오스카 와일드[6]와 월터 페이터[7] 때문에 다소 향수를 뿌린 듯 답답해지기는 했지만, 새뮤얼 버틀러와 버나드 쇼가 깃털을 태우고 소금을 코에 갖다 대기 시작하면서 즉시로 그 19세기의 나른함에서 소생했다.[8] 문학은 잠이 깨어 일어나 앉았고 재채기를 했다. 자연히 시인들은 겁에 질려 달아났다.

왜냐하면 물론 시는 항상 압도적으로 아름다움의 편이었기 때문이다. 시는 항상 각운이니 운율, 시적 화법 같은 권리들을 주장해 왔다. 시는 결코 생활의 실제적 목표를 위해 사용된 적이 없다. 산문이 그녀의 어깨에서 모든 지저분한 일을 덜어 주었다. 편지에 답장을 쓰고 청구서를 지불하고 기사를 쓰고 연설을 하고 사업가와 가게 주인과 변호사와 군인과 농부의 필요를 채우는 것은 오로지 산문의 몫이었다.

---

6 Oscar Wilde(1854~1900). 아일랜드 소설가, 극작가.
7 Walter Pater(1839~1894). 영국 평론가, 소설가.
8 앞의 두 사람은 예술지상주의를 대표하는 작가이고, 뒤의 두 사람은 사회 비판적인 소설을 썼다. 깃털을 태우거나 소금을 코에 갖다 대는 것은 기절한 사람을 깨울 때 쓰는 방법이다.

시는 멀찍이 떨어져 자기 사제들의 손에 있었다. 아마도 그 격리의 대가로 다소 뻣뻣해지기는 했을 것이다. 베일, 화관, 추억, 연상 같은 온갖 장비를 갖춘 그녀의 존재는 입을 여는 순간 우리를 감동시킨다. 그래서 우리가 시에게 이 불화, 이 불일치, 이 얄궂음, 이 대조, 이 호기심을, 제각기 분리된 작은 방들에서 태어난 재빠르고 기묘한 감정들을, 문명이 가르치는 폭넓은 일반적 관념들, 시를 지척간에 두어 온 관념들을 표현해 보라고 요구하면, 시는 그 요구에 부응할 만큼 날래게 단순하게 폭넓게 움직이지 못한다. 시의 말투는 너무 표가 나고, 행동거지는 너무 두드러진다. 시는 그 대신 정열의 사랑스러운 서정적 외침으로 답하고, 당당하게 팔을 휘두르며 우리에게 과거에서 피난처를 찾으라고 명한다. 하지만 시는 정신과 발맞추지 못하며, 다양한 고통과 기쁨 속으로 미묘하게, 재빠르게, 열정적으로 뛰어들지도 못한다. 바이런[9]은 『돈 후안』에서 길을 가리켰으니, 시가 얼마나 유연한 도구가 될 수 있는가를 보여 주었다. 하지만 아무도 그의 본보기를 따라 그의 도구를 계속 사용하지 못했다. 우리는 시극을 갖지 못하게 되었다.

그리하여 우리는 시가 오늘날 우리가 부과하는 임무를 수행할 수 있는가를 묻기에 이르렀다. 여기서 현대 정신의 특

---

9 George Gordon Byron(1788~1824). 영국 낭만주의 시인. 그의 『돈 후안*Don Juan*』은 당시 세상을 사회, 정치, 문학, 사상 등 전 관점에서 다루며 풍자한 장시이다.

성으로 간략히 묘사하는 감정들은 시보다는 산문에 더 적합할지도 모른다. 한때 시가 수행하던 임무 중 일부는 산문이 떠맡게 될지도 ─ 이미 떠맡았는지도 ─ 모른다.

그래서 조롱을 무릅쓰고 감히 묻는다면, 정신없이 빨리 이동하는 듯한 우리가 대체 어느 방향으로 가고 있는지 알고자 한다면, 우리는 산문의 방향으로 가고 있으며 앞으로 10년 내지 15년 후에는 산문이 전에 사용된 적 없는 목적을 위해 사용되리라고 짐작해도 좋을 것이다. 소설이라는 저 식인귀, 수많은 예술 형식을 잡아먹은 괴물은 그때쯤이면 한층 더 많은 것을 먹어 치웠을 것이다. 우리는 소설이라는 동일한 이름으로 변장을 하고 나타나는 다양한 책들을 위해 새로운 이름들을 발명해야 할 것이다. 이른바 소설 중에는 뭐라고 이름 붙여야 할지 알 수 없는 것도 생겨날 것이다. 물론 산문으로 쓰이기는 하겠지만, 시적인 특징들을 많이 지닌 산문이 될 것이다. 그것은 시처럼 고양된 무엇을 지니되 산문의 평범함도 많이 지닐 것이다. 극적이되 희곡은 아닐 터이니, 상연되는 대신 읽힐 것이다. 그것을 어떤 이름으로 부를지는 그리 중요한 문제가 아니다. 중요한 것은 이제 지평선 위로 떠오르기 시작한 이 책이 아마도 현재 시가 기피하는 듯한, 극 역시 환대하지 않는 듯한 감정들을 표현해 주리라는 것이다. 그러니 그것을 좀 더 가까이서 살펴보고 그 범위와 성격이 어떠할지 상상해 보기로 하자.

우선, 그것은 인생에서 한층 더 물러나리라는 점에서 우리가 아는 것 같은 소설과는 다르리라고 짐작할 수 있다. 그것은 시처럼 세부가 아니라 전체 윤곽을 그릴 것이다. 그것은 소설의 속성 중 하나인, 사실을 기록하는 놀라운 능력은 거의 사용하지 않을 것이다. 그것은 우리에게 인물들의 집이나 수입이나 직업에 대해 별로 말해 주지 않을 것이고, 사회소설이나 환경 소설과 별로 유대가 없을 것이다. 이런 한계를 갖되, 그것은 인물들의 느낌이나 생각을 가까이서 생생하게, 하지만 다른 각도에서 표현할 것이다. 그것은 지금까지 소설이 그래 왔던 것처럼 주로 사람들의 상호 관계 및 함께하는 활동을 그리는 대신, 보편적 관념들에 대한 마음의 관계 및 고독 속의 독백을 그린다는 점에서 시와 비슷할 것이다. 소설의 지배 아래서 우리는 마음의 한쪽 부분은 면밀히 살펴보았지만 다른 쪽은 탐험하지 않은 채로 두었던 것이다. 우리는 삶의 크고 중요한 부분이 장미나 나이팅게일, 새벽, 일몰, 삶, 죽음, 운명 같은 것들에 대한 우리의 감정으로 이루어져 있다는 사실을 잊어버렸다. 우리는 많은 시간을 잠자고 꿈꾸고 생각하고 책을 읽으며 혼자 보낸다는 사실도 잊고 있다. 사실 우리는 대인관계에만 전념하지 않으며, 생계를 꾸리는 데 모든 힘을 다 쏟지도 않는다. 심리 소설가는 심리를 너무나 사람들 사이의 관계에만 제한시키는 경향이 있다.

우리는 때로 사랑에 빠지거나 사랑이 깨지거나 하는 것에 대한, 톰이 주디스에 대해 느끼는 것이나 주디스가 톰에 대해 느끼거나 느끼지 않는 것에 대한 부단하고 가차 없는 분석으로부터 달아나고 싶어진다. 우리는 좀 더 비개인적인 관계를 원한다. 우리는 생각과 꿈과 상상과 시를 원한다.

엘리자베스 시대 극작가들의 뛰어난 점 중 하나는 바로 그런 일을 했다는 데 있다. 시인은 햄릿이 오필리아와 맺는 관계의 특수성을 넘어서 그가 자신의 개인적 운명뿐 아니라 국가의 운명, 모든 인생의 운명에 대해 질문하는 것을 보여준다. 예컨대 『자[尺]에는 자로 Measure for Measure』에서는 고도의 심리학적 섬세함이 심오한 성찰 및 엄청난 상상력과 한데 섞인다. 하지만 셰익스피어는 그런 심오함, 그런 심리학은 제공하지만, 그가 전혀 제공하려 하지 않는 다른 것들도 있다는 점에 주목할 필요가 있다. 희곡은 〈응용 사회학〉으로서는 아무 효용이 없다. 만일 우리가 희곡을 바탕으로 하여 엘리자베스 시대의 사회적·경제적 여건에 대한 지식을 구한다면 우리는 가망 없이 난파할 것이다.

이런 견지에서 보면, 장차 쓰일 소설 내지 그 다양한 변종들은 시의 속성을 일부 지니게 될 것이다. 그것은 인간이 자연이나 운명에 대해 갖는 관계를, 그의 상상과 꿈을 그릴 것이다. 하지만 그것은 삶의 얄궂음과 명암과 의문과 긴밀함과 복잡성도 그릴 것이다. 그것은 잡다한 사물의 기묘한 뒤얽힘을, 말하자면 현대 정신을 본뜨게 될 것이다. 그러므로 그것은 산문이라는 민주적 예술의 소중한 특권들을, 그 자유와 두려움 없음, 유연성을 끌어안을 것이다. 산문은 너무나 겸허하여 못 가는 데가 없다. 어떤 장소도 산문이 들어가기에 너무 천하거나 비루하거나 초라하지 않다. 산문은 무한한 참을성을 지니고 있으며 겸손하면서도 소유욕이 강하다. 그것은 그 길고 끈끈한 혀로 사실의 가장 사소한 파편까지 핥아 올리고, 그것들을 가장 섬세한 미로 속으로 모아들이며, 고작해야 중얼거림이나 속삭임밖에 들려오지 않는 문 앞에서 조용히 귀 기울인다. 끊임없이 사용해 유연해진 도구를 가지고서, 그것은 현대 정신 특유의 우여곡절을 따르며 그 변화를 기록할 것이다. 이미 프루스트[10]와 도스토옙스키가 있는 터에, 어떻게 이를 부인할 수 있겠는가?

하지만 산문이 비록 일상적이고 복잡한 사물들을 다루는 데는 적합하다 하더라도, 단순하면서도 크나큰 감정들도 말할 수 있을까? 돌연하고 놀라운 감정을 표현할 수 있을까? 비가를 읊고, 사랑의 찬가를 부르고, 공포의 비명을 지르고, 장미와 나이팅게일과 밤의 아름다움을 찬미할 수 있을까? 시인이 하듯이 단번의 도약으로 주제의 핵심에 도달할 수 있을까? 그럴 것 같지 않다. 그것은 주문(呪文)과 신비, 각운과 운율을 제해 버린 대가이다. 산문 작가들이 용감하다는 것은

10　Marcel Proust(1971~1922). 프랑스 소설가.

사실이다. 그들은 자신들의 도구를 끊임없이 몰아붙여 시도한다. 하지만 산문이 시적으로 비약하는 대목에서는 항상 불편한 느낌이 든다. 그러나 그런 대목에 반발하는 것은 그것이 시적이기 때문이 아니라, 오려 붙인 듯한 이질감이 들기 때문이다. 가령 메러디스의 『리처드 페버럴』[11]에 나오는 「호루라기로의 우회Diversion on a Penny Whistle」를 상기해보자. 얼마나 어색하고도 웅변적으로, 부서진 시적 운율로 그것은 시작하는가. 〈금빛으로 초원은 누워 있다. 금빛으로 개울은 달리며, 붉은 금빛이 소나무 줄기에 내려앉는다. 태양이 땅 위로 내려와 들판과 물 위를 거닌다.〉 아니면 샬럿 브론테의 『빌레트』 말미의 저 유명한 폭풍우 장면을 상기해보자. 이런 대목들은 웅변적이고 서정적이고 화려하여 발췌문으로도 아주 잘 읽히며 여기저기 사화집에 실린다. 하지만 소설의 문맥에서는 우리를 불편하게 한다. 메러디스도 샬럿 브론테도 자신을 소설가라 불렀으며, 인생에 바짝 다가서 있었고, 우리로 하여금 소설 고유의 리듬과 관찰과 시각을 기대하게 만들었다. 그러다 그들은 갑자기 격렬하고 자의식적으로 이 모든 것을 바꾸어 시의 리듬과 관찰과 시각으로 돌입한다. 우리는 온몸을 긴장시키는 그 노력을 느끼며, 작가의 상상력에 거의 완전히 잠겨 있던 도취 상태에서 반쯤 깨

---

11   메러디스의 소설 『리처드 페버럴의 시련The Ordeal of Richard Feverel』을 가리킨다.

어난다.

하지만 또 다른 책, 역시 산문으로 쓰여서 소설이라 불리지만 처음부터 다른 태도, 다른 리듬을 지니고 인생에서 물러나 전혀 다른 시각을 기대하게 하는 작품을 살펴보자. 『트리스트럼 샌디』 말이다. 그것은 시로 가득 찬 책이지만, 우리는 그 점을 잘 알아채지 못한다. 그것은 시적이되, 시적인 대목들이 오려 붙인 듯 따로 놀지 않는다. 비록 분위기가 계속 달라지지만, 우리의 몰입을 방해할 만한 갑작스러운 변화는 없다. 스턴은 줄곧 같은 호흡으로 웃고 희번덕거리고 뭔가 점잖지 못한 농담을 하다가 이런 대목으로 넘어간다.

시간이 너무 빨리 지나간다. 내가 적는 모든 글자가 삶이 내 펜을 얼마나 빠르게 따라가고 있는가를 말해 준다. 친애하는 제니여, 그대의 목에 걸린 루비보다 더 소중한 나날과 그 시간들이 우리 머리 위로 바람 부는 날의 가벼운 구름들처럼 날아가 다시 돌아오지 않는다오. 그대가 그 머리 타래를 꼬는 동안 모든 것이 앞다투어 몰려가니, 보시오, 이미 머리가 세는구려. 내가 그대의 손에 입 맞추며 작별을 고할 때마다 뒤따라오는 부재의 시간들은 우리가 이제 곧 맞이할 영원한 이별의 전주곡이라오. 하늘이 우리 두 사람 모두에게 자비를 베풀어 주시기를!

제9장

이제 세상이 그런 영탄에 대해 어떻게 생각할지 나는 아랑곳하지 않는다.

그러고는 대뜸 토비 삼촌이니 상병이니 샌디 부인이니 하는 이들의 이야기를 계속한다. 시가 산문으로, 산문이 시로 쉽고 자연스럽게 바뀌는 것이다. 스턴은 조금 멀찍이 서서 상상력과 위트와 판타지에 가볍게 손을 얹는다. 그리고 그런 것들이 자라는 높은 나뭇가지에 손을 뻗으며 자연스럽게, 그리고 분명 의도적으로, 땅 위에서 자라는 좀 더 실질적인 푸성귀들에 대한 권리를 내버린다. 애석하게도 어떤 것은 포기할 수밖에 없는 것이다. 모든 도구를 손에 든 채 예술이라는 좁다란 다리를 건널 수는 없다. 어떤 것은 뒤에 두고 오거나 아니면 중간에 물속으로 던져 버려야 한다. 아니면 최악의 경우 균형을 잃고 난간 너머로 떨어져 익사할 수도 있다.

그러니 아직 이름 없는 이 새로운 소설은 삶에서 멀찍이 물러나 쓰일 것이다. 그렇게 해야만 더 넓은 시야가 얻어질 테고 중요한 경관들이 드러날 테니까. 또한 그것은 산문으로 쓰일 터이니, 산문은 너무나 많은 소설가들이 짐바리 짐승에게 싣듯 실어 놓은 세부라는 무거운 짐에서 풀려나기만 한다면 땅에서 높이 솟구칠 수 있을 것이다. 단번에는 아니겠지만, 유유히 선회하면서, 그리고 동시에 일상생활 속에서 인간이 지니는 기벽들과도 관계를 유지하면서 말이다.

하지만 여전히 남는 질문이 있다. 산문이 극적이 될 수 있을까? 물론 쇼나 입센이 산문으로 쓴 희곡들이 큰 성공을 거두었다는 것은 명백하다. 하지만 그들은 극적인 형식에 충실했다. 그들의 형식은 장래의 시적인 극을 쓰는 작가에게 적합한 형식이 아니리라고 예언할 수 있다. 산문극은 그의 목적에는 너무 딱딱하고 제한되어 있어서, 말하려는 것의 절반은 그물 사이로 새어나가 버린다. 그는 전달하고자 하는 모든 논평과 분석과 풍부함을 대화체로 압축할 수 없다. 하지만 그는 극적이고 폭발적인 감정적 효과를 원한다. 그는 독자들로부터 피를 끌어오기를 원하며, 지적인 감수성만을 쓰다듬고 간질이기를 원치 않는다. 『트리스트럼 샌디』의 여유와 자유는 토비 삼촌이나 트림 상병 같은 인물들을 놀랍게 감싸며 떠오르지만, 이 사람들을 극적인 대조 가운데 소집하고 배열하려 하지 않는다. 그러므로 미래의 이 까다로운 책의 작가는 자신의 소란스럽고 모순된 감정들에 엄격하고 논리적인 상상력의 일반화하고 단순화하는 힘을 적용할 필요가 있다. 소란은 보기 흉하고, 혼돈은 혐오스럽다. 예술 작품에서는 모든 것이 통제되고 질서 잡혀야 한다. 그의 노력은 분열시키기보다 일반화하는 것이 될 터이다. 그는 세부들을 열거하는 대신 블록들을 빚을 것이다. 그의 인물들은 현대소설에서 구체적으로 실현된 인물들이 종종 심리를 위해 희생시키는 극적인 힘을 지니게 될 것이다. 그렇게 되면 — 이 점은 너무나 지평선 가장자리에 멀리 있으므로 잘 보이지 않지만 — 그는 자신의 관심 범위를 넓혀 삶에서 너무나 큰 역할을 하면서도 지금껏 소설가를 피해 온 영향들, 즉 음악의 힘, 시각적인 자극, 나무의 형태나 색채의 유희가 우리에게 미치는 효과, 군중이 우리 안에 불러일으키는 감정, 어떤 장소 어떤 사람들로부터 불합리하게 오는 모호한 두려움과 증오, 움직임의 환희, 포도주의 도취 같은 것들을 극으로 만들기에 이를 것이다. 모든 순간이 중심이며, 지금껏 표현되지 않은 막대한 지각들이 마주치는 장소이다. 삶은 항상, 그리고 불가피하게, 우리가 표현하고자 하는 것보다 더 풍부하다.

지금까지 개략적으로 제시한 것을 하려고 시도하는 이에게 크나큰 용기가 필요하리라는 것을 확신하기 위해서는 그리 큰 예언의 재능이 필요치 않다. 산문은 아무나 시키는 대로 새로운 스텝을 배우지는 않을 것이다. 하지만 시대의 징조들을 아주 무시하지 않는다면 새로운 발전에 대한 필요를 감지할 수 있다. 오늘날 영국, 프랑스, 미국 등지에는 거추장스러운 예속에서 풀려나 작업하려는 작가들, 다시금 자신의 힘을 중요한 것들 위에 온전히 풀어놓을 위치에 서기 위해 태도를 재조정하려는 작가들이 있음이 확실하다. 어떤 작품이 그 아름다움이나 탁월함보다 그런 태도의 결과로서 우리에게 다가올 때, 우리는 그것이 오래 살아남을 무엇의 씨앗을 품고 있음을 알게 될 것이다.

서평 쓰기[1]

I

런던에는 항상 사람들이 모여드는 쇼윈도가 몇 개 있다. 관심의 대상이 되는 것은 완성품이 아니라 헝겊을 대고 깁는 낡아 빠진 옷들이다. 사람들은 여자들이 작업하는 것을 구경한다. 거기 쇼윈도 안에 앉아서 그녀들은 좀먹은 바지 같은 것에 보이지 않는 바늘땀을 심고 있다. 이 친숙한 광경은 이 글의 삽화가 될 만하다. 우리 시인들, 극작가들, 소설가들은 말하자면 그렇게 쇼윈도 안에 앉아서 서평가들의 호기심 어린 눈길을 받으며 일하는 것이다. 하지만 서평가들은 길거리의 무리처럼 말없이 지켜보는 것으로 만족하지 않고, 구멍의

1 1939년 11월 2일 호가스 출판사에서 『호가스 6페니 팸플릿*Hogarth Sixpenny Pamphlet*』 제4권으로 펴낸 글("Reviewing", *Essays VI*, pp. 195~209). 〈서평〉, 〈서평가〉로 옮긴 말은 review, reviewer이고, critic, criticism은 〈비평가〉, 〈비평〉으로 옮겼다.

크기라든가 바느질 솜씨에 대해 소리 내어 떠들며, 다른 사람들에게 쇼윈도의 물건 중 어느 것이 가장 살 만한지에 대해 충고한다. 이 글의 목적은 서평가의 직무가 — 작가에게, 대중에게, 서평가에게, 또 문학에게 — 갖는 가치에 대한 논의를 불러일으키는 데 있다. 하지만 먼저 확실히 해둘 것이 있다. 여기서 〈서평가〉라는 말은 시, 드라마, 소설 같은 문학 작품의 서평가를 가리키며, 역사, 정치, 경제학 분야의 서평가는 제외하기로 한다. 후자의 직무는 다르며, 여기서 그 이유를 다 말하지는 않겠지만, 그는 자신의 직무를 대체로 아주 적절하고 실로 감탄할 만하게 수행하므로 그의 가치는 의문의 여지가 없다. 그렇다면 문학 작품의 서평가가 하는 일은 오늘날 작가와 대중과 서평가와 문학을 위해 가치가 있는가? 있다면 어떤 가치가 있는가? 만일 없다면, 그가 하는 일을 어떻게 바꾸면 유익해질 수 있겠는가? 우리는 서평의 역사를 간략히 살펴봄으로써 — 그러면 오늘날 서평의 본질을 정의하는 데 도움이 될 테니까 — 서평 쓰기에 수반된 이런 복잡한 문제들을 꺼내 놓으려 한다.

서평은 신문과 함께 등장한 것이니만큼 역사가 짧다. 『햄릿』이나 『실낙원Paradise Lost』에 대한 서평은 쓰인 적이 없다. 물론 비평은 있었지만, 극장의 관객이나 선술집 또는 개인 작업장의 동료 작가들이 구두로 하는 비평이었다. 조악하고 초보적인 형태로나마 비평이 활자화되기 시작한 것은

17세기의 일이다. 분명 18세기는 서평가와 그의 희생자 사이에 오가는 비명과 야유로 시끄러웠을 것이다. 하지만 18세기 말부터는 변화가 일어나기 시작했으니, 비평이 두 갈래로 나뉜 것으로 보인다. 존슨 박사[2]를 위시한 비평가들은 과거의 작품들 및 문학의 원리를 다루는 데 비해, 서평가들은 막 인쇄된 새로운 책들을 품평했다. 19세기가 되면 이런 기능들이 점차 더 분명해졌다. 콜리지, 매슈 아널드[3]처럼 충분한 시간과 공간을 가지고 글을 썼던 비평가들이 있는 반면, 시간도 공간도 부족했던 〈무책임한〉 서평가, 대체로 익명인 서평가들이 있었다. 후자가 하는 일은 대중에게 책을 알리고 홍보하는 한편 비평도 하는 복합적인 것이었다.

그러므로 19세기 서평가는 오늘날의 서평가와 상당히 비슷하지만, 중요한 차이점들도 있다. 그중 한 가지는 『더 타임스의 역사*The History of the Times*』의 저자에 의해 지적되었다. 〈서평의 대상이 되는 책 수가 적은 대신 서평은 지금보다 더 길었다. 소설에도 2단 이상의 지면이 할애되었다.〉 그는 19세기 중엽에 대해 이렇게 말하고 있다. 이런 차이가 아주 중요하다는 것은 뒤에서 좀 더 살펴보게 될 것이다. 하지만 여기서 잠시 멈추어 서평의 다른 효과도 검토해 볼 만하다. 그 효과는 딱 잘라 말하기는 어렵지만 당시에는 명백

---

2 새뮤얼 존슨을 말한다.
3 Matthew Arnold(1822~1888). 영국 시인, 비평가.

했던 것으로, 말하자면 서평이 해당 작가의 판매나 감수성에 미치는 영향이다. 서평이 판매에 영향을 미친다는 것은 의심할 바가 없었다. 가령 새커리는 『에스먼드*Esmond*』에 대한 『더 타임스*The Times*』의 서평이 〈책의 판매를 완전히 중단시켰다〉고 말했다. 서평은 또한 작가의 감수성에도 비록 측량하기는 어려울망정 지대한 영향을 미쳤다. 서평이 키츠에게, 또 예민한 테니슨에게 미친 영향은 잘 알려져 있다. 테니슨은 자신의 시를 서평가의 요구대로 고쳤을 뿐 아니라, 이민을 고려하기까지 했으며, 한 전기 작가에 따르면 적대적인 서평 때문에 너무나 실의에 빠진 나머지 거의 10년간 그의 정신 상태와 시가 달라졌다고 한다. 하지만 강인하고 자신만만한 작가들도 영향을 받는다. 〈어떻게 매크레디[4] 같은 남자가 이따위 문학의 빈대들 때문에 안달하며 씩씩대는가?〉라고 디킨스는 물었다. 그 〈빈대〉란 일요 신문의 필자들로, 〈인간의 형태를 하고 있으나 마귀의 마음을 지닌 썩어 빠진 존재들〉이다. 하지만 빈대일망정 그들이 그 〈피그미 같은 화살을 쏘아 댈〉 때면 디킨스도 그 모든 천재성과 엄청난 활력에도 불구하고 신경이 쓰여서, 분노를 극복하고 〈무관심해져서 그들에게 될 대로 떠들라고 함으로써 승리를 거두기로〉 맹세해야 했다.

---

4 William Charles Macready(1793~1873). 셰익스피어 극의 유명한 배우.

이처럼 19세기의 위대한 시인과 위대한 소설가는 방식은 다를지언정 모두가 서평가의 힘을 인정했으며, 그들 뒤에는 민감하든 강인하든 다 같은 방식으로 ― 물론 그 방식은 복잡하고 분석하기 어렵지만 ― 영향받았을 무수한 군소 시인과 소설가 들이 있었으리라고 추정하는 것이 안전할 터이다. 테니슨과 디킨스는 둘 다 상처 입고 분노했으며, 그런 감정을 느낀다는 데 대해 스스로 부끄럽게 여겼다. 서평가는 빈대요, 그가 무는 것은 무시하면 그만이다. 하지만 물리면 역시 고통스럽다. 서평가의 독설은 허영심에도 명성에도 상처를 냈으며, 매출에도 물론 그랬다. 19세기 서평가는 무시무시한 곤충이었음이 분명하다. 그는 저자의 감수성은 물론이고 대중의 취향에도 상당한 영향력을 행사했다. 그는 작가에게 상처를 입힐 수 있었고, 대중을 설득하여 책을 사거나 안 사게 만들 수도 있었다.

II

이렇게 관계자들을 배치하고 그들의 기능과 힘을 대강 어림잡아 본 다음, 이제 물어야 할 것은 오늘날의 상황도 그때와 같은가 하는 것이다. 첫눈에는 별로 변화가 없는 듯하다. 비평가, 서평가, 작가, 대중 등 관계자들이 그대로 있으며,

그들 사이의 관계도 크게 다를 바 없다. 비평가는 서평가와 구분된다. 서평가의 소임은 최근 문학을 선별하고 작가를 홍보하고 대중에게 정보를 주는 것이다. 하지만 한 가지 변화가 있으니, 아주 중요한 변화이다. 그것은 19세기의 끄트머리에야 나타나기 시작한 것으로, 이미 인용했던 『더 타임스의 역사』에 따르면 이렇게 요약된다. 〈서평은 점점 짧아지고 덜 지연되는 경향이 있었다.〉 그에 더하여 또 한 가지 경향이 있었으니, 서평은 더 신속하고 짧아졌을 뿐 아니라 수적으로 엄청나게 급증했다. 이 세 가지 경향은 엄청나게 파괴적인 영향을 미쳐 서평의 쇠퇴와 몰락을 가져왔다. 서평이 더 신속해지고 짧아지고 수가 늘어나면서, 모든 관계자에게 서평의 가치가 줄어들다 못해 사라져 버렸다고 하면 지나친 말이 될까? 하지만 생각해 보자. 관계자란 작가, 독자, 출판업자이다. 그들을 이런 순서로 놓고, 이런 경향들이 우선 작가에게 어떤 영향을 미쳤을지 생각해 보자. 왜 서평이 그에게 더 이상 가치를 갖지 않게 되었을까? 간단히 말해 서평이 작가에게 갖는 가장 중요한 가치는 그것이 그에게 미치는 효과, 즉 그의 작품에 대한 전문가의 의견을 제시하고 그가 예술가로서 자신의 성패를 가늠할 수 있게 해주는 것이었다. 그런데 서평 수의 급증은 이런 효과를 거의 완전히 파괴해 버렸다. 전 같으면 6편의 서평을 받았을 작품에 대해 60편의 서평을 받게 되면, 도대체 그 작품에 대한 〈의견〉 같은 것은 없음을 발견하게 된다. 칭찬이 비난을 상쇄하고, 비난이 칭찬을 상쇄한다. 다시 말해 서평가의 수만큼의 의견이 있는 셈이니, 그는 곧 칭찬이나 비난에 개의치 않게 된다. 어느 쪽이나 무가치하다. 그는 서평이 자신의 명성과 매출에 미치는 영향밖에는 신경 쓰지 않는다.

같은 이유로, 서평이 독자에게 갖는 가치도 줄어들었다. 독자는 책을 살지 말지 결정하기 위해 서평가에게 이 시나 소설이 좋은지 나쁜지 묻는다. 그런데 60명의 서평가가 제각기 그것이 걸작이라고 또는 쓰레기라고 단언하니, 완전히 모순된 의견들이 서로서로 상쇄되어 버린다. 독자는 판단을 유보하고 직접 책을 보게 될 기회를 기다리다가 십중팔구 잊어버리고, 7실링 6펜스[5]는 그대로 주머니에 남게 된다.

의견의 다양성은 출판업자에게도 같은 방식으로 작용한다. 대중이 더 이상 칭찬도 비난도 믿지 않는다는 것을 아는 출판업자는 그 두 가지를 나란히 인쇄하기에 이른다. 〈이것은 수백 년 동안 기억될 만한 시이다〉, 〈실제로 구역질이 나오는 대목들이 여러 군데 있었다〉 같은 서평을 인용하고, 그 자신의 입장에서 〈직접 읽어 보십시오〉라는 권유를 달게 되는 것이다. 이 권유 자체가 오늘날의 서평이 모든 방면에서 실패했음을 말해 준다. 결국 독자 자신이 답을 내려야 한다면, 뭐 하러 서평을 쓰거나 읽거나 인용하거나 하겠는가?

5 당시의 보통 책값.

III

만일 서평가가 작가에게나 대중에게나 더 이상 가치를 갖지 않게 되었다면, 서평가를 아예 없애는 것이 공공의 의무일 것이다. 그리고 실제로 서평 위주로 이루어진 몇몇 잡지들이 최근에 망한 것을 보면, 이유야 어떠하든 간에 서평가는 몰락하게 되어 있는 듯하다. 하지만 아직은 주요 정치 일간지나 주간지에도 서평 쪼가리가 여전히 붙어 있으니, 서평가라는 존재가 완전히 쓸려 나가기 전에, 그가 여전히 하고자 하는 일이 무엇인지, 그 일을 하는 것이 왜 그리 어려운지, 그리고 어쩌면 보존되어야 할 일말의 가치가 있지 않은지 살펴볼 만하다. 서평가에게 직접 문제의 본질을 어떻게 보는지 물어보기로 하자. 그 대답을 하기에 해럴드 니컬슨 씨[6]보다 더 적합한 인물은 없을 것이다. 일전에 그는 자신이 보는 서평가의 의무와 고충에 대해 말한 바 있다.[7] 그는 우선 서평가란 〈비평가와는 사뭇 다른 존재〉이며 〈매주 돌아오는 직무 때문에 고충을 겪는다〉고 운을 뗀다. 다시 말해 너무 자주, 너무 많은 서평을 써야 한다는 것이다. 나아가 그는 맡은 일의 본질을 이렇게 정의한다. 〈그는 자신이 읽는 모든 책을 문학적 탁월성이라는 영원한 표준과 결부시켜야 하는가? 만일

---

6 Harold Nicolson(1886~1968). 영국 외교관, 문인.
7 『데일리 텔레그래프*Daily Telegraph*』, 1919년 3월.

그래야 한다면, 그의 서평은 기나긴 탄식이 되고 말 것이다. 아니면 그저 도서관 이용자 대중[8]을 고려하여 그들이 읽을 만한 책을 말해 주면 되는 것인가? 만일 그렇다면, 그는 자신의 취향을 그다지 고무적이지 않은 수준으로 낮추게 될 것이다. 어떻게 하는 것이 옳은가?〉 그는 문학의 영원한 표준을 고집할 수도 없고, 자기 취향을 그다지 고무적이지 않은 수준으로 낮출 수도 없으므로 — 그것은 〈지성의 타락〉이 될 터이니 — 적당히 빠져나가는 수밖에 없다. 〈나는 두 극단 사이를 빠져나간다. 나는 서평의 대상이 된 책의 저자들에게 말을 걸어 왜 내가 그들의 책을 좋아하거나 싫어하는지 말해 주고 싶다. 그리고 그런 대화로부터 일반 독자도 약간의 정보를 얻을 수 있으리라 믿는다.〉

　이는 정직한 고백이며, 그 정직성은 시사하는 바가 크다. 그것은 서평이 개인적 의견의 표현이 되었음을 보여 준다. 마감에 쫓기는 필자, 지면의 압박을 받는 필자, 그 옹색함 가운데서 다양한 이해관계에 부응해야 하는 필자, 자신이 맡은 일을 제대로 해내고 있지 못하다는 가책에 시달리며 도대체 그 맡은 일이 무엇인지 고심하다가 적당히 빠져나갈 수밖에

8　우리가 아는 형태의 도서관을 가리킬 수도 있지만, 뒤에서 〈도서관에 주문한다〉는 말을 보면 영국에서 일찍부터 발달한 순회 도서관, 일명 대여 도서관을 가리키는 것 같다. 카탈로그를 보고 책을 주문하면 집으로 배달되는 방식으로, 울프도 20세기 초의 대표적 업체였던 〈뮤디의 정선(精選) 도서관 Mudie's Select Library〉에 가입해 있었다.

없는 필자는 〈영원한 표준〉에 대해 언급하려 애쓰는 대신 자신의 의견만 말하기로 한 것이다. 대중도 비록 둔감할망정 아주 바보가 아닌 이상, 그런 여건 가운데서 글을 쓴 서평가의 조언에 따라 7실링 6펜스를 투자하지는 않을 것이며, 또한 비록 어리숙할망정 아주 얼간이가 아닌 이상, 그런 여건 가운데서 위대한 시인, 위대한 소설가, 획기적인 작품들이 매주 발견되리라고 믿지는 않을 것이다. 하여간 오늘날 서평가가 처한 여건은 그러하고, 향후 몇 년간 그런 여건이 더욱 심화될 전망이다. 서평가는 이미 정치적 연(鳶)의 꼬리에 붙어 너풀거리는 끄나풀일 뿐이다. 조만간 그는 완전히 사라질 것이다. 그가 하는 일은 — 많은 신문에서 이미 그렇게 하고 있듯이 — 가위와 풀로 무장한 유능한 직원에 의해 수행될 것이다. 이 직원을 〈거터〉[9]라 부르기로 하자. 거터는 책에 대해 짤막하게 진술하고, (소설이라면) 플롯을 추출하고, (시집이라면) 몇 줄 인용하고, (전기라면) 일화를 두어 가지 소개한다. 그런 다음 서평가 중 남은 자 — 이 사람을 〈테이스터〉[10]라 하자 — 가 괜찮다 싶은 데는 별표, 시원찮다 싶은 데는 가위표로 스탬프를 찍는 것이다. 〈거터 앤드 스탬프〉의 이런 방식이 현재의 부조화하고 산만한 지절거림을 대신하게 될 것이다. 관련 당사자 중 둘 — 독자와 출판업자 — 에

9   Gutter. 동물의 내장을 빼는 사람이란 뜻이다.
10 Taster. 맛보는 사람이란 뜻이다.

게는 이것이 현재 시스템보다 못할 것이 없다. 도서관 이용자 대중은 자신이 알고자 하는 바, 즉 문제의 책이 도서관에서 빌려 볼 만한지 어떤지를 알 수 있을 것이고, 출판업자는 자신도 대중도 믿지 않는 찬사나 혹평의 문장을 베끼는 수고로움 대신 별표와 가위표만 수집하면 될 것이다. 대중도 출판업자도 시간과 돈을 조금은 절약하게 될지도 모른다. 하지만 다른 두 당사자도 고려해 보아야 한다. 즉 저자와 서평가 말이다. 〈거터 앤드 스탬프〉 방식이 그들에게는 어떤 영향을 미칠까?

우선 저자로 보자면, 그는 좀 더 미묘한 입장이다. 왜냐하면 그는 좀 더 고도로 발달한 유기체이기 때문이다. 그는 서평가들에게 노출되어 온 지난 두 세기 남짓한 세월 동안 이른바 서평가 의식이라는 것을 발달시켜 왔다. 현재 그의 마음속에는 〈서평가〉로 알려진 인물이 존재한다. 디킨스에게 이 인물은 피그미의 화살을 장착한 빈대로, 인간의 형상과 마귀의 마음을 지니고 있었다. 테니슨에게 그는 훨씬 더 무시무시한 존재였다. 오늘날은 이 빈대가 너무나 늘어나 너무나 자주 물어 대므로, 저자도 그 독성에 어느 정도 면역이 된 터이다. 그래서 요즘 저자들은 디킨스처럼 격렬한 반응을 보이거나 테니슨처럼 굴종하거나 하지 않는다. 그래도 여전히 서평가의 독니가 맹독성이라고 믿게 할 만한 분출이 종종 있기는 하지만 말이다. 하지만 누가 그 독의 영향을 받는가? 다시 말해,

그가 야기하는 감정의 진정한 본질은 무엇인가? 이것은 미묘한 문제이다. 하지만 저자로 하여금 간단한 테스트를 통과하게 함으로써 그 답이 될 만한 것을 찾아낼 수 있을 것이다. 민감한 저자를 한 사람 골라 그의 앞에 적대적인 서평을 펼쳐놓으라. 고통과 분노의 징후가 급속히 나타난다. 그런 다음 그에게 그 자신 말고는 아무도 그 모욕적인 언사를 읽지 못할 것이라고 말해 보라. 만일 공개적인 모욕이었다면 일주일은 족히 지속되며 쓰디쓴 원한을 불러일으켰을 고통이 5~10분이면 완전히 가라앉는다. 체온도 정상이 되고 무심함이 회복된다. 이런 프라이버시 테스트는 저자에게 민감한 부분이 평판임을 입증한다. 그가 두려워하는 것은 그런 모욕이 다른 사람들이 그에 대해 갖는 의견에 미칠 영향이다. 또한 그 모욕이 그의 지갑에 미칠 영향도 두려울 터이다. 하지만 대개의 경우 지갑 감수성은 평판 감수성보다 훨씬 덜 발달해 있다. 예술가의 감수성 — 즉 자신의 작품에 대한 자신의 의견 —으로 말하자면, 서평가가 뭐라 하든 전혀 영향받지 않는다. 하지만 평판 감수성은 여전히 생생하며, 그래서 저자들에게 〈거터 앤드 스탬프〉 방식이 현재의 서평 시스템만큼이나 만족스럽다는 것을 설득하려면 어느 정도 시간이 걸릴 것이다. 그들은 자신에게 〈평판〉이라는 것 — 즉 다른 사람들이 그들에 대해 갖는 의견 — 이 있고, 이 평판의 풍선은 인쇄된 매체에서 그들에 대해 말하는 내용에 따라 부풀거나 줄어든다고 말할 것이다. 그래도 현재와 같은 여건에서는, 저자조차도 자신이 언론에서 칭찬받거나 비난당한다고 해서 아무도 그를 더 좋거나 나쁘게 생각하지 않는다고 믿을 때가 조만간 올 것이다. 그는 자신의 이해관계 — 명성과 돈에 대한 욕망 — 가 현재의 서평 시스템 못지않게 〈거터 앤드 스탬프〉 시스템에서도 효과적으로 충족될 것임을 깨닫게 될 것이다.

하지만 이 단계에 이르러서도 저자는 여전히 불평할 여지가 있다. 서평가는 세간의 평판에 바람을 불어넣고 판매를 자극하는 것 이외의 목표에도 진정 기여하고 있었다. 니컬슨 씨는 바로 그 점을 지적한다. 〈나는 그들에게 내가 왜 그들의 작품을 좋아하거나 싫어하는지 말해 주고 싶다.〉 저자는 왜 니컬슨 씨가 자기 작품을 좋아하거나 싫어하는지 듣고 싶은 것이다. 이것은 진짜 욕망이다. 그것은 프라이버시 테스트도 너끈히 통과한다. 문과 창문을 다 닫고 커튼을 치고, 명성이나 돈에 어떤 영향도 없음을 확실히 한다 해도, 작가에게는 자기 작품에 대해 정직하고 똑똑한 독자가 어떻게 생각하는지 안다는 것이 대단히 흥미로운 일인 것이다.

IV

이쯤에서 다시금 서평가에게로 돌아가 보자. 니컬슨 씨의 솔직한 발언이나 서평가 자신들의 내적 증거로부터 판단할 때, 현 시점에서 그의 위치가 극도로 불만스럽다는 것은 의심의 여지가 없다. 그는 촉박한 기한에 맞추어 짧게 써야만 한다. 그가 서평을 쓰는 책들 대부분은 종이 위에 펜을 끄적일 만한 가치조차 없으며, 거기에 〈영원한 표준〉 같은 것을 적용해 봤자 헛일이다. 더구나 그는 — 이미 매슈 아널드가 말했듯이 — 설령 여건이 호의적이더라도, 살아 있는 자로서 살아 있는 자의 작품을 판단하기란 불가능하다는 것을 안다. 매슈 아널드에 따르면, 세월, 그것도 장구한 세월이 지나서야 〈개인적일 뿐 아니라 맹렬하게 개인적인〉 의견을 낼 수 있게 되는 것이다. 그런데 서평가에게는 단 일주일밖에 없다. 저자들은 죽지 않고 살아 있고, 그 살아 있는 자들은 친구이거나 원수이다. 아내와 가족이 있고, 나름대로의 개성과 정치적 성향을 지니고 있다. 서평가는 자신이 방해받고 산만하며 선입견을 갖고 있음을 안다. 하지만 이 모든 것을 알고서, 자기 시대의 격렬히 상충되는 의견들 가운데서 그 모든 것이 실제로 그러하다는 증거를 갖고서, 그는 사람들에게 끊임없이 새로운 책을 소개해야 한다. 신선한 인상이나 사심 없는 발언이라고는 우체국 카운터 위의 낡아 빠진 압지만큼도 찾아볼 수 없는 정신의 소유자들을 향해서 말이다. 그는 서평을 써야만 한다. 왜냐하면 살아야 하니까. 살되 — 대부분의 서평가들은 교육받은 계층 출신이므로 — 그 계층의 표준에 따라 살아야만 한다. 그러므로 그는 자주, 많이 써야 한다. 이 끔찍함을 덜어 내는 길은 단 하나, 저자들에게 왜 그들의 책을 좋아하거나 싫어하는지 말하기를 즐기는 것이다.

V

서평 쓰기에서 서평가 자신에게 (돈벌이를 떠나) 가치 있는 이 한 가지 요소는 저자에게 가치 있는 요소이기도 하다. 그렇다면 문제는 이 가치 — 니컬슨 씨의 표현을 빌리자면 대화의 가치 — 를 어떻게 보존하여 양자 모두에게, 양자 모두의 정신과 지갑에 유익한 연합을 가져오느냐 하는 것이다. 그것은 그다지 해결하기 어려운 문제는 아니다. 의업(醫業)이 그 길을 보여 준다. 다소 차이는 있겠으나, 의업의 관습을 모방할 만하다. 즉 의사와 서평가, 환자와 저자 사이에는 많은 유사점이 있다. 그러니 서평가로 하여금 구태의연한 서평가 노릇을 그만두게 하고 그를 의사로 부활시켜 보자. 또 다른 이름을 택하여 컨설턴트, 또는 해설가나 해석가라고 불러도 좋을 것이다. 자격증을 부여하되 시험을 치는 것이 아니라 책을 쓰게 하는 거다. 그렇게 하여 공인되고 준비된 이들의 명단을 공개한다. 그러면 작가는 자신의 작품을 자신이 선택한 심판에게 제출하고, 약속을 잡아 면담을 신청한다. 그리하여 엄밀한 프라이버시가 지켜지는 가운데, 다소간 공식적으로 — 물론 그 면담이 티 테이블 잡담에 그치지 않게끔 충분한 사례를 보장하고 — 의사와 작가가 만나서 한 시간 동안 문제의 책에 대해 의논하는 것이다. 그들은 진지하게 단둘이서 대화를 나눌 것이다. 이 프라이버시는 우선 두 사람 모두에게 무한히 이익이 된다. 컨설턴트는 정직하고 솔직하게 말할 수 있을 것이다. 책의 판매에 영향을 미치거나 작가의 기분을 상하게 할까 하는 두려움이 제거될 테니까. 이 프라이버시는 쇼윈도의 유혹, 즉 젠체하면서 점수를 따고자 하는 유혹도 줄여 줄 것이다. 컨설턴트는 정보를 제공하고 신경 써야 할 도서관 이용자 대중도, 감명을 주고 즐겁게 해야 할 독자 대중도 신경 쓸 필요가 없을 것이다. 그는 책 자체에만 집중하여 저자에게 자신이 왜 그 책을 좋아하거나 싫어하는지 말할 것이다. 저자도 이익을 얻는다. 한 시간가량 자신이 선택한 평자와 사적으로 대화하는 것은 현재 그의 작품에 가해지는 5백 단어짜리 잡다한 비평보다 훨씬 더 도움이 될 것이다. 그는 자신이 주장하는 바를 말할 수 있을 것이고, 자신이 처한 어려움도 피력할 수 있을 것이다. 그는 더 이상 — 현재 종종 그런 것처럼 — 비평가가 자신이 쓰지도 않은 것에 대해 말하고 있다고 느끼지 않을 것이다. 나아가 그는 다른 책, 심지어 다른 문학과 다른 표준을 장착하고 있는 정신과 접촉하는 유익을 누리게 될 것이다. 가면을 쓴 사람이 아니라 살아 있는 인간 존재와의 이런 접촉은 근거 없는 두려움들이 힘을 잃게 할 것이다. 빈대는 사람이 될 것이다. 점차 작가의 〈평판〉은 중요성이 덜해질 것이다. 그는 그런 피곤한 부속물과 그 짜증스러운 결과들을 떨쳐 버리게 될 것이다. 이상과 같은 것이 프라이버시가 보장할 명백하고 이론의 여지 없는 이익 중 몇 가지이다.

다음으로 재정적인 문제가 있다. 해설가라는 직업은 서평가라는 직업만큼 돈벌이가 될까? 자기 작품에 대한 전문가 의견을 듣고 싶어 할 작가의 수가 얼마나 될까? 이런 질문에 대한 답은 출판업자의 사무실이나 작가의 우편 행낭에서 날마다 들려오는 시끄러운 외침에서 들을 수 있을 것이다. 〈조언을 좀 주시오〉, 〈비평을 좀 해주시오〉 하는 외침들이다. 상업적인 목적에서가 아니라 절실한 필요에서 진심으로 비평과 조언을 구하는 작가들의 수는 그런 수요에 대한 풍부한 증거이다. 하지만 그들이 3기니라는 진찰료를 내겠는가? 한 시간 동안의 대화가 출판사의 지친 원고 검토자로부터 억지로 얻어 내는 무성의한 편지보다, 또는 산만한 서평가로부터 기대할 수 있는 전부인 5백 단어짜리 서평보다 얼마나 더 많은 것을 줄 수 있는지 알게 된다면 — 필시 알게 될 터인데 — 아무리 돈이 없는 작가라 하더라도 그것을 해볼 만한 투자로 생각할 것이다. 젊고 가난한 작가들만이 조언을 구하는 것이 아니다. 글쓰기 기술은 어렵다. 비개성적이고 사심 없는 평자의 의견은 모든 단계에서 더없이 가치가 있을 것이다. 단 한 시간만이라도 키츠와 더불어 시에 대해, 제인 오스틴과 더불어 소설의 기술에 대해 이야기할 수 있다면, 누군들 가문의 보물인 찻주전자라도 저당 잡히지 않겠는가?

VI

끝으로, 이 모든 문제 중에 가장 중요하고도 어려운 문제가 남는다. 즉, 서평가를 없애는 것이 문학에는 어떤 영향을 미칠까 하는 것이다. 쇼윈도를 부숴 버리는 것이 저 손닿지 않는 곳에 있는 여신의 건강에 도움이 되리라고 생각하는 이유들은 이미 시사된 바 있다. 작가는 공방의 어둠 속으로 물러날 것이고, 더 이상 수많은 평자들이 유리창에 코를 박고 들여다보면서 한 땀 한 땀마다 호기심 많은 군중에게 논평을 하는 가운데 옥스퍼드가에서 바지를 깁는 어렵고 미묘한 임무를 계속하지 않을 것이다. 그의 자의식은 줄어들고 평판은 쪼그라들 것이다. 더는 바람이 들었다 빠졌다 하지 않으면서 자기 일에 전념할 수 있을 것이고, 그러면 더 좋은 글을 쓸 수 있을 것이다. 또한 대중을 즐겁게 하고 자기 재주를 광고하기 위해 쇼윈도 밖에서 이리 뛰고 저리 뛰며 푼돈을 벌어야 하는 서평가도 책과 작가의 필요만 생각하면 될 것이다. 그러면 비평에도 더 좋은 결과가 나올 것이다.

하지만 또 다른, 더 적극적인 유익도 있을 수 있다. 〈거터 앤드 스탬프〉 시스템은 현재 문학 비평으로 여겨지는 것 — 〈내가 왜 이 책을 좋아하거나 싫어하는가〉에 바쳐지는 몇 마디 — 을 제거함으로써 공간을 절약할 것이다. 한두 달 사이에 4, 5천 단어가 절약될 것이다. 그만한 지면을 운용할 수 있는 편집자라면 문학에 대한 경의를 표할 뿐 아니라 실제로 증명할 수도 있을 것이다. 그는 그 지면을 — 설령 정치 일간지나 주간지에서라도 — 별표와 가위표에 쓰는 대신 무명의 비상업적 문학 — 에세이, 비평 — 등에 쓸 수 있을 것이다. 우리 중에도 몽테뉴[11]가 있을 수도 있으니 — 매주 1천에서 1천5백 단어로 쪼개지는 몽테뉴이겠지만 — 시간과 공간만 주어진다면 그는 되살아날 것이고, 그와 더불어 감탄할 만한, 오늘날 거의 멸절된 예술 형태가 되살아날 것이다. 또는 우리 중에 콜리지나 매슈 아널드 같은 비평가가 있을지도 모른다. 현재 그는 니컬슨이 지적했듯이 사소한 시와 희곡과 소설 더미에 자신을 낭비하고 있다. 모두 다음 수요일까지 1단 안에 서평을 실어야 할 책들이다. 하지만 1년에 단 두 번이라도 4천 단어짜리 지면이 주어진다면 비평가가 되살아

---

11 Michel Eyquem de Montaigne(1533~1592). 프랑스 문인. 『에세 *Essais*』의 작가.

날 것이고 — 그와 더불어 저 표준들, 비록 언급되지 않는다 해도 결코 죽은 것이 아닌 〈영원한 표준들〉이 되살아날 것이다. A 씨가 B 씨보다 글을 더 잘 쓰는지 못 쓰는지는 우리 모두 알지 않는가? 그것이 우리가 물어야 할 전부인가?

요약하자면 — 또는 누군가가 때려눕힐 이 산만한 발언들에 이어 작은 추측과 결론 들로 이정표가 될 만한 돌무더기를 쌓아 보자면 — 서평은 자의식을 고조시키고 힘을 약화시키며, 쇼윈도와 거울은 사람을 가두고 주눅 들게 한다. 그 대신 토론을, 두려움 없고 사심 없는 토론을 도입함으로써 작가는 폭과 깊이와 힘을 얻게 될 것이다. 그리고 이런 변화는 궁극적으로 대중의 정신에 영향을 미치게 될 것이다. 그들이 좋아하는 작가라는 인물, 공작새와 원숭이의 잡종은 더이상 조롱 대상이 아니라 공방의 어둠 속에서 자기 일을 하는 이름 없는 장인, 존경받아 마땅한 장인이 될 것이다. 이전보다 덜 치졸하고 덜 개인적인 새로운 관계가 생겨나고 있다. 문학에 대한 새로운 관심, 새로운 경의가 따라올 수도 있다. 재정적 이익을 별도로 한다면, 그것은 어떤 빛을 가져올 것인가. 비평적 안목을 갖춘 배고픈 대중은 공방의 어둠 속으로 어떤 순수한 햇빛을 가져올 것인가.

현대 에세이[1]

리스 씨의 지당하신 말씀대로, 에세이의 역사와 기원을 — 그것이 소크라테스에게서 비롯되었는지, 아니면 페르시아 사람 시란네이[2]에게서 비롯되었는지 — 깊이 파고드는 것은 불필요한 일이다. 왜냐하면 모든 살아 있는 것이 그렇듯이, 에세이도 과거보다는 현재가 더 중요하기 때문이다. 더구나 그 가계는 아주 넓게 퍼져 있어서, 그중 대표적인 몇 사람은 세상에서 성공하여 위세를 떨치는 반면, 어떤 이들은 플리트가[3] 근처의 빈민가에서 불안정한 삶을 살기도 한다. 에세이는 형태도 다양하다. 길 수도 짧을 수도 있고, 진지할

---

1 1922년 11월 30일 『타임스 리터러리 서플러먼트』에 어니스트 리스 Ernest Rhys(1850~1946)의 『현대 영국 에세이*Modern English Essays 1870 to 1920*』(전5권, 1922)에 대한 서평으로 실렸던 글을 『보통 독자』(1925)에 싣기 위해 손질한 것이다("The Modern Essays", *Essays IV*, pp. 216~227).
2 Siranney the Persian. 리스의 책에서 언급된 신원 미상의 인물이다.
3 플리트가는 런던의 언론과 동일시될 만큼, 신문사, 출판사 등이 모여 있던 곳이다.

수도 시시껄렁할 수도 있으며, 신이나 스피노자[4]를 다룰 수도 있고 거북이와 치프사이드를 다룰 수도 있다.[5] 하지만 1870년부터 1920년 사이에 쓰인 에세이들이 실린 이 다섯 권의 작은 책을 뒤적이다 보면, 그 혼돈 가운데서 몇 가지 원리가 눈에 뜨이며, 그 길지 않은 기간 동안에도 역사의 진보라고나 할 만한 것을 감지하게 된다.

　문학의 모든 형식 가운데 에세이는 긴 단어의 사용을 가장 덜 요구하는 형식이다. 에세이를 지배하는 원리는 요컨대 즐거움을 주어야 한다는 것이다. 서가에서 에세이집을 꺼낼 때 우리는 단지 즐거움을 얻으려 할 뿐이다. 에세이에서는 모든 것이 이 목적에 따라야 한다. 에세이는 그 첫마디로 우리에게 주문을 걸어야 하며, 우리는 그 마지막 한마디에 상쾌한 기분으로 깨어나야 한다. 그 중간에 우리는 재미와 놀람, 흥미, 분노 등 아주 다양한 경험을 거치게 될 것이다. 램[6]과 더불어 판타지의 정상으로 솟구치기도 하고, 베이컨[7]과 더불어 지혜의 심연에 뛰어들기도 하겠지만, 결코 흥분해서는 안 된다. 에세이는 우리를 넉넉히 감싸고 세계를 가로질

4　Baruch Spinoza(1632~1677). 네덜란드 철학자.
5　리스의 『현대 영국 에세이』 제1권에 실린 매슈 아널드의 「스피노자에 관한 한마디A Word about Spinoza」와 제2권에 실린 새뮤얼 버틀러의 「치프사이드 산책Ramblings in Cheapside」을 가리킨다. 〈치프사이드〉란 런던의 중심지인 〈시티 오브 런던〉의 한 거리 이름이다.
6　Charles Lamb(1775~1834). 영국 수필가.
7　Francis Bacon(1561~1626). 영국 철학자.

러 장막을 드리워야 한다.

 그런 위업은 좀처럼 달성되지 않는다. 물론 그 잘못은 작가뿐 아니라 독자에게도 있겠지만 말이다. 습관과 무기력이 독자의 입맛을 둔하게 한 것이다. 소설에는 이야기가 있고 시에는 리듬이 있는 데 비해, 에세이스트는 그렇게 짧은 산문에서 대체 어떤 기술을 동원해야 우리로 하여금 정신이 번쩍 들게 하고, 황홀경 — 잠이라기보다는 더 강렬한 삶이라고나 할 상태, 모든 기능이 깨어 있는 가운데 감미로운 일광욕을 즐기는 듯한 상태 — 에 빠지게 할 수 있겠는가? 무엇보다도 먼저, 그는 제대로 글 쓰는 법을 알아야 한다. 제아무리 마크 패티슨[8]처럼 심오한 학식을 갖추었다 해도, 에세이에서는 그 학식도 글쓰기의 마법으로 용해되어 어느 한 가지 사실이 튀거나 어느 한 가지 주장이 표면을 찢고 나오지 말아야 한다. 매콜리는 이런 식, 프루드[9]는 저런 식으로, 이런 난제를 훌륭하게 해결했다. 그들은 1백 권 교과서의 무수한 챕터에 실린 것보다 더 많은 지식을 단 한 편의 에세이를 통해 우리에게 불어넣어 주었다. 하지만 마크 패티슨이 몽테뉴에 대해 서른다섯 페이지에 걸쳐 말하는 것을 들으면, 그는 그뤤 씨를 제대로 이해하지 못한 것 같다는 생각이 든다.[10]

---

 8 Mark Pattison(1813~1884). 영국 성공회 사제, 작가.
 9 James Anthony Froude(1818~1894). 영국 역사가, 소설가, 전기 작가.
 10 패티슨은 『현대 영국 에세이』 제1권에 실린 그의 에세이 「몽테뉴 Montaigne」에서 알퐁스 그뤤Alphonse Grün(1801~1866)이 쓴 몽테뉴 전기

그뤼 씨는 한때 나쁜 책을 쓴 신사였다. 그뤼 씨와 그의 책은 우리의 지속적인 기쁨을 위해 호박(琥珀) 속에 밀봉되었어야 할 것이다. 하지만 그 과정이 피곤하다. 그러려면 패티슨이 동원할 수 있었던 것보다 더 많은 시간과 아마도 더 큰 인내심이 필요할 것이다. 그는 그뤼 씨를 날것 그대로 내놓았고, 그뤼 씨는 익은 고기 틈에서 날것인 열매 그대로 남아 좀처럼 씹히지 않는 채 겉돈다. 매슈 아널드와 스피노자의 어떤 번역자[11]의 경우도 그와 비슷할 것이다. 문자 그대로의 진실을 말하며 범인(犯人)의 유익을 위해 그의 잘못을 지적하는 것은 에세이에는 어울리지 않는 일이다. 에세이에서는 모든 것이 우리의 유익을 위한 것이라야 하며,『포트나이틀리 리뷰*Fortnightly Review*』의 3월호에서만이 아니라 영원토록 그래야 하기 때문이다. 그러나 에세이라는 좁은 터전에서 꾸짖는 목소리는 결코 들리게 하지 말아야 하겠지만, 메뚜기 떼의 창궐과 같은 또 다른 음성이 있으니, 그것은 산만한 말들 사이에서 졸음에 겨워 뒤뚱거리며 모호한 생각들을 되는대로 움켜쥐는 사람의 목소리이다. 가령 다음과 같은 대목에서 허턴 씨의 목소리가 그러하다.

『미셸 몽테뉴의 공적인 삶*La Vie publique de Michel Montaigne*』에 대해 논한다.
    11 매슈 아널드가 스피노자에 대해 쓴 에세이에서 논한 스피노자 책의 번역자 로버트 윌리스Robert Willis(1799~1878)를 가리킨다.

여기에 더하여 그의 결혼 생활이 아주 짧았다는 점, 불과 7년 반 만에 갑자기 끝나 버렸다는 점, 그리고 아내에 대한 추억과 그녀의 천재성에 대한 그의 열렬한 경외심, 그 자신의 말을 빌리자면 〈종교심〉이 — 그는 분명 나무랄 데 없이 지각 있는 사람이었을 터이니 — 다른 사람들이 보기에 환각까지는 아니라 해도 지나치다 싶지 않게는 드러낼 수 없는 것이었다는 점, 그럼에도 그가 〈편견 없는 견해〉로 대가의 명성을 얻은 사람에게서는 한층 비감하게 느껴지는 다정하고 열광적인 과장으로 그것을 표현하려는 시도에 대한 물리칠 수 없는 열망에 사로잡혀 있었다는 점을 감안해 보라. 그러면 밀 씨의 생애에 일어난 인간적 사건들이 대단히 슬프다고 느끼지 않기란 불가능하다.[12]

책이라면 이런 타격을 받아 낼 수 있을지도 모르지만, 에세이는 침몰하고 만다. 두 권짜리 전기쯤 되면 이런 문장이 들어가도 좋을 것이다. 긴 전기는 허용 범위가 훨씬 더 넓으니, 부차적인 것들에 대한 암시나 일별도 나름 한몫을 하여 (빅토리아 시대의 구식 전기라면 그렇다는 얘기다) 이런 하품이나 기지개도 별문제 될 것 없이 나름대로 긍정적인 가치

12 리스의 『현대 영국 에세이』 제1권에 실린 리처드 홀트 허턴Richard Holt Hutton(1826~1897)의 「존 스튜어트 밀의 『자서전』에 대하여John Stuart Mill's "Autobiography"」 중에서 산만하고 모호한 문장의 예로 든 것이다.

를 가질 수 있을 것이다. 하지만 그런 가치도 실은 온갖 잡다한 출처로부터 생겨나는 인상들을 책 읽기에 끌어들이려 하는 독자의 떳떳치 못한 욕구가 부여하는 것이므로, 여기서는 배제되어야 한다.

에세이에는 문학의 불순함이 발 들일 여지가 없다. 노력으로든 타고난 천품으로든, 아니면 그 두 가지의 결합으로든 에세이는 순수해야 한다. 물처럼 순수하고 포도주처럼 순수할 뿐 아니라, 따분하고 죽어 있는 것, 무관한 것들의 축적으로부터도 순수해야 한다. 제1권의 필자 중에서는 월터 페이터가 이 힘든 소임을 가장 잘 성취한다. 그는 그의 에세이(「레오나르도 다빈치에 관한 단상Notes on Leonardo da Vinci」)를 쓰기에 앞서 자신의 소재를 충분히 소화했기 때문이다. 그는 박학한 사람이지만, 그 글을 읽고 남는 것은 레오나르도에 관한 지식이 아니라 하나의 비전이다. 마치 좋은 소설에서 모든 것이 합력하여 작가의 비전을 전체로서 우리 앞에 보여 주는 것과도 같다. 다만 에세이에서는 경계가 엄격하고 사실들을 적나라한 그대로 사용해야 하므로, 월터 페이터 같은 진짜 작가라야 이런 한계들을 십분 활용할 수 있다. 진실이 권위를 부여할 터이고, 그 좁은 한계로부터 그는 형태와 강도를 끌어낼 것이다. 그러면 옛 작가들이 애용하던 장식들 ── 우리가 〈장식〉이라는 말로 다소 경멸하는 것들 ── 중 어떤 것들은 더 이상 들어설 여지가 없게 된다. 오늘날

은 아무도 레오나르도의 귀부인에 대한 다음과 같은 유명한
묘사를 늘어놓을 용기가 없을 것이다.

　　무덤의 비밀을 배운, 깊은 바다에 뛰어들어 보았고 그
　　영락한 시절을 두르고 다니는, 동방의 상인들과 기묘한
　　연줄이 있는, 그리고 레다처럼 트로이의 헬레네를 낳은
　　어머니요, 성 안나처럼 마리아를 낳은 어머니였던…….[13]

이 대목은 너무나 유명하여 좀처럼 문맥 속에 자연스럽게
녹아들지 않는다. 하지만 뜻하지 않게 〈여성들의 미소와 큰
물의 요동〉이라든가 〈창백한 돌들 가운데 놓인 서글픈 흙빛
옷차림의 망자들의 고상함으로 가득 찬〉이라든가 하는 구절
을 마주칠 때면, 우리는 문득 우리에게 눈과 귀가 있음을, 영
어가 무수한 단어들 — 대부분은 1음절 이상의 단어들 — 로
여러 권의 견실한 서책들을 채워 왔음을 상기하게 된다. 물
론 살아 있는 영국인으로서 그런 책들을 찾아보는 이는 폴란
드 출신의 신사뿐이겠지만 말이다.[14] 하지만 그러한 단어의
보고에서 물러남으로써 분명 우리는 과도한 표현과 수사와
우쭐대며 뜬구름 잡는 것을 피할 수 있을 터이니, 진지함과
냉철함을 얻기 위해서는 토머스 브라운 경의 화려함이나 스

13　『현대 영국 에세이』 제1권, 월터 페이터의 「레오나르도 다빈치에 관
한 단상」에서 인용.
14　폴란드 출신 영국 작가 조지프 콘래드를 가리킨다.

위프트의 활기를 기꺼이 내놓아야 할 것이다.

하지만 에세이가 전기나 소설보다 과감한 표현과 은유를 더 적절히 허용하고 그 표면의 모든 원자가 빛나도록 연마될 수 있다고는 해도, 거기에도 위험은 있다. 장식은 금방 눈에 띄게 마련이다. 그러면 곧 문학의 생명이라 할 흐름이 느려지며, 단어들은 불꽃을 튀기고 섬광을 발하거나 더 깊은 흥분을 지닌 더 조용한 충동으로 움직이는 대신 한데 뭉쳐 굳어 버린다. 그 얼어붙은 가지들은 마치 크리스마스트리에 매다는 포도송이처럼 단 하룻밤 반짝이고는 다음 날이면 먼지 투성이가 되어 버리는 것이다. 글감이 빈약할수록 치장하려는 유혹은 커진다. 도보 여행을 즐겼다거나 치프사이드 거리를 걸어가며 스위팅 씨의 가게 진열창에서 거북이를 보는 것이 재미있었다거나 하는 데서 다른 사람들의 흥미를 끌 만한 것이 무엇인가? 스티븐슨[15]과 새뮤얼 버틀러는 이런 일상적인 글감에서 우리의 흥미를 자극하는 전혀 다른 방법을 선택한다. 스티븐슨은 물론 자기 글감을 다듬고 갈고 닦아서 전통적인 18세기 방식으로 우리 앞에 내놓는다. 감탄할 만한 솜씨지만, 그의 에세이를 읽어 나가는 동안 우리는 점점 불안해지는 것을 어쩔 수 없다. 금방이라도 장인의 손가락 아래에서 글감이 바닥나 버릴 것만 같아서이다. 알맹이는 그토록 작은데 매만지는 손길은 끊임이 없다. 아마도 그래서 이

15 Robert Louis Stevenson(1850~1894). 영국 소설가, 시인.

런 식의 결론이 실속 없이 느껴지는지도 모르겠다.

> 가만히 앉아서 명상에 잠기는 것, 아무 욕망 없이 여인들의 얼굴을 떠올리는 것, 부러움 없이 위인들의 행적에 만족하는 것, 어디서나 무엇에나 공감하되 지금 있는 곳과 지금의 내 상태에 만족하는 것.[16]

끝에 가서는 더 이상 글로 다룰 만큼 견고한 것이 남아 있지 않을 것만 같다.

버틀러는 정반대의 방법을 채택했다. 〈네 스스로 생각해〉라고 그는 말하는 듯하다. 〈그리고 할 수 있는 한 평이하게 말하는 거야.〉 가게 진열창의 이 거북이들, 등딱지 밖으로 머리와 발이 새어 나온 듯한 거북이들은 〈고정 관념에 대한 치명적인 충실성〉을 시사한다. 그렇듯 무심히 한 가지 생각에서 다음 생각으로 성큼성큼 나아가면서 우리는 드넓은 땅을 가로지르고, 〈시무 변호사에게 상처를 입히는 것은 아주 심각하다〉거나 〈스코틀랜드의 메리 여왕이 교정용 신발을 신고 토트넘 코트 로드에 있는 호스슈 양조장 근처에서 발작을 일으킨다〉거나 하는 고찰에 이어 〈아무도 정말로 아이스킬로스를 좋아하지는 않는다〉거나 하는 것을 당연한 듯이 받아

---

16 『현대 영국 에세이』 제2권, 로버트 루이스 스티븐슨의 「도보 순방 Walking Tours」에서 인용.

들이게 된다.[17] 그렇듯 재미난 일화들과 때로 심오한 성찰들을 거쳐 결론에 이르는데, 그 결론이란 그가 치프사이드에서 『유니버설 리뷰』의 열두 페이지에 담을 수 있는 이상은 관찰하지 말라는 말을 들었으니[18] 그만 그치는 게 좋겠다는 것이다. 그런데도 버틀러는 적어도 스티븐슨만큼은 우리의 즐거움에 신경을 쓰는 것이 분명하다. 자기 자신처럼 글을 쓰면서 그것이 글쓰기가 아니라고 하는 것은, 애디슨[19]처럼 쓰면서 잘 쓰고 있다고 하는 것보다 훨씬 더 힘든 문체 훈련이다.

하지만 빅토리아 시대의 에세이스트들은 개인적인 차이를 넘어서 공통적인 무엇인가를 지니고 있다. 그들은 요즈음 에세이보다 훨씬 길게 썼으며, 한가롭게 앉아 진지하게 잡지를 읽을 여유가 있을 뿐 아니라 그것을 판단할 높은 수준의 ― 물론 아주 빅토리아풍이지만 ― 교양을 지닌 대중을 위해 썼다. 에세이를 통해 진지한 문제를 논하는 것이 그럴 만한 가치가 있고, 가능한 한 잘 써야 한다는 데 이상할 것이 없던 시절이었다. 잡지에서 그 글을 읽은 동일한 대중이 한두 달 후면 책에서 다시 한번 그것을 꼼꼼히 읽던 시대였으니 말이다. 그러다가 교양 있는 소수의 대중으로부터 그다지 교

---

17 『현대 영국 에세이』제2권, 새뮤얼 버틀러의 「치프사이드 산책」에서 인용. 울프는 따옴표 없이 인용하고 있는데, 이해를 돕기 위해 따옴표를 넣었다.
18 버틀러의 이 글은 『현대 영국 에세이』에 실리기에 앞서 『유니버설 리뷰Universal Review』에 게재되었다.
19 Joseph Addison(1672~1719). 영국 에세이스트, 시인, 극작가.

양을 갖추지 못한 다수의 대중으로의 변화가 일어났다. 전적으로 나쁜 변화만은 아니었다. 제3권에서 우리는 비렐 씨[20]와 비어봄 씨[21]를 만나게 된다. 이들은 고전적 유형으로 돌아갔다고도 할 수 있으니, 이들의 에세이는 길이와 낭랑함이 줄어든 대신 애디슨이나 램의 에세이와 좀 더 가까워졌다. 하여간 칼라일에 대한 비렐 씨의 글[22]과 칼라일 자신이 비렐 씨에 대해 썼음 직한 글 사이에는 큰 간극이 있다. 맥스 비어봄의 「앞치마의 구름A Cloud of Pinafores」과 레슬리 스티븐의 「냉소가의 변명A Cynic's Apology」 사이에는 비슷한 점이 전혀 없다.[23] 하지만 에세이는 살아 있고, 절망할 필요는 없다. 상황이 바뀌면 대중의 여론에 가장 민감한 식물인 에세이스트도 달라지고 적응하기 마련이다. 그 변화에서 좋은 에세이스트라면 최선을 끌어낼 것이고 나쁜 에세이스트라면 최악을 끌어낼 것이다. 비렐 씨는 확실히 좋은 쪽이며, 비록 전보다 상당히 무게를 덜어 내기는 했지만, 그의 공격은 훨씬 더 직접적이며 움직임도 더 유연해졌음을 보게 된다. 하지만 비어봄 씨가 에세이에 준 것은 무엇이며 가져간

---

20 Augustine Birrell(1850~1933). 영국 자유당 정치인. 유머러스한 에세이들을 썼다.

21 Max Beerbohm(1872~1956). 영국 에세이스트, 풍자가.

22 『현대 영국 에세이』 제3권에는 비렐의 다른 글이 실려 있고, 그의 「칼라일Carlyle」은 제2권에 실려 있다.

23 비어봄의 글은 『현대 영국 에세이』 제3권에, 스티븐의 글은 제2권에 실려 있다.

것은 무엇인가? 그것은 훨씬 더 복잡한 문제다. 왜냐하면 그는 오로지 쓰는 일에 집중한 에세이스트이며 의심할 바 없이 자기 일의 왕자이니 말이다.

비어봄 씨가 준 것은 물론 그 자신이다. 몽테뉴 시절부터 단속적으로 에세이에 출몰하는 이 존재는 찰스 램이 죽은 후로 망명 중이었다. 매슈 아널드는 자기 독자들에게 결코 만만한 〈매트〉가 아니었고, 월터 페이터도 수많은 독자들의 집에서 〈워트〉라는 애칭으로 불리지 않았다. 그들은 우리에게 많은 것을 주었지만, 자기 자신만은 주지 않았다. 그래서 1890년대의 어느 시기에 권고와 정보와 고발에 익숙해진 독자들은 자신들과 다름없는 어떤 남자에게 속한 듯한 목소리가 친근하게 말을 걸어오는 데 놀랐음에 틀림없다. 그는 사적인 기쁨과 슬픔에 영향을 받을 뿐, 무슨 복음을 설파하려는 것도 아니고 지식을 전수하려는 것도 아니었다. 그는 단순하고 직설적으로 그 자신일 뿐이었고, 내내 그 자신으로 남아 있었다. 또다시 우리는 에세이스트의 가장 고유하면서도 가장 위험하고 미묘한 도구를 사용할 줄 아는 에세이스트를 갖게 된 것이다. 그는 자신의 개성을 문학에 투영하되 무의식적으로 불순하게 그러는 것이 아니라 의식적으로 순수하게 그렇게 했으므로, 우리는 에세이스트 맥스와 인간 비어봄 사이에 하등의 관계가 있는지 알지 못한다. 우리는 단지 그가 쓰는 모든 단어에 개성의 정신이 스며 있음을 알 뿐이다. 이 승리는 문체의 승리이다. 왜냐하면 문학에서 자아를 활용하는 것은 글 쓰는 법을 터득함으로써만 가능하기 때문이다. 자아란 문학에서 본질적이면서도 가장 위험한 적수이다. 결코 자기 자신이 되지 않되 항상 자기 자신이라야 한다는 것이 문제이다. 리스 씨의 선집에서 몇몇 에세이스트들은 솔직히 말해 이 문제를 전혀 해결하지 못했다. 우리는 인쇄된 글의 영원성 가운데 분해되는 시시한 개성들을 보며 욕지기를 느낀다. 물론 잡담으로서는 매력적이었을 터이고, 그것을 쓴 사람도 맥주 한잔을 사이에 놓고 만나기에는 기분 좋은 사람이었을 터이다. 하지만 문학은 엄격하다. 매력적이거나 덕이 높거나 심지어 학식이 많고 총명하다 해도, 글 쓰는 법을 알아야 한다는 문학의 첫째가는 조건을 만족시키지 못한다면 아무 소용이 없다고 문학은 거듭 말하는 듯하다.

이런 기술을 비어봄 씨는 완벽할 만큼 갖추고 있다. 그는 굳이 사전에서 긴 단어를 찾아 쓰지 않는다. 탄탄한 미문(美文)을 만들어 내지도 않고, 정교한 카덴차나 기묘한 선율로 우리의 귀를 유혹하지도 않는다. 그의 동료 중 몇몇 — 헨리[24] 나 스티븐슨 — 이 간혹 더 인상적일 때도 있다. 하지만 「앞치마의 구름」에는 삶에, 오직 삶에만 속하는, 형언할 수 없는 불평등과 동요와 결정적인 표현력이 담겨 있다. 그 글은 다 읽었다고 끝낼 수가 없는 것이, 마치 헤어질 시간이 되었다고

24 W. E. Henley(1849~1903). 영국 시인, 비평가, 편집자.

해서 우정이 끝나지 않는 것과도 같다. 삶은 솟아나고 변화하고 더해진다. 책장에 꽂힌 책들도 살아 있는 한 변화한다. 우리는 여전히 그들과 만나기를 원하며, 만날 때마다 그들은 달라져 있다. 우리는 비어봄 씨의 에세이들을 한 편 한 편 반추해 보며, 9월이 오든 5월이 오든 그 글들과 함께 앉아 이야기하게 되리라는 것을 안다. 그렇지만 에세이스트가 모든 작가중에서 여론에 가장 민감하다는 것은 사실이다. 응접실은 오늘날 많은 독서가 이루어지는 곳이며, 비어봄 씨의 에세이들도 응접실 탁자 위에 놓인 덕분에 절묘하게 돋보인다. 주위에는 술잔도, 독한 담배도, 말장난도, 술주정이나 미친 짓도 없다. 신사 숙녀는 함께 이야기하며, 물론 이야기되지 않는 것들도 더러 있다.

하지만 비어봄 씨를 어느 한 방에 가두려 하는 것이 어리석은 일이라면, 그를, 예술가로서 우리에게 자신이 지닌 최상의 것만을 주려 하는 사람을, 우리 시대의 대표자로 삼는 것은 한층 더 어리석은 일이 될 터이다. 이 선집의 제4권과 제5권에는 비어봄 씨의 글이 들어 있지 않다. 그의 시대는 이미 다소 멀어진 듯하며, 응접실 탁자는 조금 물러나면서 한때 사람들이 공물을 — 자기 과수원에서 난 과실이나 자기 손으로 새긴 선물을 — 바치던 제단처럼 보이기 시작한다. 이제 또다시 여건이 바뀌었다. 대중은 어느 때 못지않게, 어쩌면 한층 더 에세이를 필요로 한다. 1천5백 단어를 넘지 않는, 기껏해야 1,750단어 정도의 라이트미들급 에세이에 대한 수요는 공급을 훨씬 상회한다. 램이 한 편, 맥스가 두 편을 썼음 직한 기간에 벨록 씨[25]는 어림잡아도 365편을 써 낸다. 물론 아주 짧은 것이 사실이다. 하지만 그 노련한 에세이스트는 얼마나 솜씨 좋게 지면을 사용하는지 모른다. 그는 종이의 가능한 한 위쪽에서 시작하여 얼마나 멀리 갈지, 어디서 돌아설지, 어떻게 머리터럭만 한 폭의 지면도 희생시키지 않으며 선회하여 편집자가 허용하는 마지막 단어에 정확히 도착할지를 면밀하게 판단한다! 실로 지켜볼 만한 솜씨이다. 하지만 그 과정에서 벨록 씨가 — 비어봄 씨 못지않게 — 의존해 있는 개성은 손상을 입는다. 그것은 이야기하는 음성의 자연스러운 풍부함으로 다가오는 대신, 바람 부는 날 확성기에 대고 대중을 향해 외치는 이의 목소리처럼 매너리즘과 가식으로 가득 찬 긴장되고 가느다란 음성으로만 들린다. 가령 「미지의 나라On An Unknown Country」라는 에세이에서 그는 〈친애하는 내 독자들이여〉라고 부른 다음 이렇게 말을 이어 간다.

일전에 핀던의 장에는 동쪽 지방에서 루이스를 거쳐 양을 몰고 온 목동이 한 사람 있었다. 그의 눈에는 목동이나

25 Hilaire Belloc(1870~1953). 프랑스 출신 영국 작가. 20세기 초 영국에서 가장 다작하는 작가 중 한 사람이었다.

등산가의 눈을 다른 사람들의 눈과 다르게 만드는 지평선들에 대한 추억이 담겨 있었다. (……) 나는 그의 이야기를 들어 보려고 그와 어울렸다. 목동들은 다른 사람들과는 사뭇 다른 이야기를 하기 때문이다.[26]

다행히도 그 목동은 맥주잔으로 흥을 돋웠음에도 〈미지의 나라〉에 대해 별로 할 이야기가 없었다. 그가 했다는 단 한마디 말은 그가 양을 치기에는 적합하지 않은 시인감이거나 아니면 만년필로 가장한 벨록 씨 자신임을 입증하기 때문이다. 정기적으로 글을 쓰는 에세이스트는 그런 벌을 받을 각오를 해야만 한다. 즉 가면을 써야 하는 것이다. 그는 자기 자신도 다른 사람도 될 시간이 없다. 그저 생각의 표면만 슬쩍 떠내는 정도로 개성의 강도를 희석시켜야 한다. 그리하여 1년에 한 번 단단한 소브린 금화를 내놓는 대신 매주 닳아빠진 반 페니 동전을 낼 수밖에 없는 것이다.

하지만 이런 지배적인 악조건은 벨록 씨에게만 해당되지 않는다. 선집에서 가장 최근인 1920년의 에세이로 선택된 글들이 작가 개개인의 최상의 작품은 아닐지도 모르지만, 어쩌다 에세이를 쓰게 된 콘래드 씨나 허드슨 씨 같은 작가를 제외하고 정기적으로 에세이를 쓰는 이들에게 국한한다면, 그들은 상황의 변화에 크게 영향받았음을 알 수 있을 것이다.

26 『현대 영국 에세이』 제4권, 힐레어 벨록의 「미지의 나라」에서 인용.

매주 또는 매일 글을 쓴다는 것, 아침 통근 기차를 놓치지 말아야 하는 바쁜 사람들이나 저녁에 퇴근하는 고단한 사람들을 위해 짤막하게 써야 한다는 것은 좋은 글쓰기와 나쁜 글쓰기를 분별할 줄 아는 이들에게는 괴로운 임무이다. 그들은 그 임무를 수행하되, 대중과의 접촉에서 손상을 입을지도 모르는 소중한 것이나 대중의 피부를 자극할지도 모르는 날카로운 것은 다치지 않게 본능적으로 치워 두기 마련이다. 그래서 루커스 씨,[27] 린드 씨,[28] 스콰이어 씨[29]의 글을 읽다 보면, 공통적인 수수함이 모든 것을 덮고 있음을 느끼게 된다. 그들은 월터 페이터의 화려한 아름다움과도, 레슬리 스티븐의 지나친 솔직함과도 거리가 멀다. 아름다움과 용기는 한 단(段) 반짜리 글에 담기에는 위험한 주정(酒精)이고, 깊이 생각하는 것은 조끼 주머니에 넣은 갈색 종이 꾸러미처럼 글의 균형을 망가뜨리는 첩경이다. 그들이 글을 쓰는 것은 상냥하고 고단하고 무감동한 세상을 위해서이니, 그럼에도 그들이 최소한 잘 쓰려는 노력을 그치지 않는다는 것은 경이로운 일이다.

하지만 에세이스트의 이런 여건 변화에 대해 클러턴브록[30] 씨를 동정할 필요는 없다. 그는 분명 주어진 상황에서 최악

---

27 Edward Verrall Lucas(1868~1938). 영국 에세이스트, 극작가.
28 Robert Lynd(1879~1949). 영국 에세이스트, 편집자.
29 John Collings Squire(1884~1958). 영국 시인, 편집자.
30 Arthur Clutton-Brock(1868~1924). 『현대 영국 에세이』 제5권에 그의 「마술피리The Magic Flute」가 실려 있다.

이 아니라 최선의 것을 끌어냈으니 말이다. 그가 그 문제에 있어 의식적인 노력을 했다고 말하기조차 망설여질 만큼 자연스럽게, 사적인 에세이스트에서 공적인 에세이스트로, 응접실에서 앨버트 홀[31]로의 이행을 이루어 냈다. 역설적이게도, 글의 규모가 줄어든 만큼 개성은 확대되었다. 우리에게는 더 이상 맥스나 램의 〈나〉가 없고 공공 단체나 기타 승화된 인격의 〈우리〉가 있을 뿐이다. 「마술피리」를 들으러 가는 것도 〈우리〉이고, 거기서 유익을 얻을 것도 〈우리〉이며, 어떻게인가 수수께끼 같은 방식으로 우리의 집단적 역량을 가지고 옛날옛적에 그것을 쓴 것도 〈우리〉이다. 왜냐하면 음악과 문학과 예술은 동일한 일반화를 감수하지 않으면 앨버트 홀의 가장 구석까지 전해지지 않을 터이기 때문이다. 클러턴 브록 씨의 음성이 그토록 진지하고 사심 없이, 그렇게 멀리까지 전해져, 집단의 나약함이나 그 정념에 영합하지 않으면서도 그만큼 많은 사람에게 도달한다는 것은 우리 모두 만족해도 좋은 일임에 틀림없다. 하지만 〈우리〉는 만족하더라도, 〈나〉라고 하는, 인간적 교제에서 제멋대로인 동반자는 절망에 빠져 버린다. 〈나〉는 항상 모든 것을 스스로 생각해야 하며 스스로 느껴야 한다. 그것들을 교육받은 선의의 남녀 대다수와 희석된 형태로 공유한다는 것은 그에게 괴로움일 뿐

---

31 빅토리아 여왕이 남편 앨버트 공을 기념하기 위해 지은 대규모 공연장으로, 1871년에 개관했다.

이다. 우리가 주의 깊게 귀 기울여 심오한 유익을 얻는 동안, 〈나〉는 슬며시 빠져나가 숲과 들판을 다니며 풀잎 하나, 감자 한 알에 기뻐하는 것이다.

현대 에세이들이 실린 제5권에서, 우리는 글쓰기의 즐거움이나 기술에서 다소 멀어진 것처럼 보인다. 하지만 1920년의 에세이스트들에게 공정을 기하기 위해, 우리는 유명한 이들을 칭송하는 것이 그들이 이미 칭송받았기 때문이 아니며, 망자들을 칭송하는 것이 피커딜리에서 각반을 친 그들을 결코 만나지 못할 것이기 때문이 아님을 분명히 해야 한다. 우리는 그들이 글을 쓸 줄 알며 우리에게 즐거움을 줄 수 있다고 말할 때, 무슨 뜻으로 그렇게 말하는지 알아야 한다. 그들을 비교하고 그 특질을 가려내야 한다. 다음과 같은 대목을 적시하며 그것이 정확하고 진실하고 상상력이 풍부하기 때문에 좋다고 말해야 하고,

아니, 사람은 은퇴하고자 할 때 은퇴할 수 없으며, 그렇게 하는 것이 마땅할 때도 그러지 않을 것이다. 그들은 나이 들고 병들었을 때조차도, 그늘을 요구하는 사생활을 견디지 못한다. 도시 노인들이 노년을 조롱거리로 삼으면서도 길거리 문간에 앉아 있는 것과도 마찬가지이다.[32]

32 프랜시스 베이컨의 「높은 자리에 대하여Of Great Place」에서 인용.

반면 다음과 같은 대목을 적시하며 그것이 느슨하고 말만 그럴싸하고 진부하기 때문에 나쁘다고 말해야 한다.

　입가에 정중하고 선명한 냉소를 머금은 채 그는 생각했다. 처녀의 조용한 침실을, 달빛 아래 노래하는 물결을, 탁 트인 밤하늘을 향해 맑은 선율이 흐느끼는 테라스를, 푸근한 품과 주의 깊은 눈을 지닌 어머니 같은 애인을, 뙤약볕에 조는 들판을, 따스하게 일렁이는 하늘 아래 출렁이는 대양을, 그윽하고 향기로운, 뜨거운 항구들을……[33]

이런 식으로 계속되지만, 그 소리만으로 이미 멍하니 취해 버린 우리는 더 이상 느끼지도 듣지도 못한다. 이 두 문장을 비교해 보면, 글쓰기의 기술은 어떤 집요한 착념을 중추로 하는 게 아닌가 하는 생각이 든다. 램과 베이컨, 비어봄 씨와 허드슨, 버논 리[34]와 콘래드 씨, 레슬리 스티븐과 버틀러와 월터 페이터를 포함하는 다양한 무리가 더 먼 연안에 도달하는 것은 어떤 관념, 즉 신념을 가지고 믿는 어떤 것, 정확히 바라본 어떤 것, 그래서 언어에 형태를 강제하는 어떤 것 덕분이다. 아주 다양한 재능들이 그 관념이 말로 표현되는 것을 돕거나 방해해 왔다. 어떤 이들은 힘들게 간신히 통

33　『현대 영국 에세이』 제5권, 스콰이어의 「망자A Dead Man」에서 인용.
34　Vernon Lee(1856~1935). 본명은 바이올렛 피젯Violet Piget. 영국 소설가, 에세이스트.

과하는가 하면, 또 어떤 이들은 순풍을 타고 날아간다. 하지만 벨록 씨와 루커스 씨와 스콰이어 씨는 어떤 것에도 그 자체에 강한 애착을 느끼지 않는다. 그들이 공유하는 것은 오늘날의 딜레마, 즉 집요한 확신의 결여이다. 그런 확신만이 누군가의 언어라는 희미한 영역을 통해 덧없는 말소리를 영속적인 결혼, 영속적인 화합이 있는 땅으로 들어 올리는 것인데 말이다. 모든 정의(定義)가 막연하다고는 하나, 좋은 에세이란 이런 영속성을 지녀야만 한다. 그것은 우리 주위에 장막을 치되, 우리를 밖에 두지 않고 안에 들이는 장막이라야 한다.

전기라는 예술[1]

Ｉ

　〈전기라는 예술〉이라고 우리는 말하지만, 대번에 되묻게 된다. 〈전기가 예술이야?〉 이런 질문은 아마도 어리석고, 전기 작가들이 우리에게 제공했던 강렬한 즐거움에 비추어 보면 분명 편협한 것일 터이다. 하지만 그런 질문이 그렇게 자주 나오는 것을 보면 그 뒤에 무엇인가 있음이 틀림없다. 새로운 전기가 펼쳐질 때마다 그것이 페이지 위에 그림자를 드리우는데, 그 그림자 안에는 무엇인가 치명적인 것이 들어 있는 듯하다. 수많은 전기가 쓰이지만, 살아남는 것은 그토록 적으니 말이다!

　이처럼 높은 사망률의 이유는 전기가 시나 소설 같은 예

1　1939년 4월 『애틀랜틱 먼슬리*Atlantic Monthly*』에 실린 글("The Art of Biography", *Essays VI*, pp. 181~189).

술에 비해 연소한 예술이기 때문이라고 전기 작가는 주장할 지도 모른다. 우리 자신이나 다른 사람들의 생애에 대한 관심이란 인간 정신에서 비교적 최근에 발달한 영역인 것이다. 영국에서는 18세기까지만 해도 그런 호기심이 사인(私人)들의 전기라는 형태로 나타난 적이 없었다. 전기라는 것이 발전하여 허다한 책들이 나오게 된 것은 19세기의 일이다. 위대한 전기 작가는 단 세 사람 — 존슨,[2] 보즈웰,[3] 록하트[4] — 뿐이라는 것이 사실이라 하더라도, 그 이유는 시간이 짧았기 때문이라고 전기 작가는 주장한다. 다시 말해 전기라는 예술이 수립되고 발전한 지 얼마 되지 않았다는 그의 주장은 교과서들에서도 지지되는 바이다. 그 이유, 그러니까 왜 산문 작품을 쓰는 주체는 시를 쓰는 주체보다 여러 세기 후에나 등장하는지, 왜 초서[5]가 헨리 제임스보다 먼저인지를 알아보는 것은 흥미로운 일이 되겠지만, 그런 해결하기 힘든 문제는 그대로 덮어 두고 왜 전기에는 걸작이 없느냐 하는 다음 문제로 넘어가는 편이 낫다. 그는 그것이 전기라는 예술

2   새뮤얼 존슨은 사전 편찬자로 유명하지만, 『시인들의 생애*The Lives of the Poets*』라는 전기를 썼다.

3   James Boswell(1740~1795). 스코틀랜드의 전기 작가로, 그가 쓴 『새뮤얼 존슨의 생애*Life of Samuel Johnson*』는 영문학에서 가장 뛰어난 전기로 평가된다.

4   John Gibson Lockhart(1794~1854). 스코틀랜드의 전기 작가이자 비평가로, 『월터 스콧의 생애의 회고*Memoirs of the Life of Sir Walter Scott, Bart*』를 썼다.

5   Geoffrey Chaucer(1340?~1400). 영국 시인. 『캔터베리 이야기*The Canterbury Tales*』의 저자.

이 모든 예술 중에서 가장 제약이 크기 때문이라고 한다. 그 증거는 얼마든지 있다. 가령 스미스라는 이가 존스라는 이의 전기를 썼다고 하자. 스미스는 서문에서 존스의 편지들을 빌려준 오랜 친지들에게, 그리고 〈끝으로, 하지만 누구보다도〉 미망인인 존스 부인에게 감사하며, 〈그들의 도움이 없었더라면 이 전기는 쓰일 수 없었을 것〉이라고 말한다. 그에 비해 소설가는 서문에서 그저 〈이 책에 나오는 모든 인물은 허구이다〉라고 해버리면 그만이다. 한마디로 소설가는 자유로운데, 전기 작가는 매여 있다는 것이다.

여기서 우리는 해결하기 힘든 또 다른 문제에 접근하게 된다. 즉, 어떤 책을 가리켜 예술 작품이라 하는 것은 무슨 뜻인가? 아무튼 전기와 소설 사이에는 분명한 차이가 있으니, 양자는 재료 자체가 다르다는 것이 그 증거이다. 전기는 친지들과 사실들의 도움을 빌려 만들어지고, 소설은 예술가가 스스로 좋게 여겨 따르는 제약 말고는 아무런 제약 없이 만들어진다. 그것은 중요한 차이이며, 지난날의 전기 작가들은 그것을 아주 잔혹한 차이로 여겼다고 생각할 만한 충분한 근거가 있다.

미망인과 친지 들은 엄격한 감독관들이다. 가령 전기의 주인공이 천재적이기는 하지만 부도덕하고 성미가 고약해서 하녀의 면상에 장화를 집어던졌다고 하자. 미망인은 〈그래도 나는 그를 사랑했어요. 그는 내 자식들의 아버지였고,

그의 저작을 아끼는 대중에게 환멸을 안길 수는 없어요. 불리한 애기는 빼고 넘어갑시다〉라고 말할 것이다. 전기 작가는 그 말에 따른다. 그리하여 빅토리아 시대의 전기들은 대체로 웨스트민스터 사원에 보존되어 있는 밀랍 인형들과도 같다. 길거리를 통과하는 장례 행렬에 내세운 그 인형들은 관 속에 든 시신과 매끈한 겉모습만 비슷할 뿐이다.

그러다가 19세기 말에 변화가 일어났다. 여전히 알아내기 쉽지 않은 이유들로 인해 미망인들은 좀 더 관대해졌고, 대중은 더 눈이 날카로워져서 밀랍 인형 같은 것으로는 호기심을 만족시키지도 믿음을 주지도 못하게 된 것이다. 전기 작가에게도 분명 약간의 자유가 생겼을 터이다. 적어도 그는 고인의 얼굴에 상처와 주름살이 있었다는 정도는 암시할 수 있게 되었다. 프루드의 칼라일은 더 이상 발그레하게 칠해진 밀랍 가면이 아니다.[6] 프루드를 뒤따라 에드먼드 고스 경[7]은 자신의 아버지도 허물 많은 인간이었다고 감히 말했다. 그리고 에드먼드 고스를 뒤따라 금세기 초에는 리턴 스트레이치가 나타났다.

---

6 프루드는 칼라일의 전기인 『칼라일의 초년Carlyle's Early Life』과 『칼라일의 런던 생활Carlyle's Life in London』을 썼다.
7 Edmund Gosse(1849~1928). 영국의 시인, 평론가로, 『아버지와 아들: 두 기질에 관한 연구Father and Son:A Study of Two Temperaments』를 썼다.

리턴 스트레이치라는 인물은 전기의 역사에서 너무나 중요하므로, 잠시 살펴볼 필요가 있다. 그의 유명한 세 권의 책 『빅토리아 시대의 명사들』, 『빅토리아 여왕』, 『엘리자베스와 에섹스 *Elizabeth and Essex*』는 전기가 할 수 있는 일과 할 수 없는 일을 모두 보여 주는 역작들이다. 그러므로 전기가 예술인가, 만일 그렇지 않다면 왜 그렇지 않은가라는 질문에 대해 가능한 여러 가지 대답을 해줄 것이다.

리턴 스트레이치는 운이 좋은 시기에 작가로 출발했다. 1918년 그가 첫 작품을 내놓았을 때, 전기는 여러 가지 새로운 자유가 허용되는 매력적인 장르가 되어 있었다. 그와 같은 작가, 즉 처음에는 시나 희곡을 쓰고 싶었지만 자신의 창조력에 회의하던 작가에게 전기는 유망한 대안으로 보였다. 왜냐하면 고인에 대해 진실을 말하는 것이 마침내 가능해졌으며, 빅토리아 시대의 고명한 인물들 중에는 덧씌워진 밀랍 가면으로 심하게 변형된 이들이 많았기 때문이다. 그들을 재창조하여 실제의 모습대로 보여 주는 것은 시인이나 소설가에 맞먹는 재능을 필요로 하되, 그에게 부족하다고 생각되던 창의적 재능은 요구하지 않는 소임이었다.

해볼 만한 일이었다. 빅토리아 시대의 명사들에 대한 그의 짧은 연구들이 불러일으킨 분노와 흥미는 그가 매닝,[8] 플로렌스 나이팅게일,[9] 고든[10] 등을 위시한 인물들을 살아 있을 때만큼이나 생생하게 되살려 냈음을 보여 주었다. 그들은 다시금 논란의 중심이 되었다. 고든 장군은 정말로 술꾼이었나? 아니면 그저 지어낸 말인가? 플로렌스 나이팅게일은 정말로 침실이나 사실(私室)에서 훈장을 받았나? 유럽 전쟁[11]이 한창이던 시기였는데도, 그는 대중에게 그런 세세한 점들에 대한 놀라운 관심을 불러일으켰다. 분노와 웃음이 뒤섞였고, 책은 판을 거듭했다.

하지만 『빅토리아 시대의 명사들』에 실린 짧은 전기들은 과장과 압축으로 넘쳐나는 희화적인 글들이었다. 두 명의 위대한 여왕, 즉 엘리자베스와 빅토리아 여왕의 전기에서 그는 훨씬 더 야심 찬 과업을 시도했다. 전기가 무엇을 할 수 있는가를 그보다 더 잘 보여 준 예는 일찍이 없었다. 전기라는 장르는 그것이 새롭게 획득한 모든 자유를 구사할 수 있는 작가에 의해 시험대에 오르게 되었다. 그는 두려움이 없었으니, 이미 자신의 총기를 입증했으며 자신이 하는 일에 숙달된 터였다. 그 결과는 전기의 본질을 확실히 보여 주었다. 그 두 권의 전기를 차례로 다시 읽어 보면, 『빅토리아』는 멋지

---

8 Henry Edward Manning(1808~1892). 영국 성직자. 웨스트민스터 대주교.

9 Florence Nightingale(1820~1910). 영국 간호사, 여권 운동가.

10 Charles George Gordon(1833~1835). 영국 군인. 크리미아, 중국 등지에서 활약했다.

11 제1차 세계 대전을 가리킨다.

게 성공한 데 비해『엘리자베스』는 졸작이었음을 의심할 수 없다. 하지만 그 전기들을 비교해 보면, 실패한 것은 리턴 스트레이치가 아니라 전기라는 예술이었다는 생각이 든다. 『빅토리아』에서 그는 전기를 하나의 기술로 보고 그 한계들을 받아들였다. 반면『엘리자베스』에서는 전기를 예술로 보고 그 한계들을 무시했던 것이다.

이제 우리가 어떻게 이런 결론에 이르렀는지, 어떤 이유들로 그런 결론을 주장할 수 있는지 물어야 할 것이다. 우선 두 여왕이 전기 작가에게 아주 다른 문제들을 제기했다는 것은 명백하다. 빅토리아 여왕에 대해서는 모든 것이 알려져 있었다. 그녀가 행한 모든 것, 그녀가 생각한 거의 모든 것이 일반 상식이었다. 일찍이 어떤 인물도 빅토리아 여왕만큼 그렇게 면밀히 검토되고 정확히 실증된 적이 없었다. 전기 작가는 그녀를 지어낼 수 없었으니, 어느 시기에 대해서든 그가 마음대로 지어내지 못하게 하는 확실한 자료가 있었기 때문이다. 빅토리아 여왕의 전기를 쓰면서 리턴 스트레이치는 그런 여건에 굴복했다. 그는 취사선택하는 자유는 십분 활용했지만, 어디까지나 사실의 범주 안에 머물렀다. 모든 진술이 검토되었고 모든 사실이 실증되었다. 그 결과로 쓰인 여왕의 전기는 보즈웰이 쓴 새뮤얼 존슨의 전기에 맞먹는 것이었다. 보즈웰의 존슨이 존슨 박사로 알려졌듯이, 앞으로는 리턴 스트레이치의 빅토리아 여왕이 빅토리아 여왕으로 알려지게 될 것이다. 다른 전기들은 희미해져 사라질 것이다. 그것은 대단한 업적이었고, 그런 위업을 달성한 저자는 한층 더 밀고 나가기를 원했다. 빅토리아 여왕이 실물처럼 생생하고 확실하게 그려지기는 했다. 하지만 그 묘사에 한계가 있음은 부인할 수 없었다. 전기 작가는 시의 강렬함과도 같은 무엇, 극적인 흥분과도 같은 무엇을 더하면서도 사실의 세계가 갖는 독특함을 견지할 수는 없는 것일까? 그 암시적인 리얼리티를, 그 고유한 창조성을?

엘리자베스 여왕은 그런 실험에 완벽하게 들어맞는 인물로 보였다. 그녀에 대해서는 알려진 사실이 많지 않았다. 그녀가 살았던 시대는 워낙 먼 옛날이라, 그 당시 사람들의 관습이나 동기는 물론 행동들까지도 기이하고 의문투성이이다. 〈대체 어떤 기법으로 저 이상한 사람들의 정신을, 한층 더 이상한 육체를 파고들어야 할 것인가? 명확히 보이면 보일수록, 그 독특한 세계는 한층 더 멀어진다.〉 리턴 스트레이치는 도입부에서 그렇게 말했다. 하지만 여왕과 에섹스[12]의 이야기에는 분명 〈비극적인 이야기〉가 반쯤 드러나고 반쯤 가려진 채 잠재해 있었다. 모든 것이 사실과 허구, 두 세계의 이점들을 결합시킨 책을 만들기에 적합해 보였다. 예술가는 창조의 자유를 누리면서도 자신의 창작을 사실로 뒷받

---

12 Robert Devereux, 2nd Earl of Essex(1565~1601). 에섹스 2대 백작 로버트 드브뢰. 엘리자베스 여왕의 총신이었다.

침할 수 있을 터이니, 전기일 뿐 아니라 예술 작품인 책 말이다.

그렇지만 그런 결합은 실제로 불가능함이 드러났다. 사실과 허구는 뒤섞이기를 거부했다. 엘리자베스는 빅토리아 여왕이 리얼했다는 의미로는 결코 리얼해지지 않았지만, 그렇다고 클레오파트라나 폴스타프[13]가 허구라는 의미로 허구가 되지도 않았다. 그 이유는 알려진 사실이 너무 적어서 창작을 할 수밖에 없는데, 그럼에도 알려진 사실들이 있었으므로 창작에 제동이 걸린다는 데 있었다. 여왕은 그리하여 사실과 허구 사이의 애매한 세계로 들어가, 육체가 있는 것도 없는 것도 아닌 애매한 상태에 처하게 되었다. 어딘가 빈틈이 있고 꾸며 내려 애쓴 티가 나며, 비극이지만 갈등이 없고 인물들은 서로 스쳐 가지만 정말로 만나지는 않는 것 같다.

만일 이런 진단이 참이라면, 문제는 전기 그 자체에 있다고 말하지 않을 수 없다. 전기에는 조건이 있는데, 그 조건이란 사실에 기반을 두어야 한다는 것이다. 그리고 전기에서 사실이란 예술가 이외의 사람들에 의해 검증될 수 있는 사실을 말한다. 만일 전기 작가가 예술가처럼 사실들을 지어내 다른 아무도 검증할 수 없는 사실이 된다면, 그런데 그것을 다른 종류의 사실들과 결합시키려 한다면, 두 종류의 사실들

---

13 클레오파트라는 셰익스피어의 희곡 『안토니우스와 클레오파트라』의 등장인물, 폴스타프는 『헨리 4세』의 등장인물이다.

이 서로를 파괴하고 말 것이다.

『빅토리아 여왕』에서는 리턴 스트레이치 자신이 이런 조건의 필요성을 깨닫고 본능적으로 그에 순응했던 것으로 보인다. 그는 이렇게 썼다. 〈여왕의 생애에서 처음 마흔두 해는 다양하고 방대한 진짜 정보들로 조명된다. 앨버트 공의 죽음과 더불어 베일이 내려진다.〉 앨버트 공의 죽음과 더불어 베일이 내려지고 진짜 정보가 달리게 되자, 그는 전기 작가도 그런 상황에 따라야 함을 인정한다. 〈우리는 짧고 개략적인 진술로 만족해야 한다〉고 그는 썼다. 그리하여 여왕의 말년은 간략히 다루어진다. 그러나 엘리자베스의 생애 전체는 빅토리아의 말년보다 더 두꺼운 베일로 가려져 있는데도, 그는 그렇다는 것을 인정하면서도 막무가내로 밀고 나가 간략한 진술이 아니라 방대한 저술을, 확실한 정보도 없는 그 이상한 정신들과 한층 더 이상한 육체들에 대한 책 한 권을 써내기에 이르렀다. 그 자신이 보여 준 대로, 그런 시도는 실패할 수밖에 없었다.

III

그러므로 전기 작가가 친지들과 편지와 자료 들이라는 제약에 매여 있다고 불평할 때 그는 전기의 필수적 요소들을 마주하고 있는 것이며, 그것은 필수적인 제약이라고 볼 수 있다. 지어낸 인물은 사실들이 단 한 사람, 즉 예술가 자신에 의해서만 검증되는 자유로운 세계에 살며, 그 사실들의 진정성은 그의 비전의 진실성에 달려 있다. 그 비전에 의해 창조된 세계는 다른 사람들이 제공하는 진짜 정보로 이루어지는 세계보다 더 진귀하고 더 강렬하고 더 일관성이 있다. 그리고 이런 차이 때문에 두 종류의 사실은 섞이지 않는다. 서로 만나면 서로를 파괴하고 말 것이다. 그러니 아무도 두 세계의 장점만을 취할 수는 없다는 것이 결론이 될 듯하다. 어느 쪽인가를 선택해야만 하며, 그 선택을 고수해야 한다.

그러나 비록 『엘리자베스와 에섹스』의 실패가 이런 결론을 가져오기는 하지만, 그 실패는 훌륭한 재주를 가지고 행해진 용감한 실험의 결과이므로 더 많은 발견들로 이어진다. 만일 리턴 스트레이치가 좀 더 오래 살았더라면[14] 그는 자신이 열어 놓은 길을 한층 더 탐사했을 것이 분명하다. 사실상 그는 우리에게 나아가야 할 길을 보여 주었다. 전기 작가는 사실들의 제약을 받는다는 것이 사실이기는 하지만, 그는 사용 가능한 모든 사실들을 동원할 권리가 있다. 만일 존스가 하녀의 면상에 장화를 던졌고, 이슬링턴에 정부를 두었으며, 밤새 술판을 벌인 끝에 만취 상태로 도랑에서 발견되었다면,

14 블룸즈버리 그룹의 일원으로 울프보다 두 살 위였던 리턴 스트레이치는 1932년에 죽었다.

전기 작가는 적어도 명예 훼손죄에 관한 법률과 인지상정이 허용하는 한 자유롭게 그렇게 말해야 한다.

하지만 이런 사실들은 과학의 사실들과는 다르다. 과학의 사실들은 일단 발견된 후에는 변하지 않는다. 반면 전기의 사실들은 여론에 좌우되며, 여론은 시대의 변화에 좌우된다. 한때는 죄로 여겨지던 것이 이제는 심리학이 우리에게 얻어 준 사실의 조명에 따라 그저 불운이거나, 흥미로운 일이거나, 이도 저도 아니거나, 어떤 식으로든 중요치 않은 일이 되었다. 성(性)에 대한 강조가 달라진 것도 우리가 기억하는 세월 안에서이다. 그로 인해 인간의 참된 본질을 가리고 있던 더께가 많이 걷혔다. 대학 시절, 결혼, 직장 생활 등 오래된 전기의 수많은 장들이 이제는 극히 임의적이고 인위적인 구분으로 보인다. 주인공의 삶의 진짜 흐름은 전혀 다른 경로를 취했을 수도 있는 것이다.

그러므로 전기 작가는 다른 사람들보다 앞장서 나아가야 한다. 마치 광부의 카나리아가 앞서가며 갱도 안의 공기를 시험하듯이, 전기 작가는 우리보다 앞서가며 거짓과 비현실성과 유명무실한 관습의 잔재를 탐지해야 한다. 그는 진실에 대한 감각을 생생하게 지니고 깨어 있어야 한다. 우리는 신문, 편지, 일기 등에서 수천 대의 카메라가 모든 인물을 모든 각도에서 비추는 시대에 살고 있으니, 그는 동일한 얼굴에 대한 상반된 시각들도 인정할 태세를 갖추어야 한다. 전기는 엉뚱한 구석들에 거울을 매달아 그 시야를 넓힐 것이다. 그리고 이 모든 다양성으로부터, 혼란이 아니라 더욱 풍부한 통일성을 이끌어 낼 것이다. 다시 말하거니와, 전에 알려지지 않았던 많은 것들이 알려졌으므로, 이제 피할 수 없이 다가오는 질문은 이런 것이다. 위인들의 생애만이 기록되어야 하는가? 하나의 삶을 살고 그 삶의 기록을 남긴 누구라도 전기의 주인공이 될 만하지 않은가? 성공뿐 아니라 실패도, 유명한 사람들뿐 아니라 이름 없는 사람들도?[15] 위대함이란 무엇인가? 사소함이란 무엇인가? 전기 작가는 공덕에 대한 표준 자체를 바꾸고, 우리가 찬미할 만한 새로운 영웅들을 제시해야 한다.

IV

전기는 그러므로 이제 막 그 도정의 초입에 있다. 그것은 꽤 길고 활동적인 삶, 고난과 위험과 고생으로 가득 찬 삶을 살아왔으리라고 우리는 확신한다. 그럼에도 그것은 시와 소설이 살아온 것과는 다른 삶이었으리라고 또한 확신할 수 있다. 그것은 훨씬 긴장이 덜한 삶이었다. 그렇기 때문에 그 창작물들은 예술가들이 이따금 자신의 작품에서 성취하는 불

15 울프는 유명하지 않은, 역사에서 희미해진 사람들에 대해 일찍부터 관심을 가지고 그들에 대한 글을 썼다. 『보통 독자』에 실린 「이름 없는 사람들의 생애The Lives of the Obscure」와 「개요Outlines」는 그 대표적인 예이다.

멸성을 얻지 못하는 것이다.

그 점에 대해서는 확실한 증거가 있는 것 같다. 보즈웰이
창조한 존슨 박사조차도 셰익스피어가 창조한 폴스타프만
큼 오래 살지는 못할 것이다. 미코버와 베이츠 양[16]은 로크하트
의 월터 스콧 경이나 리턴 스트레이치의 빅토리아 여왕보다
더 오래 살아남을 것이다. 그들은 좀 더 오래가는 재료로 만
들어졌으니 말이다. 예술가의 상상력은 최고조에 이르면 사
실에서 소멸할 수 있는 것을 불살라 버리고, 영속적인 것을
재료로 삼는다. 하지만 전기 작가는 소멸할 수 있는 것을 받
아들여 그것을 재료 삼아 자기 작품을 짜나가야 한다. 많은
것이 소멸하고, 살아남는 것은 얼마 없을 것이다. 그러므로 우
리는 그가 기술자이지 예술가가 아니라는 결론에 이른다. 그
의 작품은 예술 작품이 아니라 그 중간에 끼인 무엇이다.

하지만 그 낮은 수준에서도, 전기 작가의 작품은 값을 매
길 수 없을 만큼 소중하다. 우리는 그가 우리를 위해 해주는
일에 대해 아무리 감사해도 지나치지 않다. 우리는 전적으로
상상력의 강렬한 세계에만 살 수는 없으니 말이다. 상상력이
란 금방 지쳐 버리므로 휴식과 재충전이 필요한 기능이다.
하지만 지친 상상력에 적합한 양식은 이류의 시나 소설이 아
니라 — 정말이지 그런 것들은 감각을 무디게 만들고 타락

---

16 미코버는 찰스 디킨스의 『데이비드 코퍼필드David Copperfield』에,
베이츠 양은 제인 오스틴의 『에마』에 각기 등장하는 인물이다.

시킨다 — 견실한 사실, 리턴 스트레이치가 보여 주었듯이 좋은 전기의 재료인 〈확실한 정보〉이다. 진짜 그 사람이 언제 어디서 살았는지, 어떤 모습이었는지, 끈 매는 장화를 신었는지 옆쪽에 고무를 댄 장화를 신었는지, 어떤 고모 이모 숙모 들이 있었는지, 친구들은 어땠는지, 코 푸는 방식은 어떠했는지, 누구를 어떻게 사랑했는지, 죽을 때는 침상에서 그리스도인답게 죽었는지, 등등.

우리에게 참된 사실들을 말해 줌으로써, 자질구레한 것들을 큰 것들로부터 걸러 냄으로써, 전체적인 윤곽을 알아볼 수 있도록 전체의 형태를 잡아 줌으로써, 전기 작가는 어떤 시인이나 소설가보다 더 상상력을 자극한다. 물론 최고의 시인이나 소설가는 제외하고 말이지만, 우리에게 리얼리티를 느끼게 하는 고도의 긴장을 제공할 수 있는 시인이나 소설가는 얼마 되지 않으니 말이다. 하지만 거의 어떤 전기 작가라도, 사실들을 존중하기만 한다면 그저 잡학 지식 이상의 것을 우리에게 줄 수 있다. 그는 우리에게 창조적인 사실, 풍요로운 사실, 암시하고 배태하는 사실을 제공할 수 있다. 이 점에 대해서도 증거가 있다. 전기를 읽고 나면 얼마나 자주 어떤 장면이나 인물이 마음속 깊이 살아남아, 우리로 하여금 시나 소설을 읽을 때 마치 전에 알았던 무엇을 기억하기나 하는 듯 소스라치며 알아보게 하는가 말이다.

솜씨[1]

이 방송의 제목은 〈말이 안 나오네요〉이고, 이번 담화의
주제는 〈솜씨〉입니다. 그러니까 본 화자는 작가의 솜씨, 즉
말을 다루는 솜씨를 논하게끔 되어 있다고 보아야 할 것입
니다. 하지만 솜씨라는 단어에는 말[言]에 적용될 경우 다소
부조화하고 어울리지 않는 뭔가가 있습니다. 이런 미묘한
상황에 처할 때 우리가 도움을 청하기 마련인 영어 사전은
우리의 의구심을 확인시켜 줍니다. 사전에 의하면, 솜씨
craftmanship라는 단어에는 두 가지 뜻이 있습니다. 우선 그
것은 〈단단한 재료로 단지, 의자, 테이블 등 유용한 물건을 만
드는 일〉을 뜻합니다. 다음으로 솜씨라는 단어에는 〈재간, 간

---

1 1937년 4월 29일 BBC 방송에서 「말이 안 나오네요Words Fail Me」라
는 시리즈의 게스트로 초대되었을 때의 담화를 바탕으로 하여 일주일 뒤인
5월 5일 『리스너Listener』에 게재된 글("Craftmanship", *Essays VI*, pp.
91~102). 21분가량 진행된 이 방송의 녹음 중 채 8분이 못 되는 첫 부분 녹음
이 오늘날 울프의 육성을 들려주는 유일한 자료이다.

계, 속임수)라는 뜻도 있습니다. 우리는 말에 대해 확실한 것은 잘 모르지만, 이것만은 압니다. 즉 말은 결코 유용한 물건을 만들지 않으며, 말이야말로 진실을, 오로지 진실만을 말하는 유일한 것이라는 사실입니다. 그러므로 말과 관련하여 솜씨를 논한다는 것은 두 가지 부조화한 관념을 한데 모으는 것인데, 만일 그 두 가지가 짝짓는다면 박물관 유리 진열장에나 어울릴 괴물밖에 태어날 수 없습니다. 그러므로 이번 담화의 제목은 달라져야 할 것입니다. 〈말을 둘러싼 맴돌이〉쯤으로 해둘까요. 어떤 담화의 머리를 자르면, 그것은 머리 잘린 닭처럼 될 테니 말입니다. 닭을 잡아 본 사람들의 말에 따르면, 닭은 머리가 잘린 채 뱅글뱅글 돌다가 쓰러져 죽는다더군요. 이 머리 잘린 담화도 꼭 그렇게 될 것만 같습니다. 하여간, 말이란 유용한 것이 아니라는 명제를 출발점으로 삼아 봅시다. 이것은 다행히 증명할 필요가 없을 테니, 우리 모두 익히 아는 사실이니까요. 예를 들어 지하철을 타고 어딘가 간다고 칩시다. 플랫폼에서 전동차를 기다리는데, 우리 눈앞 전광판에 〈러셀 스퀘어 경유〉라는 말이 있는 겁니다. 우리는 그 안내문을 바라보고 되뇌며 그 유용한 사실을 마음에 새기려 노력합니다. 다음 기차는 러셀 스퀘어를 지나간다고요. 플랫폼 위를 이리저리 거닐며 〈러셀 스퀘어를 지나간다, 러셀 스퀘어를 지나간다〉 하고 되풀이하다 보면, 말들이 뒤섞이고 달라져서 어느 결에 이렇게 중얼거리고 있는 자신을 발견하게 되지요.

〈지나간다, 세상이, 지나간다네. 나뭇잎은 시들어 떨어지고, 구름은 울어 물기를 땅에 뿌린다. 인간이 와서⋯⋯.〉[2] 그러다 문득 정신을 차려 보면 킹스 크로스 역에 와 있는 겁니다.

또 다른 예를 들어 봅시다. 기차간의 맞은편 벽면에 이런 말이 쓰여 있습니다. 〈창밖으로 몸을 내밀지 마시오.〉 처음 읽으면 유용한 의미, 표면적 의미가 전달되지만, 그 말을 바라보며 앉아 있다 보면 얼마 안 가서 말들이 뒤섞이고 달라져서 이렇게 중얼거리게 되지요. 〈창문이라, 그래, 창문, 쓸쓸한 요정 나라에서, 위험한 바다의 거품을 향해 열린 마법의 창문⋯⋯.〉[3] 그러고는 자신이 무슨 짓을 하는지 미처 깨닫기도 전에, 우리는 창밖으로 몸을 내밀고 맙니다. 이국의 밀밭에서 눈물 흘리며 서 있는 룻을 보려고요. 그 대가는 20파운드 벌금이거나 아니면 부러진 목이겠지요.

이런 현상은 말이라는 것이 본래 유용성과는 거리가 멀다는 것을 증명 — 증명이 필요하다면 말이지만 — 해 줍니다. 억지로 유용하게 만들려고 하다 보면, 말은 우리를 오도하고 속이고 뒤통수를 칩니다. 우리는 이런 식으로 말에 속을 때

2   테니슨의 시 「티토노스Tithonus」의 첫머리. 〈숲이 시든다, 숲이 시들어 쓰러진다 / 구름이 울어 물기를 땅에 뿌린다 / 인간이 와서 밭을 경작하다가 그 밑에 묻힌다 / 수많은 여름을 거친 후 백조가 죽는다.〉
3   존 키츠의 시 「나이팅게일에게 바치는 송가Ode to a Nightingale」 중 제7연. 〈아마도 고향 그리워, 이국의 밀밭 사이에서 / 눈물 흘리며 서 있던 룻의 슬픈 가슴속에서 / 한 줄기 길을 찾았던 바로 그 노래이리라. / 쓸쓸한 요정 나라에서 / 위험한 바다의 거품을 향해 열린 / 마법의 창문에 종종 마술 걸던 바로 그 노래.〉

가 한두 번이 아니었고, 말이라는 것이 얼마나 유용성을 거부하는지 보아 왔습니다. 말의 본질은 어느 한 가지 진술이 아니라 천 가지 가능성을 표현하는 데 있습니다. 말은 그 점을 너무나 자주 보여 왔으므로, 우리도 그 사실을 직시하기 시작했지요. 즉 또 다른 언어를 발명하기 시작한 것입니다. 유용한 진술을 표현하는 데 최적화된 언어, 기호 언어 말입니다. 우리 모두가 빚지고 있는 이 언어의 살아 있는 대가, 그 이름 모를 작가 — 남자인지 여자인지 육신을 떠난 영혼인지는 모르겠습니다만 — 는 미슐랭 가이드[4]에서 호텔을 안내하는 이입니다. 그는 우리에게 이 호텔은 웬만하다, 저 호텔은 좋다, 그 호텔은 아주 좋다고 말하고 싶을 때 어떻게 합니까? 말로 하지 않지요. 말로 하자면 대번에 수풀이 어떻고, 당구대가 어떻고, 남자들, 여자들, 달돋이, 여름 바다의 긴 파도 등 — 모두 근사하지만, 요점에서는 벗어난 것들이지요 — 을 끌어들이게 됩니다. 그는 기호를 사용합니다. 박공 하나, 박공 둘, 박공 셋, 하는 식으로요. 그가 말하려는 것, 말할 필요가 있는 것은 그게 다입니다. 베데커 안내서[5]는 이

---

4 1900년부터 프랑스 타이어 회사 미슐랭에서 펴내기 시작한 여행 안내서. 초창기의 미슐랭 안내서는 호텔 등급을 작은 집 모양(울프가 말하는 〈박공〉), 식당 등급을 포크와 나이프를 엇갈린 모양의 기호로 나타냈다.
5 1832년부터 독일 출판업자 카를 베데커Karl Baedeker(1801~1859)가 펴내기 시작한 여행 안내서. 울프가 말하는 〈별과 단도〉에서 〈단도〉란 첫 글자 한끝을 단도 모양으로 늘인 베데커 특유의 장식 문자 스타일을 가리킨다.

런 기호 언어를 한층 더 밀고 나가 숭고한 예술의 경지에 이릅니다. 어떤 그림이 좋다고 말하고 싶을 때는 별 하나, 아주 좋을 때는 별 둘, 그가 생각하기에 비범한 천재의 작품일 때는 별 셋이 페이지 위에 빛납니다. 그게 다입니다. 그러니까 한 줌의 별과 단도로, 예술 비평 전체, 문학 비평 전체가 6페니 은전 크기로 줄어드는 것입니다. 정말로 그랬으면 싶은 순간들이 있지요. 하여간 이런 사실은 장래에는 작가들도 두 가지 언어를 사용하게 되리라는 것을 시사해 줍니다. 사실의 언어와 허구의 언어 말입니다. 전기 작가가 유용하고 필요한 사실 — 가령 올리버 스미스가 대학에 가서 1892년에 3등급 학위를 취득했다든가 하는 — 을 전달하려 할 때는, 5라는 숫자 위에 속 빈 O 자를 써서 나타낼 것입니다. 그런가 하면 소설가가 우리에게 〈존이 벨을 울렸다. 한참 후에 문이 열리더니 하녀가 나와서 《존스 부인은 집에 안 계십니다》라고 말했다〉라고 말해야 할 때는, 그런 지루한 사실을 말로 하는 대신 기호로 나타내는 편이 우리에게나 그 자신에게나 더 나을 것입니다. 가령 3이라는 숫자 위에 대문자 H를 쓴다거나 하는 방식으로요. 그렇게 되면 전기나 소설이 훨씬 날씬하고 박력 있어질 날을 기대해 볼 수 있겠지요. 〈창밖으로 몸을 내밀지 마시오〉를 말로 하는 철도 회사는 언어의 부적절한 사용에 대해 5파운드 이하의 벌금형에 처해질 것입니다.

그렇듯, 말은 유용하지 않습니다. 이제 말의 또 다른 특질,

긍정적인 특질에 대해 생각해 봅시다. 진실을 말하는 능력 말입니다. 또다시 사전에 의거하자면, 진실에는 적어도 세 가지 종류가 있습니다. 첫째, 신 또는 복음의 진리. 둘째, 문학적 진실. 셋째, 적나라한(대체로 불유쾌한) 진실. 하지만 이것들을 따로따로 다루면 너무 길어질 테니, 간단히 말해 진실성의 유일한 시금석은 수명이라고 합시다. 말은 시간의 천변만화(千變萬化)를 겪으며 살아남기 때문에 다른 무엇보다도 진실하다고 여겨지지요. 건물들은 무너지고 심지어 땅도 사라집니다. 어제는 밀밭이던 것이 오늘은 별장이 되기도 하니까요. 하지만 말은, 제대로 사용된다면, 영원히 살 수 있는 것 같습니다. 그렇다면 다음으로 우리가 물어야 할 것은 〈말을 제대로 사용한다는 것은 무엇인가〉 하는 질문입니다. 유용한 진술을 한다는 것이 아닙니다. 유용한 진술이란 단 한 가지만을 의미할 수 있는 진술인데, 말이란 본래 수많은 것을 의미하는 것이니까요. 〈러셀 스퀘어 경유〉라는 간단한 문장을 예로 들어 봅시다. 그 말은 표면적 의미 외에도 너무나 많은 물밑의 의미를 담고 있기 때문에 유용하지 않다는 것이 드러났습니다. 〈지나간다〉는 말이 사물의 덧없음을, 시간의 경과와 인생의 변화를 시사했습니다. 〈러셀〉이라는 말도 나뭇잎의 쏠림, 잘 닦인 바닥 위에 쓸리는 치맛자락, 또는 베드퍼드 공의 저택이나 영국 역사의 절반을 떠오르게 합니다.[6] 그리고 〈스퀘

6 Russell과 rustle(바스락거리다)은 동음이의어. 러셀 가문은 베드퍼드

어〉라는 말 역시 실제의 네모난 광장과 치장 벽토로 장식한 저택들의 근엄하고 각진 형태를 떠오르게 합니다. 그렇듯 극히 간단한 문장 하나가 상상력과 기억과 눈과 귀에 호소하며, 그것을 읽는 데는 그 모든 것이 동원되는 것이지요. 하지만 그 모든 연상은 무의식적으로 일어납니다. 방금 제시한 예에서 보듯, 은연중의 의미들을 짚어 내어 강조하는 순간 그 의미들은 비현실적이 되고, 우리 또한 비현실적이 됩니다. 그저 독자가 아니라 전문가요 말[言] 장수요 재간꾼이 되는 것이지요. 무엇인가를 읽을 때, 우리는 물밑의 의미는 가라앉아 있도록, 함축된 의미는 굳이 언표되지 않도록, 강바닥의 갈대처럼 물살 따라 흐르면서 서로서로 얽히도록 내버려 두어야 합니다. 하지만 〈러셀 스퀘어 경유〉라는 문장 안의 말들은 물론 아주 기초적인 말들입니다. 그 말들에는 타자기로 찍어 낸 것이 아니라 인간의 뇌로부터 방금 튀어나온 말들이 갖는 낯설고 악마적인 힘의 흔적은 전혀 남아 있지 않습니다. 때로 말의 힘은 작가와 그의 성품과 외모, 그의 아내, 가족, 집, 심지어 양탄자 위의 고양이까지 환기할 정도이지요. 말이 왜 어떻게 그러는지, 그러지 못하게 하려면 어떻게 할지는 아무도 모릅니다. 그것은 작가의 의지와는 무관하고, 그의 의지와 반대일 때도 많습니다. 자신의 한심한 성격

공작 작위를 갖고 있었고, W. A. 러셀William Augustus Russell은 『새롭고 진정한 잉글랜드의 역사*A New and Athentic History of England*』의 저자 이름인데, 가공의 필명으로 추정된다.

이나 사적인 비밀과 악덕 들을 독자에게 알리고 싶은 작가는 아마도 없을 테니까요. 하지만 타자기가 아닌 다음에야 어떤 작가가 완전히 비인격적이 될 수 있겠습니까? 우리는 책을 읽다 보면 항상, 어쩔 수 없이, 작가에 대해서도 알게 됩니다. 말의 환기력이라는 것은 워낙 대단하므로, 형편없는 책을 아주 사랑스러운 사람으로, 훌륭한 책을 같은 방 안에 있기도 싫은 사람으로 바꿔 놓기도 합니다. 수백 년씩 묵은 말들도 그런 힘을 갖고 있으며, 새로운 말들이 갖는 힘은 어찌나 굉장한지 작가가 말하고자 하는 바는 아예 들리지 않고 작가만을 보고, 작가만을 듣게 됩니다. 생존 작가들에 대한 우리의 판단이 자주 황당하게 틀리는 데는 그런 이유도 있지요. 작가가 죽은 후에야 그의 말들은 살아 있는 육체의 우연성으로부터 어느 정도 소독되고 정화됩니다.

그런데 말의 환기력은 말의 가장 신비한 특성 중 하나입니다. 단 하나의 문장이라도 써본 사람이라면 누구나 그 사실을 어렴풋이나마 의식할 것입니다. 말들, 영어의 말들은 반향과 기억과 연상으로 가득 차 있습니다. 당연한 일입니다. 그것들은 수백 년 동안이나 집에서, 길거리에서, 들판에서 사람들의 입에 오르내렸으니까요. 오늘날 글쓰기의 주된 어려움 중 하나는 바로 그 점입니다. 즉 말들에 너무나 많은 의미와 기억이 쟁여 있다는 것, 익히 알려진 너무나 많은 연상이 담겨 있다는 것이지요. 가령 〈담홍색incarnadine〉이라는 화려한 단어를 예로 들어 봅시다. 그 단어에서 〈무량무변의 바다multitudinous seas〉를 떠올리지 않을 사람이 어디 있겠습니까?[7] 물론 영어가 아직 새로운 언어이던 옛날에는, 작가들이 새로운 말을 만들어 쓸 수도 있었을 것입니다. 오늘날도 새로운 말을 지어내기는 어렵지 않습니다. 새로운 광경을 보거나 새로운 느낌을 느낄 때면 새로운 말이 생겨나지요. 하지만 그 말을 오래된 언어 가운데 사용할 수는 없습니다. 말이란 별개의 독립체가 아니라 다른 말들의 일부라는 명백하고도 신비로운 사실 때문입니다. 하나의 단어는 문장의 일부가 되기 전에는 아직 말이 아닙니다. 말들은 서로서로 속해 있습니다. 물론, 위대한 작가만이 〈담홍색〉이라는 말이 〈무량무변의 바다〉에 속한다는 것을 알겠지만요. 새로운 말을 오래된 말과 결합시키는 것은 문장의 구성에 치명적입니다. 새로운 말을 제대로 사용하려면 새로운 언어를 발명해야 할 것입니다. 그리고 물론 새로운 언어의 발명도 가능하기는 하겠지만, 지금 우리 관심사는 그게 아닙니다. 우리의 관심사는 현재 있는 그대로의 영어를 가지고 할 수 있는 일을 생각해 보는 것입니다. 오래된 말들이 살아남아 아름다움을 만들어 내고 진실을 말하게 하려면, 어떻게 그것들을 새로운 질서에 결합시킬 수 있겠는가 하는 것이 문제입니다.

7 『맥베스』 제2막 제2장. 〈위대한 넵튠이 다스리는 대양의 물인들 내 손에서 이 피를 씻어 내겠는가? 아니, 내 이 손은 무량무변의 바다를 담홍색으로 물들이고 바다의 푸른빛을 붉게 물들이리라.〉

이 질문에 대답할 수 있는 사람이라면 세상이 줄 수 있는 어떤 영광의 관(冠)이라도 받을 만합니다. 만일 글쓰기의 기술을 가르칠 수 있고 배울 수 있다면 어떨지 생각해 보세요. 모든 책, 모든 신문이 진실을 말하고 아름다움을 창조하지 않겠습니까. 하지만 말 다루기를 가르치는 데는 방해가, 장애물이 나타날 것입니다. 지금 이 순간에도 적어도 백 명의 교수들이 과거의 문학에 관해 강의를 하고, 천 명의 비평가들이 현재의 문학에 대한 서평을 쓰고, 수백 명의 젊은 남녀가 영문학 시험에서 최고 점수를 얻고 있겠지만, 그렇다고 해서 우리가 강의도 비평도 시험도 없던 4백 년 전보다 더 잘 쓰거나 더 잘 읽습니까? 조지 시대 문학은 엘리자베스 시대 문학에 견줄 수나 있습니까? 그렇다면 대체 어디에 문제가 있는 걸까요? 우리의 교수나 서평가나 작가가 아니라 말그 자체의 문제입니다. 말은 비난받아 마땅합니다. 말은 세상 모든 것 가운데 가장 사납고 제멋대로이고 무책임하고 가르칠 수 없는 것입니다. 물론 말을 잡아다가 분류하고 사전의 알파벳순으로 정리할 수는 있습니다. 하지만 말들은 사전속에서 사는 게 아니라 사람의 마음속에서 살지요. 만일 그증거가 필요하다면, 우리가 가장 말을 필요로 하는 순간, 감정이 고조된 순간에 아무 말도 찾을 수 없을 때가 얼마나 많은지 생각해 보십시오. 물론 사전이 있기는 하지요. 그 안에는 수십만 개의 단어가 알파벳순으로 정리되어 우리 손길을 기다리고 있습니다. 하지만 그것들을 실제로 사용할 수 있나요? 아니요, 말들은 사전이 아니라 마음속에 살기 때문입니다. 사전을 다시 보십시오. 그 안에는 『안토니우스와 클레오파트라』보다 더 장려한 희곡이, 「나이팅게일에게 바치는 송가」보다 더 아름다운 시가, 『오만과 편견』이나 『데이비드 코퍼필드』를 아마추어의 습작으로나 보이게 만들 만한 소설이 담겨 있음에 틀림없습니다. 옳은 단어를 골라내어 옳은 순서로 늘어놓기만 하면 되니까요. 하지만 그럴 수 없는 것은 말들이 사전이 아니라 마음속에 살기 때문입니다. 마음속에서 어떻게 사느냐고요? 다양하게, 기발하게 살지요. 사람들이 살듯이 꼭 그렇게요. 이리저리 쏘다니고, 사랑에 빠지고, 짝짓기를 하면서요. 사실 우리보다는 예식과 관습에 훨씬 덜 얽매이지요. 왕실에나 어울릴 말들이 평민의 말들과 짝이 되니까요. 영어 단어가 프랑스어나 독일어 단어와 결혼하기도 합니다. 그럴 마음만 있다면 인도 말, 흑인의 말과도요. 실로 우리의 친애하는 모국어인 영어는 과거를 모르면 모를수록 그 평판이 한층 더 높아지겠지요. 그녀는 정말이지 종잡을 수 없는 떠돌이 아가씨였으니까요.

　그렇게 못 말릴 떠돌이들을 위해 법을 정해 봤자 헛수고입니다. 몇 가지 사소한 문법과 맞춤법 규칙이 그들에게 부과할 수 있는 제약의 전부입니다. 깊고 어둡고 빛은 어쩌다 드물게나 들어오는 동굴 — 마음 — 속에 사는 그들을 들여다보며 말할 수 있는 것은, 그들은 사람들이 말을 사용하기 전에 먼저 생각하고 느끼는 것을 좋아하는 것 같다는 점입니다. 하지만 말이 아니라 뭔가 다른 것에 대해 생각하고 느끼는 것을요. 말들은 고도로 예민하고 쉽게 자의식적이 됩니다. 그들은 자신의 순수성이나 불순함이 사람들의 입길에 오르내리는 것을 좋아하지 않습니다. 만일 순수한 영어를 위한 협회를 시작한다면, 그들은 불순한 영어를 위한 협회를 하나 더 만들어 대항할 것입니다. 그래서 현대 구어의 상당수는 부자연스러울 만큼 폭력적입니다. 그것은 순수주의자들에 대한 반발입니다. 그들은 대단히 민주적이기도 합니다. 그들은 어떤 말도 다른 말만큼이나 좋다고 믿으며, 교육받지 못한 말도 교육받은 말만큼이나 좋다고, 교양 없는 말도 교양 있는 말만큼이나 좋다고 믿습니다. 그들의 사회에는 계급이나 작위가 없습니다. 그들은 펜 끝으로 들어 올려져 검토되는 것도 좋아하지 않습니다. 그들은 문장으로, 문단으로, 때로는 한꺼번에 한 페이지 전체로 엉겨 다닙니다. 그들은 유용해지는 것을 싫어하고, 돈벌이를 싫어하며, 대중 앞에서 강연되는 것도 싫어합니다. 요컨대, 그들은 자신들을 한 가지 의미로 낙인찍거나 한 가지 태도 안에 가두는 것을 싫어합니다. 변하는 것이 그들의 본질이니까요.

아마도 그 점이, 변하지 않으면 안 된다는 것이 그들의 가장 현저한 특징일 것입니다. 그들이 포착하려는 진실이 다면

적이고 그들 자체가 다면적이라, 이쪽저쪽으로 번득이면서 그것을 전달하기 때문입니다. 그렇게 해서 그들은 어떤 사람에게 어떤 것을, 다른 사람에게는 다른 것을 의미합니다. 그들은 한 세대에는 알 수 없는 것이다가, 다음 세대에는 명약관화한 것이 됩니다. 그들이 살아남는 것은 이 복잡성 덕분입니다. 아마도 오늘날 우리에게 위대한 시인이나 소설가, 비평가가 없는 이유 중 하나는, 우리가 말에게 자유를 주려하지 않기 때문일 것입니다. 우리는 말들을 한 가지 의미, 유용한 의미, 기차를 제시간에 탈 수 있게 해주는 의미, 시험에 합격하게 해주는 의미로만 못 박습니다. 그런데 말은 그렇게 못 박히면 날개를 접고 죽어 버립니다. 끝으로, 이것이 가장 중요한데, 말이 마음 편히 살기 위해서는 — 우리 자신과 마찬가지로 — 프라이버시가 필요합니다. 의심할 바 없이 그들은 우리가 그들을 사용하기 전에 생각하고 느끼는 것을 좋아합니다. 우리의 무의식이 그들의 프라이버시이고, 우리의 어둠이 그들의 빛이지요. 그 정지가 이루어지고, 그 어둠의 베일이 떨구어지면, 말들은 완벽한 이미지라는 신속한 결혼으로 엮여서 영원한 아름다움을 만들어 냅니다. 하지만 아니요, 오늘 밤 그런 일은 일어나지 않을 것입니다. 그 고집쟁이들은 기분이 좋지 않아서 고분고분하지 않고 시무룩이 입 다물고 있습니다. 뭐라고 중얼거리고 있느냐고요? 〈시간 다 됐어! 이제 그만!〉이라는군요.

후원자와 크로커스[1]

글을 쓰기 시작하는 젊은 남녀가 일반적으로 듣게 되는 그럴싸하지만 전혀 실천할 수 없는 조언은 자신이 쓰고자 하는 것을 가능한 한 짧고 분명하게, 그리고 마음속에 있는 것을 정확히 말하려는 것 말고는 다른 생각을 하지 말고 쓰라는 것이다. 아무도 그런 경우에 정말로 필요한 한 가지, 즉 〈반드시 네 후원자를 현명하게 고르라〉는 말은 해주지 않는다. 그것이야말로 문제의 핵심인데 말이다. 왜냐하면 책이란 항상 누군가 읽을 사람을 위해 쓰이기 마련이기 때문이다. 그뿐만 아니라, 후원자는 단순히 돈을 대는 사람일 뿐 아니라 아주 미묘하고 음험한 방식으로 어떤 글이 쓰이도록 선동하고 고취하는 사람이기 때문에, 그가 바람직한 인간이라야 한다는 것은 대단히 중요하다.

1 1924년 4월 12일 『네이션 앤드 애시니엄』에 게재. 다소 수정되어 『보통 독자』(1925)에 수록되었다. 1925년본을 번역했다("The Patron and the Crocus", *Essays IV*, pp. 212~215).

하지만 그렇다면 누가 바람직한 인간인가? 작가의 두뇌로부터 최상의 것을 끌어내어 그가 할 수 있는 한 가장 다채롭고 활기찬 자손을 낳게 할 후원자는 어떤 사람인가? 그 대답은 시대에 따라 달라진다. 대체로 말해 엘리자베스 시대 사람들은 글의 헌정 대상이던 귀족과 연극의 관객을 후원자로 택했다. 18세기의 후원자는 커피 하우스의 재사(才士)와 그럽가² 서점 주인이었다. 19세기의 위대한 작가들은 반 크라운짜리 잡지와 유한계급을 위해 글을 썼다. 이처럼 다양한 협력 관계의 찬란한 결과들을 뒤돌아보고 갈채를 보내노라면, 그 모든 것은 부러울 만큼 단순하고 더없이 명백해 보인다. 도대체 누구를 위해 써야 하는가 하는 우리 자신의 곤경과 비교해 보면 말이다. 오늘날 후원자의 공급은 전에 없이 다양해서 당혹스러울 정도이다. 일간지, 주간지, 월간지, 영국 대중, 미국 대중, 베스트셀러 대중, 워스트셀러 대중, 고급 대중, 하급 대중 등이 제각기 다양한 대변자를 통해 자신들의 필요를 알리고, 자신들의 호불호를 전달할 수 있는 자의식적인 독립체를 구성하고 있다. 그러므로 켄징턴 가든에서 그해의 첫 크로커스를 발견하고 감동한 작가는 펜을 종이로 가져가기에 앞서, 그 경쟁하는 무리 가운데서 자신에게 가장 적합한 특정 후원자를 선택해야 한다. 〈다 떨쳐 버리고

2　19세기 초까지 가난한 문인들, 군소 출판업자들과 서적상들이 모여 있던 동네.

네 크로커스만 생각하라〉고 해봤자 소용없다. 왜냐하면 글쓰기는 의사소통의 방법이고, 크로커스는 공유되기 전에는 불완전한 크로커스이기 때문이다. 최초 또는 최후의 인간은 자신만을 위해 글을 쓸지도 모르지만, 그는 예외이고 또 그 점에서는 부럽지 않은 예외이니, 갈매기들이라도 글을 읽을 수만 있다면 와서 읽어 주는 편이 좋다.

그러니 모든 작가는 글을 쓰면서 어떤 대중이든 의식하지 않을 수 없다고 할 때, 눈 높은 작가라면 대중은 그가 쓰고자 하는 것은 무엇이든지 순종적으로 받아들이는 양순한 무리라야 한다고 말할 것이다. 이런 이론은 그럴싸하게 들릴지도 모르지만, 커다란 위험을 안고 있다. 왜냐하면 그런 경우 작가는 자기 대중을 의식하되 대중보다 우월한 위치에 서게 되는데, 이는 불편하고 불운한 조합이니, 새뮤얼 버틀러, 조지 메러디스, 헨리 제임스 등이 입증하는 바이다. 이들은 하나같이 대중을 경멸했고, 대중을 원했고, 대중을 얻는 데 실패했고, 자신의 실패를 대중의 탓으로 돌렸으며, 갈수록 더해 가는 까다로움과 모호함과 허세로 대중과 담을 쌓았다. 후원자를 자신과 대등한 벗으로 여기는 작가라면 굳이 그럴 필요가 없었을 것이다. 결과적으로 그들의 크로커스는 아름답고 빛나기는 하지만, 고문당한 식물처럼 목이 뒤틀리고 한쪽은 위축되고 다른 한쪽은 지나치게 부푼 것이 어딘가 기형적이 되고 말았다. 햇빛만 제대로 쬐었더라면 훨씬 좋았을 텐데 말이다. 하지만 그렇다고 그 반대 극단으로 달려가서 『더 타임스』나 『데일리 뉴스*Daily News*』의 편집자들이 우리에게 할 만한 이런 아첨 섞인 제안(상상 속에서지만)을 받아들일 것인가? 〈당신의 크로커스를 정확히 1천5백 단어로, 필자의 이름을 첨부하여, 내일 아침 9시 전에 존오그로츠부터 랜즈엔드까지[3] 모든 아침 식탁에서 피어날 수 있도록 해주시면 20파운드를 드리겠습니다.〉

   하지만 단 한 송이의 크로커스로 충분할까? 그렇게 멀리까지 빛나려면, 그리고 그렇게 비싼 값에다가 이름까지 첨부된다면, 그것은 아주 환한 노란색이라야 하지 않을까? 언론은 의심할 바 없이 크로커스를 엄청나게 찍어 내는 매체이다. 하지만 이 식물들의 몇몇을 자세히 들여다본다면, 그것들은 매년 3월 초에 켄징턴 가든에서 풀섶을 뚫고 고개를 내미는 노란색 또는 보라색의 작은 꽃과는 아주 먼 관계밖에 없음을 알게 될 것이다. 신문지상의 크로커스는 감탄스럽지만 아주 다른 식물이다. 그것은 정확히 할당된 지면을 채운다. 그것은 황금빛으로 빛나며, 온화하고 다정하며 따스함이 넘친다. 또한 아름답게 마무리되어 있다. 아무도 『더 타임스』의 〈우리의 연극 평론가〉나 『데일리 뉴스』의 린드 씨[4]가

---

   3   존오그로츠는 브리튼섬의 북동쪽 끝, 랜즈엔드는 남서쪽 끝에 위치하고 있다.
   4   로버트 린드는 1912년부터 『데일리 뉴스』의 문학 편집자를 맡고 있었다.

구사하는 기술이 쉬운 것이라고 생각하지 말기 바란다. 아침 9시에 1백만 개의 두뇌를 가동시키고 2백만 개의 눈에게 밝고 산뜻하고 재미난 볼거리를 제공한다는 것은 만만한 솜씨가 아니다. 하지만 밤이 오면 이 꽃들은 시든다. 바닷물에서 꺼낸 사금파리가 그 빛을 잃고, 위대한 프리마 돈나도 공중전화 박스에 가둬 놓으면 하이에나처럼 울부짖는 것처럼, 제 아무리 잘 쓴 기사라 해도 그 맥락에서 떼어 놓으면 진토요 모래요 지푸라기일 뿐이다. 신문 기사는 책으로 엮어 방부 처리해 놓으면 별로 읽을 만한 것이 못 된다.

그러니까 우리가 원하는 후원자는 우리의 크로커스가 썩지 않도록 보존해 줄 만한 후원자이다. 하지만 그 자질은 시대에 따라 달라지므로, 거짓에 현혹되지 않고 제각기 목소리를 높이는 군중의 설득에 헷갈리지 않으려면 상당한 진실성과 신념이 필요하며, 이런 후원자를 찾는 일은 작가에게는 시험이요 시련이다. 누구를 위해 쓰느냐를 아는 것은 어떻게 쓰느냐를 아는 것이다. 하지만 현대의 후원자가 갖추어야 할 자질 중 어떤 것은 꽤 평이하다. 지금 이 순간 작가는 연극 구경을 다니기보다는 책을 읽는 습관을 지닌 후원자를 요구할 것이다. 또한 오늘날의 후원자는 다른 시대, 다른 종족의 문학에도 소양이 있어야 한다. 그뿐만 아니라 우리 자신의 독특한 약점과 경향 때문에 후원자에게 요구하게 되는 자질들도 있다. 가령, 엘리자베스 시대 작가들보다는 우리에게 더욱 귀찮은 것으로, 외설이라는 문제가 있다. 20세기의 후원자는 충격에 면역이 되어 있어야 한다. 그는 크로커스에 어쩔 수 없이 붙어 있는 작은 거름 덩이와 허세를 부리느라 덧칠해 놓은 거름을 구별해야 한다. 그는 또한 현대 문학에서 그토록 큰 역할을 하는 사회적 영향들의 심판이 되어, 어떤 것이 성숙케 하고 강하게 하는지, 어떤 것이 성장을 저해하고 불모로 만드는지를 가려내야 했다. 나아가, 그가 판단을 내려야 할 감정이 있으니, 작가를 한편으로는 감상성으로부터, 다른 한편으로는 작가 자신의 감정을 표현하는 데 대한 두려움으로부터 지켜 내는 것이야말로 그가 할 수 있는 가장 유용한 일이다. 지나치게 느끼는 것보다 느끼기를 두려워하는 것이 더 나쁘고 흔히 있는 일이라고 그는 말할 것이다. 어쩌면 그는 언어에 대해서도 뭔가 말할 수 있을 것이다. 가령 셰익스피어는 얼마나 많은 단어를 구사했는가, 얼마나 많은 문법을 어겼는가를 — 피아노의 검은 건반을 깔끔하게 쳐내듯 정확성을 기한다 해서 『안토니우스와 클레오파트라』를 더 낫게 만들 수 있는 것이 아니다 — 지적하는 것이다. 그리고 자신의 성별을 잊을 수 있다면 그만큼 잘된 일이라고, 작가에게는 성별이 없다고 그는 말할 것이다. 하지만 이 모든 것은 초보적이며 논란의 여지가 있다. 후원자의 으뜸가는 자질은 뭔가 다른 것, 어쩌면 너무나 많은 것을 감싸 버리는 편리한 단어, 즉 〈분위기〉라는 말로나 표현될 수 있을 무엇이다. 후원자는 크로커스를 그것이 대단히 중요한 식물로 보이게 하는 분위기로 감싸서, 그것을 잘못 표현하는 것은 무덤 이편에서는 용서받을 수 없는 무지막지한 짓이 되게끔 해야 한다. 그는 단 한 송이일지라도 진짜 크로커스이기만 하다면 그것으로 족하다고 우리에게 느끼게 해야 한다. 그는 가르침을 받아 더 고상해지거나 더 나은 인간이 되기를 바라는 것이 아니라고, 칼라일을 괴롭혀 악을 쓰게 하고 테니슨에게는 목가나 쓰게 하고 러스킨의 정신이 이상해지게 만들어 미안하다고, 이제 자기주장을 그치고 작가들이 요구하는 대로 할 준비가 되었다고, 자신은 모성애보다 더한 끈으로 작가들과 결부되어 있다고, 작가와 자신은 한쪽이 흥하면 다른 쪽도 흥하고 한쪽이 죽으면 다른 쪽도 죽을 수밖에 없는 쌍둥이와 같다고, 문학의 운명은 양자의 행복한 동맹에 달려 있다고 — 그리고 이 모든 것이 입증하는바, 처음에 말했던 대로, 후원자의 선택이야말로 가장 중요한 일이라고 느끼게 해야 한다. 하지만 어떻게 옳은 선택을 하나? 어떻게 글을 잘 쓰나? 그것이 문제이다.

기우는 탑[1]

　작가란 책상 앞에 앉아 무엇인가를 골똘히 응시하는 자입니다. 이 비유를 잠시 들여다보면 우리 길을 곧장 나아가는 데 도움이 될 것입니다. 그는 종이 한 장을 앞에 놓고 앉아 자신에게 보이는 것을 모사하려고 애쓰는 예술가입니다. 그의 대상, 즉 모델은 무엇일까요? 화가의 모델처럼 ─ 꽃이 담긴 화병이라든가, 나체라든가, 한 접시의 사과와 양파라든가 ─ 단순하지는 않지요. 아주 간단한 이야기라 해도 한 인물, 한 시대를 넘어서기 마련입니다. 인물들은 젊었을 때 시작하여 늙어 가며, 장면에서 장면으로, 장소에서 장소로 돌아다닙니다. 작가는 움직이며 변화하는 모델, 단일한 대상이 아니라 무수한 대상을 지켜보아야 합니다. 작가가 바라보는 그 모든 것을 단 두 마디로 요약하자면, 〈인간의 삶〉

　1　1940년 4월 27일 노동자 교육 연합에서 한 강연. 1940년 8월 『폴리오스 오브 뉴 라이팅*Folios of New Writing*』에 게재("The Leaning Tower", *Essays VI*, pp. 259~283).

입니다.

다음으로 작가를 바라봅시다. 무엇이 보입니까? 손에 펜을 들고 종이 앞에 앉아 있는 사람이 전부인가요? 그런 대답은 별로 말해 주는 바가 없지요. 그리고 우리는 실제로 잘 모릅니다. 우리가 작가에 대해 얼마나 많은 말을 하는지, 그들이 자신에 대해 얼마나 많은 말을 하는지를 감안한다면, 우리가 그들에 대해 그렇게 모른다는 것은 좀 이상한 일입니다. 왜 그들은 어떤 때는 그렇게 흔하다가, 어떤 때는 그렇게 희귀한 걸까요? 왜 그들은 어떤 때는 걸작밖에 쓰지 않다가, 어떤 때는 쓰레기밖에 쓰지 않을까요? 그리고 왜 한 가문이 ─ 셸리 가문, 키츠 가문, 브론테 가문처럼 ─ 갑자기 불타올라 셸리를, 키츠를, 브론테 자매들을 탄생시키는 걸까요? 그런 폭발을 가져오는 조건은 어떤 것들일까요? 이런 물음들에 대해서는 답이 없습니다. 당연하지요. 아직 인플루엔자 균도 발견하지 못한[2] 우리가 어떻게 천재의 싹을 발견했겠습니까? 우리는 육체보다 정신에 대해서는 한층 더 모릅니다. 증거 자료가 훨씬 적으니까요. 사람들이 자기 자신에 대해 관심을 갖기 시작한 지는 채 2백 년이 되지 않았습니다. 보즈웰은 한 인간의 생애가 책을 쓸 만한 가치가 있다고 생각했던 거의 최초의 작가였을 겁니다. 더 많은 사실, 더 많은

---

2 20세기 초에 발생한 인플루엔자, 일명 스페인 독감은 전 세계적으로 5천만 명의 목숨을 앗아 간 ─ 제1차 세계 대전의 사상자 수가 9백만이었다 ─ 엄청난 사건이었다.

전기와 자서전이 나오기 전에는, 우리는 특출한 사람들은 물론이고 보통 사람들에 대해서도 별로 알 수가 없습니다. 그러니 지금 우리는 작가들에 대해 이론밖에 가진 게 없는데, 꽤 많은 이론들이 있지만 모두 다 다릅니다. 정치가는 작가란 마치 나사가 나사 기계의 생산품이듯이 그가 사는 사회의 산물이라고 말합니다. 예술가는 작가란 하늘을 가로질러 활강하며 지상을 스쳐 사라져 가는 천상의 환영이라고 말하고요. 심리학자에게 작가란 진주조개입니다. 진주조개에게 꺼끌꺼끌한 사실들을 먹이고 추악함으로 괴롭히면, 이른바 보상 작용으로 진주가 생긴다고 하지요. 족보학자들은 특정 가계, 특정 가문이 마치 무화과나무가 무화과를 내듯이 작가를 낸다고 하더군요. 드라이든, 스위프트, 포프가 모두 친척 간이었답니다.[3] 이런 사실은 우리가 작가에 대해 무지하다는 것을 입증해 줍니다. 누구라도 이론을 만들 수 있으며, 이론이란 언제나 이론가가 믿고 싶어 하는 바를 입증하려는 바람에서 싹트는 것이지요.

그러니 이론이란 위험한 것입니다. 그런데도 오늘 오후 우리가 한 가지 이론을 만들려 하는 것은 현대의 경향들을 논하고자 하기 때문입니다. 경향이니 운동에 대해 말하는 즉시 우리는 일군의 작가들에게 낙인을 찍을 만큼 강한 어떤

---

3 드라이든과 스위프트는 7촌간이었다. 포프는 두 사람과 친척 간이 아니었지만 스위프트와 절친한 사이였다.

힘, 영향력, 그리고 외적 압력이 있으며, 그 결과 그들의 모든 저작에는 일정한 공통점이 있다는 믿음에 동조하게 됩니다. 그러면 그 영향이란 무엇인가에 대한 이론을 만들어야만 하게 되고요. 하지만 항상 기억하기로 합시다. 영향들은 무수히 많으며, 작가들은 무한히 민감하고, 모든 작가는 제각기 다른 감수성을 지니고 있다고요. 그 때문에 문학은 날씨처럼, 하늘의 구름처럼 항상 변화하는 것이지요. 스콧의 작품에서 한 페이지를 뜯어 내고, 헨리 제임스의 작품에서도 그렇게 하여, 이 글을 저 글로 변모시킨 영향들을 밝혀내 보십시오. 그것은 우리 능력 밖의 일이지요. 그러므로 우리는 작가들을 그룹 지어 온 가장 명백한 영향들만을 추려 내기를 바랄 뿐입니다. 하지만 그룹도 제각각입니다. 가문이 가문에서 내려오듯이, 책도 책에서 내려오지요. 어떤 책은 제인 오스틴의, 어떤 책은 디킨스의 후예입니다. 인간의 아이들이 부모를 닮듯이, 책들도 자기 부모를 닮습니다. 하지만 아이들이 다르듯이 책들도 다르며, 아이들이 반항하듯이 책들도 반항하지요. 현재 살아 있는 작가들을 더 쉽게 이해하려면 그들의 조상들을 훑어보면 될 것입니다. 멀리 돌아갈 시간은 없지만 — 자세히 들여다볼 시간은 분명 없겠지요 — 백 년 전의 영국 작가들만 돌아보더라도 우리 자신이 어떤 모습인지 아는 데 도움이 되리라 생각합니다.

1815년에 영국은 전쟁 중이었고 지금도 그렇습니다. 그

전쟁 — 나폴레옹 전쟁[4] — 이 그들에게 어떤 영향을 미쳤던
가, 그것은 그들을 그룹 지은 영향 중 하나였던가 등을 물어
보는 것은 자연스러운 일입니다. 그런데 그 대답이 아주 이
상합니다. 나폴레옹 전쟁은 당시 작가 대다수에게 전혀 영향
을 미치지 않았거든요. 그 증거는 위대한 두 소설가 — 제인
오스틴과 월터 스콧 — 의 작품에서 발견될 수 있습니다. 두
사람 다 나폴레옹 전쟁을 겪었고, 두 사람 다 전쟁 중에 소설
을 썼지요. 하지만 소설가는 자기 시대의 삶과 매우 밀접하
게 사는 터인데도, 둘 중 아무도 자신의 소설에서 나폴레옹
전쟁에 대해 언급하지 않았습니다. 이 사실은 그들의 모델,
즉 그들이 보는 인간의 삶이라는 것이 전쟁으로 교란되거나
동요되거나 달라지지 않았음을 보여 줍니다. 그들 자신도 마
찬가지였고요. 왜 그랬던가를 알기는 어렵지 않습니다. 당시
전쟁이란 먼 데서 군인이나 수병 들이 치르는 것이었지 민간
인들과는 동떨어진 일이었습니다. 전쟁 소문이 영국까지 도
달하는 데는 오랜 시간이 걸렸지요. 브라이턴 같은 마을에
사는 사람들이 승전보를 듣고 촛불을 켜서 창턱에 올려놓는
것은, 우편 마차가 월계수로 장식된 시골길을 덜컹거리며 달
려온 다음의 일이었습니다. 그런 시절과 오늘날 우리의 상황
을 비교해 보십시오. 우리는 영불 해협에서 나는 포성을 듣
습니다. 라디오를 켜면 어느 비행사가 바로 오늘 오후 자기

4   영국은 나폴레옹과 1803~1815년에 걸쳐 수차 전투를 치렀다.

가 적기를 격추시킨 상황에 관해 말하는 것을 들을 수 있습니다. 자기 비행기에도 불이 붙어서 바다로 뛰어들었는데, 불빛이 녹색이 되더니 뒤이어 검게 되었고, 자기는 수면으로 떠올라 어느 어선에 구조되었다고요. 스콧은 트라팔가르 해전에서 익사하는 수병들을 본 적이 없고, 제인 오스틴은 워털루의 대포 소리를 들은 적이 없지요. 두 사람 중 아무도 나폴레옹의 목소리를 들어 본 적이 없습니다. 우리는 저녁때 집에 앉아서 히틀러의 목소리를 듣지만 말입니다.

전쟁으로부터의 면제는 19세기 내내 이어졌습니다. 물론 영국은 종종 전쟁을 했지요. 크리미아 전쟁도 있었고, 인도 폭동, 인도 변경에서의 국지전들, 그리고 세기말에는 보어 전쟁도 있었습니다. 키츠, 셸리, 바이런, 디킨스, 새커리, 칼라일, 러스킨, 브론테 자매들, 조지 엘리엇, 트롤럽, 브라우닝 내외 등 모두가 그런 전쟁 중에 살았습니다. 하지만 그들이 전쟁에 대해 말한 적이 있었던가요? 제가 알기로는 새커리만이 그랬던 것 같은데, 『허영의 시장』에서 워털루 전투를, 전쟁이 끝난 지 오랜 후에야 그저 하나의 삽화로, 장면으로 묘사하지요. 그것은 그의 인물들의 삶을 달라지게 하지 않으며, 단지 주인공 중 한 사람을 죽일 뿐입니다. 시인 중에서는 바이런과 셸리만이 19세기 전쟁의 영향을 받았습니다.

그러므로 대체로 말해 19세기에는 전쟁이 작가나 그의 인생관에 그다지 영향을 미치지 않았다고 할 수 있습니다. 하지만 평화는 어떨까요? 평화의 영향을 살펴보기로 합시다. 19세기 작가들은 영국의 안정되고 평화롭고 번영하는 상태에 영향을 받았을까요? 이론을 수립하는 위험과 즐거움에 뛰어들기에 앞서 몇 가지 사실을 모아 봅시다. 우리는 19세기 작가들이 모두 상당히 유복한 중산층 출신이었다는 것을 그들의 전기를 통해 알고 있습니다. 대부분이 옥스퍼드나 케임브리지에서 교육을 받았지요. 트롤럽이나 매슈 아널드처럼 공무원이었던 이도 있습니다.[5] 러스킨처럼 교수였던 이들도 있고요. 그들의 일이 그들에게 상당한 부를 가져다준 것은 명백한 사실입니다. 그 가시적인 증거가 그들이 지은 저택이지요. 스콧이 소설의 수익으로 산 애보츠퍼드나, 테니슨이 시 덕분에 지은 패링퍼드를 보십시오. 디킨스는 매릴번에 큰 집이 있었고 개즈힐에는 저택이 있었지요. 모두 일손이 많이 필요한 집들입니다. 이런 집들에서 식탁을 차리고 오물을 치우고 정원을 손질하여 열매 맺게 하려면 집사와 하녀와 정원사와 마부가 필요하니까요. 그들은 저택뿐 아니라 시, 희곡, 소설, 에세이, 역사, 비평 등 엄청나게 방대한 저작도 남겼지요. 19세기는 대단히 많은 작품이 쓰인, 창조적이고 풍부한 세기였습니다. 그러니 이제 물어봅시다. 그런 물질적 번영과 지적 창조력 사이에는 연관이 있었던 걸까요?

5 트롤럽은 우체국 직원이었고, 아널드는 장학관이었다.

기우는 탑 209

하나가 다른 하나로 직결되었던가요? 참 말하기 어려운 문제입니다. 우리는 작가들에 대해 아는 것이 별로 없으니까요. 어떤 여건이 그들에게 유리하거나 불리한지도 잘 모릅니다. 그저 막연한 짐작일 뿐이지만, 나는 연관이 있다고 생각합니다. 〈생각한다〉기보다 그렇게 〈본다〉는 편이 진실에 더 가깝겠지요. 생각하는 것은 사실에 기초해야 할 터인데, 여기서는 사실보다 직관이 있을 뿐이니까요. 책을 읽은 후에 다가오는 빛과 그림자, 인쇄된 널따란 페이지의 바뀌는 표면 같은 것 말입니다. 내가 그 바뀌는 표면 너머를 일별할 때 보이는 것은 앞서 여러분께 보여 드린 그림입니다. 즉, 19세기에 인간의 삶을 앞에 두고 앉아 있는 작가 말입니다. 그들의 눈을 통해 바라보면, 그 삶이 여러 상이한 계층들로 나뉘어 있는 것을 보게 됩니다. 귀족 계층, 지주 계층, 전문직 계층, 상인 계층, 노동자 계층, 그리고 그저 포괄적으로 〈빈민〉이라 불리는 거대한 계층이 하나의 어두운 얼룩처럼 자리합니다. 19세기 작가에게 인간의 삶이란 필시 별개의 밭들로 구획 지어진 풍경과도 같았을 것입니다. 각각의 밭에는 각기 다른 사람들이 모여 있었고, 각기 어느 정도는 나름대로의 전통과 예법과 화법과 복식과 직업을 갖고 있었습니다. 하지만 그 평화, 그 번영 덕분에 각 그룹은 속박되어 꼼짝하지 못했으니, 양 떼는 자기 울타리 안에서만 풀을 뜯었지요. 19세기 작가는 그런 구분을 바꾸려 하지 않았고 그대로 받아들였습니다. 어찌나 철저하게 받아들였던지, 구분이 있다는 것조차 의식하지 못하게 되었습니다. 아마도 그 때문에 19세기 작가들은 유형이 아니라 개인인 인물들을 그렇게 많이 창조할 수 있었던 것일까요? 계층들 사이를 나누는 울타리를 보지 못하고 울타리 안에 사는 인간 존재들만을 보았기 때문일까요? 그래서 그는 표면을 뚫고 들어가 다면적인 인물들 — 페크스니프, 베키 샤프, 우드하우스 씨처럼[6] — 세월이 가고 삶이 달라지면서 변화하는 인물들을 만들어 낼 수 있었던 것일까요? 이제 우리에게는 그 울타리들이 보입니다. 우리는 그 작가들 각자가 인간의 삶의 아주 작은 부분만을 다룰 수 있었다는 것을 압니다. 새커리의 모든 인물은 중상류층[7] 사람들이고, 디킨스의 모든 인물은 하층 또는 중류층 출신입니다. 이제는 그것이 보입니다. 하지만 작가 자신은 자기가 한 유형, 작가 자신이 태어난 계층에 의해 형성된 유형, 자신에게 가장 친숙한 유형만 다루고 있다는 것을 의식하지 못하는 것 같습니다. 그 무의식은 그에게 크나큰 이점입니다.

무의식이란, 말하자면 정신의 위쪽이 졸고 있는 동안 정신의 아래쪽이 전속력으로 활동하는 상태를 의미하는데, 우

---

6 페크스니프는 디킨스의 『마틴 처즐위트의 생애와 모험*The Life and Adventure of Martin Chuzzlewit*』, 베키 샤프는 새커리의 『허영의 시장』, 헨리 우드하우스는 오스틴의 『에마』의 등장인물.
7 여기서 중상류층이란 중류 및 상류층이 아니라 upper middle class, 즉 중류층 중에서 상류를 말한다.

리 모두 익히 아는 것이지요. 누구나 일상생활에서 무의식적으로 하게 되는 일이 있으니까요. 가령, 런던을 관광하느라 일정이 빡빡한 하루를 보냈다고 칩시다. 집에 돌아오면 무엇을 보고 무엇을 했는지 다 말할 수 있을까요? 모든 인상이 뒤섞여 혼돈스럽지 않을까요? 하지만 좀 쉰 후에, 문득 고개를 돌려 뭔가 다른 것이 눈에 들어오면, 그날 가장 흥미로웠던 광경이나 소리나 말 들이 저절로 의식의 표면으로 떠올라 기억에 남게 되고, 중요치 않은 것들은 망각 속으로 가라앉습니다. 작가도 그렇습니다. 이리저리 돌아다니고, 볼 수 있는 한 보고, 느낄 수 있는 한 느끼고, 마음의 책 속에 무수한 메모를 해가며 힘든 하루 일과를 마치고 나면, 작가는 — 가능하다면 — 무의식 상태가 됩니다. 실상 그의 정신의 위쪽이 조는 동안 정신의 아래쪽은 전속력으로 일하는 것이지요. 그러다 잠시 후 베일이 걷히면, 거기 그것이 — 그가 글로 쓰고 싶은 것이 — 단순해지고 틀이 잡힌 상태로 나타납니다. 〈고요함 가운데 회상되는 감정〉에 관해서는 워즈워스의 유명한 말이 있습니다만,[8] 이 고요함이라는 말을 작가가 창작에 들어가기 전에 무의식 상태가 될 필요가 있다는 의미라고 해석한다면 시인의 말을 곡해하는 것이 될까요.

그러니까 감히 이론을 세우고자 한다면, 평화와 번영이야

---

8 윌리엄 워즈워스는 『서정 시편 Lyrical Ballades』의 서문에서 〈시란 강력한 느낌들의 자발적인 넘침이다. 그것은 고요함 tranquillity 가운데 회상된 감정으로부터 비롯된다〉고 말했다.

말로 19세기 작가들에게 가족적 유사성을 부여한 영향이었다고 말할 수 있습니다. 그들에게는 여가와 안전이 있었으며, 삶은 달라질 것 같지 않았고 그들 자신도 달라질 것이 없었습니다. 그들은 볼 수 있었지만 먼 산을 보았습니다. 잊어버릴 수 있었고, 그런 다음 — 작품 속에서 — 기억할 수 있었습니다. 이런 것이 19세기 작가들에게, 현격한 개인적 차이에도 불구하고, 모종의 가족적 유사성을 가져다준 여건 중 일부입니다. 19세기는 끝났지만, 같은 여건들이 지속되었습니다. 대체로 말해 1914년까지는 지속되었지요. 1914년에도 여전히 작가는 19세기 내내 그랬던 것과 마찬가지로 인간의 삶을 바라보며 앉아 있는 것을 볼 수 있습니다. 인간의 삶은 여전히 계층들로 나뉘어 있고, 그는 여전히 자신의 출신 계층을 가장 골똘히 바라보고 있으며, 그 자신은 여전히 안전하기 때문에 자신의 위치나 그 안전함을 거의 의식하지 못합니다. 그는 자신이 삶 전체를 바라보고 있다고, 항상 그렇게 바라보리라고 믿습니다. 이것은 전적으로 가상의 그림만은 아닙니다. 그런 작가들 중 다수가 아직 살아 있습니다. 때로 그들은 젊은 시절 자신의 입장을, 1914년 8월[9] 직전, 글을 쓰기 시작하던 무렵을 묘사합니다. 〈글 쓰는 기술은 어떻게 배우셨나요?〉 하고 물어볼 수도 있을 것입니다. 〈대학에서요. 읽고, 듣고, 대화하면서요〉 하고 그들은 대답합니다.

9 1914년 7월 28일, 제1차 세계 대전이 발발했다.

그들은 무슨 대화를 했을까요? 데즈먼드 매카시[10] 씨가 1~2주 전에 『선데이 타임스*Sunday Times*』에서 한 대답을 들어 봅시다. 그는 전쟁이 시작되기 직전 케임브리지에 재학 중이었는데, 다음과 같이 술회하고 있습니다. 〈우리는 정치에는 별 관심이 없었다. 추상적인 사색이 훨씬 더 마음을 끌었다. 우리에게는 철학이 공적인 문제들보다 더 흥미로웠다. (······) 우리가 주로 토론했던 것은 그 자체로서 목적인《선》, 그러니까 진리의 탐구, 심미적 정서, 개인적 관계 등이었다.〉게다가 그들은 엄청난 양의 독서를 했습니다. 라틴어, 그리스어, 그리고 물론 프랑스어와 영어로요. 글도 썼지요. 하지만 출간을 서두르지는 않았습니다. 그들은 여행을 했고, 그 중 몇몇은 아주 먼 곳까지, 인도나 남태평양까지도 갔습니다. 하지만 대개는 영국과 프랑스, 이탈리아를 두루 돌아다니며 긴 여름휴가를 행복하게 보냈습니다. 그리고 이따금 책을 냈지요. 루퍼트 브룩[11]의 시집 같은 책들, E. M. 포스터의 『전망 좋은 방』 같은 소설들, 체스터턴[12]의 에세이 같은 에세이들, 그리고 서평들을요. 그들은 언제까지나 그렇게 살면서 그렇게 글을 쓸 수 있을 것만 같았습니다. 그런데 갑자기, 평

10 Desmond MacCarthy(1877~1952). 영국 비평가. 케임브리지 사도회 출신으로, 블룸즈버리 그룹 일원이었다.
11 Rupert Brooke(1887~1915). 영국 시인. 블룸즈버리 그룹과 가깝게 지냈다.
12 Gilbert Keith Chesterton(1874~1936). 영국 소설가, 평론가.

탄한 길에 난 균열과도 같이, 전쟁이 찾아왔지요.

이제 1914년 이후에 일어난 일에 대해 이야기하기에 앞서, 잠시 작가 자신이나 그의 모델이 아니라 그의 의자를 살펴보도록 합시다. 의자는 작가의 장비 중 대단히 중요한 부분입니다. 의자는 작가가 모델을 향하는 자세를 잡아 주고, 인간의 삶에서 무엇을 볼지를 결정해 주는 만큼, 그가 본 것을 우리에게 말해 주는 능력에도 큰 영향을 미칩니다. 그의 의자란 그의 성장 과정과 교육을 말합니다. 초서부터 오늘날에 이르기까지, 다섯 손가락 안에 꼽을 만한 드문 예외를 제외한다면, 모든 작가들이 같은 종류의 의자 — 높직한 의자 — 에 앉았다는 것은 이론이 아니라 사실입니다. 그들은 모두 중류층 출신으로, 좋은 교육, 적어도 값비싼 교육을 받았지요. 그들 모두가 대다수의 사람들보다 높직이, 화장 회반죽[13]의 탑 — 중류층이라는 출신 말입니다 — 그리고 황금의 탑 — 값비싼 교육 말입니다 — 위로 들어 올려졌던 것입니다. 디킨스만을 제외한 모든 19세기 작가가 그러했고, 1914년 작가들도, D. H. 로런스만을 제외하고는 모두 그러합니다. 이른바 〈대표적인 이름들〉을 꼽아 볼까요. G. K. 체스터턴, T. S. 엘리엇, 벨록, 리턴 스트레이치, 서머싯 몸,[14]

---

13 대리석 가루와 석회 가루를 섞은 반죽으로, 마르면 대리석처럼 보이는 건축 마감재.

14 Somerset Maugham(1874~1965). 영국 소설가, 극작가.

휴 월폴,[15] 윌프리드 오언,[16] 루퍼트 브룩, J. E. 플레커,[17] E. M.
포스터, 올더스 헉슬리,[18] G. M. 트리벨리언,[19] O. 시트웰[20]과
S. 시트웰,[21] 미들턴 머리.[22] 이런 이름들인데, D. H. 로런스
만을 제외하고는 모두 중류층 출신으로, 퍼블릭 스쿨[23]과 대
학에서 교육을 받았습니다. 또 한 가지, 반박할 수 없는 사실
이 있습니다. 그들이 쓴 책이 1910~1925년 사이에 쓰인 최
고의 책에 들어간다는 것입니다. 이제 물어봅시다. 그런 사
실들 사이에 무슨 연관이 있을까요? 그들의 탁월한 업적과
그들이 모두 퍼블릭 스쿨과 대학에 갈 수 있을 만큼 부유한
집안 출신이라는 사실 사이에 연관이 있을까요?

이 작가들이 저마다 다 다르기는 하지만, 그리고 영향이라
는 문제에 대한 우리의 지식이 얕기는 하지만, 그들의 교육과
업적 사이에는 분명 연관이 있다고 결론지어야 하지 않을까
요? 이 교육받은 소수의 계층이 그렇게 훌륭한 문학을 많이
생산한 반면, 교육받지 못한 대다수의 사람이 훌륭한 문학을
거의 생산하지 못했다는 것이 그저 우연일 수는 없습니다. 그

15   Hugh Walpole(1884~1941). 영국 소설가.
16   Wilfred Owen(1893~1918). 영국 시인.
17   James Elroy Flecker(1884~1915). 영국 소설가, 극작가.
18   Aldous Huxley(1894~1963). 영국 소설가, 비평가.
19   George Macaulay Trevelyan(1876~1962). 영국 역사가.
20   Osbert Sitwell(1892~1969). 영국 시인, 소설가.
21   Sacheverell Sitwell(1897~1988). 영국 비평가. 오스버트 시트웰의
동생.
22   John Middleton Murry(1889~1957). 영국 비평가.
23   대입 예비 과정의 사립 기숙 학교.

것이 사실입니다. 노동자 계급이 영국 문학에 기여한 모든 것을 덜어 낸다 해도 문학은 거의 타격을 입지 않을 것입니다. 하지만 교육받은 계층이 기여한 모든 것을 덜어낸다면, 영국 문학은 거의 남아나지 않을 것입니다. 그러니 교육은 작가의 일에서 대단히 중요한 역할을 하는 것이 틀림없습니다.

정황이 이처럼 명백하고 보면, 지금껏 작가의 교육이 별로 강조되지 않았다는 것은 놀랄 만한 일입니다. 아마도 그것은 작가가 되기 위한 교육이 다른 교육보다 훨씬 덜 구체적이기 때문일 것입니다. 읽기, 듣기, 대화하기, 여행, 여가 등 여러 가지가 뒤섞여 있습니다. 삶과 책이 적당한 비율로 뒤섞여 흡수되어야 합니다. 서재에서 홀로 자란 소년은 책벌레가 되고, 들판에서 홀로 자란 소년은 흙벌레가 됩니다. 작가라는 나비를 키우기 위해서는 옥스퍼드나 케임브리지에서 3~4년 동안 일광욕을 하게 해야 한다고나 할까요. 어떤 식으로든 거기서 이루어지는 것입니다. 거기서 그는 작가가 되기 위한 기술을 배웁니다. 그것도 분명 배워야 하는 기술이니까요. 아무래도 이상하게 들리나요? 아무도 화가가 그림 그리기를 배워야 한다거나, 음악가, 건축가가 각기 자기 기술을 배워야 한다는 말은 이상하다고 생각지 않습니다. 마찬가지로, 작가도 배워야 하는 것입니다. 글쓰기라는 기술도 적어도 다른 기술만큼은 어려우니까요. 아마 그 교육이 별로 구체적이지 않기 때문에 무시하는 모양이지만, 자세히 들여다보면 거의 모든 성공한 작가가 그 기술을 배웠다는 것을 알게 될 겁니다. 그는 약 11년간의 교육을 통해 ─ 사립 초등학교와 퍼블릭 스쿨과 대학에서 ─ 그 기술을 배웠습니다. 그는 우리 모두보다 높이 솟은 탑 위에 앉아 있습니다. 우선은 그의 부모의 지위에, 다음으로는 부모의 재력에 의해 지어진 탑입니다. 이 탑이 그의 시각을 결정하고 그의 의사 전달 능력에 영향을 미칩니다.

19세기 내내, 1914년 8월 이전까지 그 탑은 안정된 탑이었습니다. 작가는 자신의 높은 위치나 제한된 시야를 거의 의식하지 못했습니다. 그들 대다수가 다른 계층들에 대해 동정심을, 깊은 동정심을 지니고 있었고, 노동자 계층이 탑 계층의 이점들을 누릴 수 있도록 도와주고 싶어 했습니다. 하지만 그들은 탑을 허물거나 거기서 내려오기는 원치 않았지요. 그보다는 모든 사람이 그 탑에 오를 수 있기를 원했습니다. 그들의 모델인 인간의 삶도 트롤럽이 그것을 조망한 이래, 하디가 그것을 조망한 이래로 근본적으로 달라지지 않았고, 1914년에도 헨리 제임스는 여전히 그것을 조망하고 있었습니다. 더욱이, 작가가 자기 기술을 배우고 교육이라는 말로 요약될 수 있을 그 모든 복잡한 영향과 훈육을 받는 가장 예민한 시기 동안, 탑 그 자체가 작가를 든든히 받쳐 주었던 것입니다. 이런 것이 그들의 작품에 깊은 영향을 미친 여건들입니다. 1914년의 충격이 닥쳤을 때, 자기 시대의 대표적 작가들이 될 그 젊은이들은 자신의 과거와 교육을 자신들

뒤에, 자신들 안에 안전하게 확보하고 있었습니다. 그들은 안전함을 맛보아 알고 있었고, 평화로운 소년기에 대한 기억과 안정된 문명에 대한 지식을 지니고 있었습니다. 전쟁이 그들의 삶을 찢어 놓았고 그중 몇몇의 삶을 끝내 버리기는 했지만, 그들은 마치 발밑에 여전히 든든한 탑이 있다는 듯이 글을 썼고 또 쓰고 있습니다. 한마디로 그들은 귀족이요, 위대한 전통의 무의식적인 계승자들입니다. 그들이 쓴 글 한 페이지를 확대경 밑에 놓고 보면, 아주 멀리에는 그리스·로마의 작가들이, 그리고 좀 더 가까이에는 엘리자베스 시대의 작가들이, 더 가까이에는 드라이든, 스위프트, 볼테르, 제인 오스틴, 디킨스, 헨리 제임스 등이 보일 것입니다. 개별적으로는 서로 아무리 다를지언정, 그들 한 사람 한 사람이 다 교육받은 사람이요, 자기 기술을 배운 사람입니다.

그 그룹으로부터 다음 그룹으로, 1925년경에 글을 쓰기 시작하여 대략 1939년에 그룹으로서는 종말을 고한 그룹으로 가봅시다. 오늘날의 문학 관련 매체를 훑어보면 일련의 이름들을 발견할 수 있을 것입니다. 데이루이스,[24] 오든,[25] 스펜더,[26] 이셔우드,[27] 루이스 맥니스[28] 등등입니다.[29] 그들은

---

24 Cecil Day Lewis(1904~1972). 영국 시인.
25 Wystan Hugh Auden(1907~1973). 영국 출신 미국 시인.
26 Stephen Spender(1909~1995). 영국 시인, 소설가.
27 Christopher Isherwood(1904~1986). 영국 출신 미국 소설가.
28 Louis MacNeice(1907~1963). 아일랜드 시인, 극작가.
29 이들 모두 울프 부부의 호가스 출판사에서 책을 냈다.

자기 선배들보다 훨씬 더 가까이 모여 있습니다. 언뜻 보면 지위에서나 교육에서 별 차이가 없어 보입니다. 오든 씨는 이셔우드 씨에게 쓴 한 편의 시에서 〈우리 등 뒤에는 화장 회반죽으로 치장된 교외(郊外)의 집들과 값비싼 교육이 있다〉고 말합니다. 그들은 선배 작가들처럼 탑 거주자들이었으며, 그들을 퍼블릭 스쿨과 대학에 보내 줄 여유가 있는 유복한 부모의 아들들이었습니다. 하지만 탑 그 자체에는, 그리고 그들이 탑에서 보는 풍경에는 어떤 변화가 일어났던 것일까요! 그들은 인간의 삶을 조망하며 무엇을 보았을까요? 도처에 변화가 있었고, 도처에 혁명이 있었습니다. 독일에서, 러시아에서, 이탈리아에서, 스페인에서, 모든 낡은 울타리들이 뿌리 뽑히고, 모든 낡은 탑들이 지면으로 끌어 내려졌습니다. 또 다른 울타리들이 심어졌고, 또 다른 탑들이 세워졌습니다. 한 나라에는 공산주의가, 또 다른 나라에는 파시즘이 있었습니다. 문명 전체, 사회 전체가 변하고 있었습니다. 물론 영국 자체에는 전쟁도 혁명도 없었던 것이 사실입니다. 앞서 말한 작가들은 1939년 전까지 많은 책을 쓸 시간이 있었습니다. 하지만 영국에서도 황금과 화장 회반죽으로 지어진 탑들은 더 이상 안정된 탑이 아니었습니다. 그것들은 기우는 탑[斜塔]이었습니다. 책들은 변화의 영향 아래, 전쟁의 위협 아래 쓰였습니다. 그들의 이름이 그처럼 가까이 모여 있는 것도 아마 그 때문일 터이니, 그들 모두에게 작용하여 그들을 선배 작가들보다 더욱 밀착된 그룹으로 만든 한 가지 영향이 있었던 것입니다. 그 영향이 그 일련의 이름들로부터 후세가 가장 높이 평가할 시인들을 — 그들이 영도자로서든 추종자로서든 발맞추기를 힘들어했기 때문이든, 혹은 그 영향이 시에 방해가 되어 그것이 힘을 잃기 전에는 글을 쓸 수 없었기 때문이든 간에 — 배제했는지도 모른다는 것을 기억해 두기로 합시다. 하여간 이 작가들의 이름을 한데 엮는 것을 가능케 해주고 그들의 작품에 공통된 유사성을 부여하는 한 가지 경향은, 그들이 앉아 있는 탑 — 중류층 출신에 비싼 교육이라는 — 이 기울고 있다는 것이었습니다.

이 사실을 좀 더 확실히 하기 위해, 우리가 실제로 기우는 탑 위에 있다고 상상하고 우리 느낌을 기록해 봅시다. 우리의 느낌이 그 작가들의 시와 희곡과 소설에서 관찰되는 경향들과 일치하는지 보기로 합시다. 탑이 기운다고 느끼자마자 우리는 우리가 탑 위에 있음을 날카롭게 의식하게 됩니다. 그 작가들도 날카롭게 탑을 의식했고, 자신이 중류층 출신임을, 그리고 값비싼 교육을 받았음을 의식했지요. 탑 꼭대기로 올라가보면, 얼마나 기이한 조망인지요. 보이는 풍경이 완전히 뒤집히지는 않았지만 비스듬히 기울어져 있습니다. 그것도 사탑 작가들의 특징입니다. 즉 그들은 어떤 계층도 똑바로 마주 보지 못하고, 아래서 쳐다보거나 위에서 내려다보거나 옆에서 비껴 봅니다. 이제 그들이 무의식적으로 탐색

할 수 있을 만큼 안정된 계층은 없습니다. 그것이 아마도 그들이 인물을 창조하지 못하는 이유일 것입니다. 그다음에는 무엇이 느껴질까요? 그렇게 상상 속에서 탑 꼭대기에 올라가면, 우선은 불편함이, 다음으로는 그 불편함에 대한 자기 연민이 느껴질 테고, 그 연민은 곧바로 분노로 바뀝니다. 탑의 건축자에 대해, 사회에 대해, 우리를 불편하게 만든 데 대해 생겨나는 분노지요. 이런 것도 사탑 작가들의 경향으로 보입니다. 불편함, 자기 연민, 그리고 사회에 대한 분노. 하지만 — 여기 또 다른 경향이 있습니다 — 당신에게 어쨌든 근사한 조망과 모종의 안전을 허락해 준 사회를 어떻게 매도하기만 하겠습니까? 어떤 사회로부터 이익을 얻고 있는 한 그 사회를 전적으로 매도할 수는 없습니다. 그래서 자연스럽게 당신은 어떤 퇴역 장군이라든가 노처녀라든가 무기 제조업자라는 인물을 통해 그 사회를 매도하게 됩니다. 그들을 매도함으로써 자신은 채찍질을 면하려는 거지요. 그래서 그들의 작품에서는 속죄양의 울음소리가 울려 퍼지고, 〈선생님, 다른 애가 그랬어요. 저는 아니에요〉 하는 어린 학생의 훌쩍임이 들려옵니다. 분노, 연민, 속죄양 때리기, 변명 찾기 등 모두 극히 자연스러운 경향입니다. 우리도 그들의 입장이라면 같은 경향을 띨 것입니다. 하지만 우리는 그들의 입장이 아니지요. 우리는 11년간의 값비싼 교육을 받은 바 없습니다. 그저 상상 속의 탑에 올라갔던 것뿐입니다. 상상하기를 그치고 내려오면 그만입니다.

하지만 그들은 그럴 수 없습니다. 자신이 받은 교육을 내팽개칠 수 없고, 가정 교육 또한 저버릴 수 없습니다. 퍼블릭스쿨과 대학에서 보낸 11년은 그들에게 지울 수 없는 낙인을 찍었습니다. 그리고 그들을 옹호하기 위해 하는 말이지만 그들에게는 혼란스럽게도, 1930년대에는 탑이 단순히 기울 뿐 아니라 점점 더 왼쪽으로 기울어 갔습니다. 여러분은 매카시 씨가 1914년 대학에서 자기 동아리에 대해 말한 것을 기억하시지요? 〈우리는 정치에 별로 관심이 없었다. 우리에게는 철학이 공적인 문제들보다 더 흥미로웠다〉는 것 말입니다. 이런 회고는 그의 탑이 오른쪽으로도 왼쪽으로도 기울지 않았음을 보여 줍니다. 하지만 1930년대에는 — 젊고 예민하고 상상력이 풍부한 젊은이로서 — 정치에 관심을 갖지 않기란, 공적인 문제들이 철학보다 훨씬 더 긴박한 흥미를 갖는다고 생각하지 않기란 불가능했습니다. 1930년에 대학의 젊은이들은 러시아에서, 독일에서, 이탈리아에서, 스페인에서, 목하 일어나고 있는 일을 의식하지 않을 수 없었습니다. 그들은 심미적 정서나 개인적 관계에 관한 토론을 계속할 수 없었습니다. 그들은 시인들만 읽을 수가 없었고, 정치가들도 읽어야 했습니다. 그들은 마르크스를 읽었습니다. 그들은 공산주의자가 되었고, 반(反)파시스트가 되었습니다. 그들은 자신들의 탑이 불의와 폭정에 기초해 있음을 깨달았습니다. 소수의 계층이 다른 사람들이 값을 치른 교육을 전유한다는 것은 잘못된 일이었고, 부르주아 아버지가 부르주아 직업에서 번 돈에 의지하는 것도 잘못된 일이었습니다. 그렇지만 어떻게 하면 그런 사태를 바로잡을 수 있었을까요? 자신들이 받은 교육을 내팽개칠 수도 없었고, 그들의 자산으로 말하자면, 디킨스가, 톨스토이가, 자신의 자산을 내팽개쳤던가요? 광부의 아들이었던 D. H. 로런스가 여전히 광부처럼 살았던가요? 아니지요. 작가에게 자신의 자산을 팽개친다는 것, 다시 말해 광산이나 공장에서 생계를 벌어야만 한다는 것은 죽음이니까요. 그래서 자신이 받은 교육에 발목 잡히고, 자신의 자산 때문에 옴짝달싹 못 하면서, 그들은 여전히 기우는 탑 위에 남아 있었습니다. 그리하여 그들의 시와 희곡과 소설에 반영된 그들의 정신 상태는 부조화와 신랄함으로, 혼돈과 타협으로 가득 차 있습니다.

이런 경향들은 분석하기보다 인용함으로써 더 잘 살펴볼 수 있을 것입니다. 그들 작가 중 한 사람인 루이스 맥니스가 쓴 「가을 일기Autumn Journal」라는 시가 있습니다. 1939년 3월에 쓴 시지요. 시로서는 빈약하지만 자서전으로서는 흥미로운 작품입니다. 물론 그는 속죄양, 즉 그를 낳은 부르주아 중류층 가정을 공격하는 것으로 시작합니다. 퇴역 제독, 퇴역 장군, 노처녀 등이 모여서 은쟁반에 차려 온 베이컨과 달걀로 아침 식사를 한다, 라고 그는 우리에게 말합니다. 그는 그 가족을 이미 멀찍이서, 조롱하듯이 스케치합니다. 하지만 그들은 그를 말버러 칼리지[30]와 옥스퍼드의 머튼 칼리지에 보내 줄 만한 여유가 있었지요. 이것이 그가 옥스퍼드에서 배운 것입니다.

우리는 배웠다, 신사는 결코 악센트를 틀리는 법이 없다고.
영어의 고조부들과 너나들이 해보지 않은 자는 아무도
영어를 말할 줄을, 하물며 쓸 줄은 더욱 모른다고.

그 밖에도 그는 옥스퍼드에서 라틴어와 그리스어를 배웠고, 철학과 논리학과 형이상학을 배웠습니다.

옥스퍼드는 벽난로 선반을 이런 신들로 장식했다고 그는 말했다 ─
스칼리제,[31] 하인시우스,[32] 딘도르프,[33] 벤틀리,[34] 빌라모비츠.[35]

---

30 영국의 대표적인 퍼블릭 스쿨 중 하나.
31 Julius Caesar Scaliger(1484~1558). 이탈리아 학자, 의사.
32 Nikolaes Heinsius the Elder(1620~1681). 네덜란드 고전학자, 시인.
33 Karl Wilhelm Dindorf(1802~1882). 독일 고전학자.
34 Richard Bentley(1662~1742). 영국 문헌학자, 고전학자.
35 Ulrich von Wilamowitz-Moellendorff(1848~1931). 독일 고전 문헌학자.

탑이 기울기 시작한 것은 옥스퍼드에서였습니다. 그는 자신이 어떤 체제 아래 살고 있다고 느꼈지요. 그 체제란 이런 것이었습니다.

소수에게는 환상적인 값으로 환상적인 삶을 주지만
연회에 결코 참석하지 못하는 백 중 아흔아홉은
나이프에서 대대로 묵은 기름때를 씻어 내야 한다.

하지만 동시에, 옥스퍼드 교육은 그의 기호를 까다롭게 만들었습니다.

상상하기 힘들다.
지적인 삶의 표준을 낮추지 않고
지식인들이 관심 갖는 어떤 것도 사라지지 않은 채
다수가 그들의 기회를 갖게 될 세상이란.

옥스퍼드에서 그는 우수한 성적을 얻었고, 인문학에서의 그 학위는 그를 정확히 연수(年收) 7백 파운드에 자기만의 방 여러 개라는 〈안락한 일자리〉로 밀어주었습니다.

인문학이라는 것이 없었더라면, 나는 아마도
질빵을 메고 사다리를 올라가고 있을 터.

연수 7백 파운드는

집세와 가스 요금, 전화 요금과 식료품비를 치러 줄 것

이다.

하지만 다시금 회의가 고개를 듭니다. 더 많은 학부생들
에게 더 많은 라틴어와 그리스어를 가르치는 〈안락한 일자
리〉는 그를 만족시키지 못합니다.

이른바 인문학이란

안락한 일자리는 얻어 주겠지만

그 자리를 꿰찬 자들을 정신적 파산자로 만든다.

지적인 속물들로.

더 나쁜 것은 그 교육, 그 〈안락한 일자리〉가 사람을 다른
사람들의 보통 생활로부터 차단해 버린다는 것이라고 그는
탄식합니다.

내 희망은 오직 인간으로서 사는 것이다.

정신이 정당한 대우를 받지만

육체도 불신당하지 않는

문화적이고, 언로가 트인, 조화로운 공동체의 일원으로.

그러므로 그는 그 조화로운 공동체를 가져오기 위해 문학에서 정치로 돌아서야만 하며, 그럴 때 다음과 같은 것을 기억해야 한다고 말합니다.

습관적으로 정치를 혐오하는 자들은
더 나은 정치적 체제를 향해
공공의 문을 열지 않는 한
자신의 개인적 가치관을 유지할 수 없다는 것을.

그리하여 그는 이런저런 방식으로 정치에 참여하며, 마침내 이렇게 시를 끝맺습니다.

우리가 진정 원하는 것은 무엇인가?
어떤 목적을 위해, 어떻게?
만일 그것이 만들 수 있고 얻을 수 있는 무엇이라면
이제 그것을 꿈꾸자.
기도하자, 가능한 나라를 위해
몽유병자들의 나라가 아니라, 성난 허수아비들의 나라가 아니라
마음으로도 머리로도
우리 동료들의 행동을 이해할 수 있는 나라를.
그곳에서는 삶이란 악기의 선택이며

아무도 자신의 타고난 음악을 빼앗기지 않으리.

그곳에서는 개인이 더 이상 자기주장으로 소모되지 않고
다른 사람들과 함께 일하리.

이상의 인용들은 사탑 그룹에게 작용한 여러 가지 영향을
상당히 잘 묘사해 줍니다. 다른 영향들도 어렵잖게 발견할 수
있겠지요. 영화의 영향은 그들의 작품에서 장면 전환이 급격
하고 대조 효과가 극명한 것을 설명해 줍니다. 예이츠 씨[36]나
엘리엇 씨 같은 시인들의 영향은 애매성을 설명해 주고요.
그들은 선배 시인들이 다년간의 실험 후에 능숙하게 사용했
던 테크닉을 가져다가, 그것을 때로 어색하고 부적절하게 사
용하지요. 하지만 우리는 가장 뚜렷한 영향들을 지적할 시간
밖에 없으니, 그것은 사탑의 영향이라 요약될 수 있습니다.
그들을 내려올 수 없는 사탑에 갇힌 자들이라고 생각한다면,
그들의 작품에서 많은 의문스러운 점들이 더 쉽게 이해될 것
입니다. 그것은 그들이 부르주아 사회에 가하는 공격이 맹렬
한 동시에 미온적인 이유를 설명해 줍니다. 그들은 자신이
매도하는 사회로부터 이익을 얻고 있는 것입니다. 그들은 이
미 죽었거나 죽어 가는 말에 매질을 하는데, 그것은 만일 살
아 있는 말을 매질했다가는 말 등에서 떨어질 우려가 있기
때문이지요. 그것은 그들 작품의 파괴성과 또한 그 공허함을

36   William Butler Yeats(1865~1939). 아일랜드 시인.

설명해 줍니다. 그들은 적어도 부분적으로는 부르주아 사회를 파괴할 수 있지만, 그 대신 무엇을 갖다 놓았나요? 탑이라고는 아예 없는, 계층이 없는 사회를 직접 체험해 보지 않은 작가가 어떻게 그런 사회를 창조할 수 있겠습니까? 하지만 맥니스 씨가 증언하듯이, 그들은 몸소 삶으로 보여 주지 못한다면 글을 통해서라도 만인이 평등하고 자유로운 사회의 창조를 설교할 필요를 느낍니다. 그들의 시가 교훈적이고 설교하는 듯한, 확성기에 대고 말하는 것 같은 어조를 띠는 것은 그 때문입니다. 그들은 가르쳐야만 하고, 설교해야만 하는 것입니다. 모든 것이 — 사랑조차도 — 의무입니다. 데이 루이스 씨가 사랑에 대해 거듭 말하는 것을 들어 보십시오. 〈스펜더 씨는 자신과 친구들의 동아리를 대변하여, 사회 집단이 다시금 인간적 접촉이 수립될 수 있는 크기로 축소될 것을 호소하며, 사랑을 저해하는 모든 것을 파괴할 것을 요구한다. 들어 보라.〉 그리하여 이런 말을 듣게 됩니다.

우리는 마침내 이르렀다,
빛이, 눈[雪]에서 반사되는 듯, 모든 얼굴을 비추는 나라에.
여기서는 의아해해도 좋으리라.
노동이, 돈이, 타산이, 빌딩이 어떻게 잘도 감추고 있었는지,

인간의 인간에 대한 생생하고도 명백한 사랑을.

시가 아니라 웅변을 듣는 듯합니다. 이런 시의 정서를 느끼기 위해서는 다른 사람들도 함께 들어야 할 필요가 있겠지요. 교실에 모여 앉아서 들어야 할 시입니다.

이번에는 워즈워스를 들어 봅시다.

사랑을 그는 알았네, 가난한 자들이 사는 오두막에서.

그를 가르친 나날의 스승은 숲과 개울,

별하늘의 고요함,

외딴 언덕들 사이에 있는 잠.[37]

우리는 혼자 있을 때는 이런 시를 듣습니다. 고독 가운데 이런 시를 기억하지요. 그것이 정치가의 시와 시인의 시의 차이일까요? 전자는 여럿이 모여서 듣고, 후자는 혼자 있을 때 듣는다는 것이? 하지만 1930년대의 시인은 정치가가 될 수밖에 없었습니다. 1930년대의 예술가가 속죄양이 될 수밖에 없었던 것도 그 때문입니다. 만일 정치가 〈현실〉이라면, 상아탑은 〈현실로부터의 도피〉였습니다. 이 사탑의 산문과 시가 쓰인 기묘한 잡종 언어는 거기서 비롯되는 것이겠지요.

37 워즈워스의 「브로엄 성의 연회에 부치는 시Song at the Feast of Brougham Castle」에 나오는 시구인데, 울프의 인용문에서 〈Lover had he found〉는 아마도 〈Love had he found〉의 오식일 터이다.

그것은 귀족의 유려한 말투도 아니고 농부의 활달한 말투도 아닙니다. 그 사이에 낀 어중간한 말투입니다. 시인은 죽어 가는 세계와 태어나려 몸부림치는 세계, 이 두 세계에 삽니다. 그리하여 우리는 아마도 사탑 문학의 가장 두드러진 경향에 도달하게 됩니다. 즉 온전해지려는, 인간적이 되려는 욕망입니다. 〈내 희망은 오직 인간으로서 사는 것〉이라는 외침이 그들의 책에서 울려 퍼집니다. 다른 사람들에게 더 가까이 다가가려는 열망, 다른 사람들과 같은 말투로 글을 쓰고, 그들과 같은 정서를 공유하며, 더 이상 탑 위의 고독하고 고양된 상태에 머무는 대신 땅 위로 내려와 인류 전체와 함께하려는 것입니다.

이상과 같은 것이 간략하게, 그리고 특정한 시각에서 살펴본, 사탑 위에 앉은 현대 작가들의 몇 가지 경향입니다. 일찍이 어떤 세대에서도 찾아볼 수 없는 경향들입니다. 아마 어떤 세대도 그처럼 어려운 임무에 짓눌리지는 않았겠지요. 그들이 우리에게 위대한 시, 위대한 희곡, 위대한 소설을 줄 수 없었다고 한들 누가 놀라겠습니까? 그들에게는 눈길을 둘 만한 안정된 것도, 기억할 만한 평화로운 것도, 확실히 오리라 기대할 만한 것도 없었습니다. 생애의 가장 예민한 시절 동안 내내 그들은 자의식, 계층 의식, 변화하는 것들에 대한 의식, 몰락하는 것들에 대한 의식, 아마도 닥쳐올 죽음에 대한 의식 등 갖가지 의식으로 번민했습니다. 조용히 회상에 잠길 만한 고요함이라고는 없었습니다. 표면의 마음이 항상 격렬하게 활동하고 있었기 때문에 내면의 마음은 마비되어 있었던 것입니다.

하지만 설령 그들에게 시인과 소설가로서의 창조력, 즉 생동하는 인물과 살아 회자되는 시를 창조할 힘 — 그것은 위쪽 마음과 아래쪽 마음의 융합으로부터 오는 것일까요? — 은 결여되었다 하더라도, 그들에게는 한 가지 힘이 있었으니, 문학이 살아남는 한 장래에는 이 힘이 위대한 가치를 지닌 것으로 판명될지도 모르겠습니다. 즉, 그들은 위대한 자기중심주의자egotist였던 것입니다. 이 점도 상황 때문에 강제된 것이었지만요. 주위의 모든 것이 뒤흔들릴 때, 비교적 안정을 유지하는 유일한 사람은 자기 자신입니다. 모든 얼굴이 변하고 모호해질 때, 분명하게 볼 수 있는 유일한 얼굴은 자신의 얼굴입니다. 그래서 그들은 시와 희곡과 소설에서 자신에 대해 썼습니다. 1930~1940년까지의 10년만큼 그렇게 많은 자서전이 산출된 시기는 없을 것입니다. 자신의 계층이 어떠하든, 아무리 보잘것없든 간에, 나이 서른이 되기 전에 자서전을 쓰지 않은 이가 없는 듯이 보일 정도였습니다. 하지만 사탑 작가들은 자신에 대해 쓰되 정직하게, 즉 창조적으로 썼습니다. 그들은 즐거운 진실뿐 아니라 불유쾌한 진실도 말했습니다. 그들의 자서전이 그들의 시나 소설보다 훨씬 훌륭한 것은 그 때문입니다. 자신에 관해 진실을, 불유쾌한 진실을 말하는 것, 자신이 치졸하고 허황되고 비열하고 좌절하고 고통당하고 불성실하고 성공하지 못했다고 말하는 것이 얼마나 어려운 일일지 생각해 보십시오. 19세기 작가들은 그런 종류의 진실은 결코 말한 적이 없으니, 19세기에 쓰인 많은 글이 무가치한 것은 그 때문입니다. 디킨스나 새커리는 그 모든 천재성에도 불구하고 제대로 성숙한 남자나 여자가 아니라 인형이나 꼭두각시에 대해 쓰고 있는 듯하며, 중심 주제에서 벗어나 딴전을 부리지 않을 수 없는 것만 같지 않습니까. 자기 자신에 대해 진실을 말하지 않는다면, 다른 사람에 대해서도 진실을 말할 수 없지요. 19세기가 경과함에 따라 작가들은 자신들이 불구이며 소재를 축소하고 대상을 왜곡하고 있음을 깨달았습니다. 스티븐슨은 이렇게 쓴 적이 있습니다. 〈우리는 우리 곁을 지나가는 삶의 절반을 회피할 수밖에 없는 처지이다. 디킨스는 허용되기만 했더라면 얼마나 더 위대한 책들을 썼겠는가! 새커리가 플로베르나 발자크[38]만큼 자유로웠다고 상상해 보라! 나 자신 또한 어떤 책을 쓸 수 있었을까? 하지만 사람들은 우리에게 작은 상자에 담긴 장난감들을 주면서《다른 거 말고 이것만 가지고 놀아!》라고 한다.〉 스티븐슨은 사회를 비난합니다. 부르주아 사회가 그의 속죄양인 것이지요. 왜 그는 자신을 비난하지 않았을까요? 왜 그는 그 작은 상자에 담긴 장난감들만 가지

38 Honoré de Balzac(1799~1850). 프랑스 소설가.

고 노는 데 동의했을까요?

사탑 작가는 어쨌든 그 장난감 상자를 창밖으로 던져 버릴 용기가 있었습니다. 그는 자신에 대해 진실을, 불유쾌한 진실을 말할 용기가 있었습니다. 그것이 다른 사람들에 대해 진실을 말하기 위한 첫걸음이지요. 이 작가들은 프로이트 박사 덕택에 자신을 정직하게 분석함으로써, 우리를 19세기의 억압들로부터 해방시키는 데 큰일을 했습니다. 다음 세대 작가들은 그들로부터 더 이상 불구도 아니고 회피적이거나 분열적이지도 않은 정신 상태를 물려받을 수 있을 것입니다. 서두에서 우리가 추측했듯이 — 추측일 뿐이지만 — 작가들이 표면 밑으로 파고들어 사람들이 혼자 있을 때 떠올리는 무엇인가를 쓰기 위해 무의식 상태가 필요하다고 한다면, 그들은 그 무의식 상태도 물려받을 수 있을 것입니다. 무의식이라는 위대한 선물에 대해, 다음 세대는 사탑 세대의 창조적이고 정직한 자기중심주의에 대해 감사해야 할 것입니다.

이제 다음 세대 — 이 전쟁에도 불구하고, 그리고 그것이 무엇을 가져오든 간에, 다음 세대는 있을 것입니다 — 에 대해 잠깐이나마 살펴보고 급하게나마 추측해 볼 시간이 있을까요? 다음 세대는 — 평화가 오면 역시 전후(戰後) 세대가 되겠지요 — 그 또한 사탑 세대, 즉 두 세계 사이에 발을 걸치고 비스듬히 곁눈질하는, 자기중심적이고 편향적인 세대가 될까요? 아니면 더 이상 탑도 계층도 울타리도 없이, 공동의 땅을 딛고 서게 될까요?

전후의 세계는 계층이나 탑이 없는 세계가 되리라고 생각할 만한, 어쩌면 희망할 만한 두 가지 이유가 있습니다. 1939년 9월[39] 이후로 연설을 한 정치가들은 하나같이 말하기를, 우리가 이 전쟁을 하는 것은 정복을 위해서가 아니라 유럽에 새로운 질서를 가져오기 위해서라고 하더군요. 그 질서 안에서 우리는 모두 평등한 기회, 각자 어떤 재능을 가졌든 간에 그것을 계발할 평등한 기회를 갖게 되리라고 합니다. 그것이 — 만일 그들이 진심으로 그렇게 말했고, 그 말대로 실현할 수만 있다면 — 계층과 탑이 사라지리라고 보는 한 가지 이유입니다. 또 한 가지 이유는 소득세에 있습니다. 정치가들이 그들 식으로 하려는 일을, 소득세는 이미 나름대로 하고 있습니다. 소득세는 중류층 부모에게 말합니다. 당신은 더 이상 아들들을 퍼블릭 스쿨에 보낼 여유가 없으니, 공립 학교에 보내시오. 그런 부모 중 한 사람이 1~2주 전에 『뉴 스테이츠먼』에 기고했습니다. 그녀의 어린 아들은 원래 윈체스터[40]에 가게 되어 있었는데, 그냥 동네 학교에 보내게 되었다고 말입니다. 〈그 애는 지금껏 그렇게 행복해한 적이 없습니다. 계층 문제는 일어나지 않았고, 그 애는 세상에 얼마나 다양한 사람들이 있는지 알고 흥미로워하고 있습니다.〉 그

39 1939년 9월 1일, 제2차 세계 대전이 발발했다.
40 영국의 대표적인 퍼블릭 스쿨 중 하나.

런데 그런 행복을 위해 그녀는 학기당 35기니와 부대 비용을 지출하는 대신, 주당 2펜스 반만 내면 된다는 겁니다.[41] 만일 소득세의 압력이 지속된다면, 계층들이 사라질 것입니다. 더 이상 상류, 중류, 하류가 없어질 것입니다. 모든 계층이 하나의 계층으로 통합될 것입니다. 그런 변화는 책상 앞에 앉아 인간의 삶을 바라보고 있는 작가에게 어떤 영향을 미칠까요? 풍경은 더 이상 울타리들로 나뉘지 않을 것입니다. 그러면 지금까지 우리가 보아 온 것 같은 소설은 종말을 고할지도 모릅니다. 문학이란 항상 종말을 고하고 또 새로 시작하지요. 제인 오스틴의 세상, 트롤럽의 세상으로부터 울타리를 제거해 봅시다. 그러면 그들의 희극과 비극에서 뭐가 남을까요? 우리는 우리의 제인 오스틴, 우리의 트롤럽을 그리워하겠지요. 그들은 우리에게 희극과 비극과 아름다움을 선사해 주었으니까요. 하지만 그 낡은 계층 문학의 대부분은 너무나 옹색하고 거짓되고 답답한 것이었습니다. 더 이상 참고 읽을 수 없는 것이 많지요. 계층도 탑도 없는 세상의 소설은 예전 소설보다 더 좋은 소설이 될 것입니다. 소설가가 묘사하는 사람들부터가 더 흥미로워질 것입니다. 울타리로 나뉘어 떠밀리고 치여서 특징이라고는 없는 군상이 되어 버린 사람들이 아니라, 자신의 유머와 재능과 취향을 발전시킬 기회를 누린 사람들, 진짜 사람들일 테니까요. 시인이 누릴 이

41   1기니는 21실링, 1실링은 12펜스이다.

득은 그보다는 덜 확실합니다. 그는 워낙 울타리의 지배를 비교적 덜 받았으니까요. 하지만 그는 언어 면에서 이득을 누립니다. 모든 계층의 언어가 한데 모이게 되면, 그가 지금 사용하는 것 같은 가지런히 다듬어지고 제한된 어휘가 훨씬 더 풍부해질 것입니다. 나아가 그도 사회 공통의 신념을 받아들일 수 있게 된다면, 교훈주의와 선전이라는 무거운 짐이 그의 어깨에서 떨어져 나갈 것입니다. 이런 것이 우리가 계층도 탑도 없는 미래 사회에서 더 강하고 더 다양한 문학이 나오리라고 기대할 수 있는 이유들입니다.

하지만 그것은 미래의 이야기이고, 죽어 가는 세계와 태어나려고 몸부림치는 세계 사이에는 깊은 구렁이 가로놓여 있습니다. 여전히 두 개의 세계, 별개의 두 세계가 있는 것이지요. 일전에 어린 아들에 대해 신문에 기고했던 어머니의 글은 이렇게 이어집니다. 〈저는 제 아들이 양쪽 세계의 가장 좋은 것을 얻게 되기를 바랍니다.〉 그녀는 아들이 살아 있는 세계와 교류할 수 있는 동네 학교와 죽은 세계와 교류할 수 있는 다른 학교 — 윈체스터였지요 — 를 모두 원했습니다. 〈그 애는 앞으로도 무료 국비 교육 제도에 머물러야 할까요, 아니면 여전히 너무나 구식인 퍼블릭 스쿨로 돌아가야 할까요?〉 그녀는 새로운 세계와 옛 세계가, 현재의 세계와 과거의 세계가 합쳐지기를 원했습니다.

하지만 여전히 그 둘 사이에는 구렁이, 위험한 구렁이 있습니다. 어쩌면 문학은 그 구렁에 추락하여 파멸할지도 모릅니다. 그 구렁을 알아보고, 그에 대한 비난을 국가에 돌리기는 쉽습니다. 영국은 소수의 귀족 계층에게 라틴어와 그리스어, 논리학과 형이상학, 수학을 주입해 왔고, 마침내 그들은 사탑의 젊은이들처럼 외칩니다. 〈내 소원은 오직 인간으로서 사는 것〉이라고 말입니다. 영국은 그 나머지 계층, 즉 우리 대다수가 속해 있는 거대한 계층은 동네 학교에서, 공장과 작업장에서, 계산대 뒤에서, 그리고 집에서, 능력껏 배우도록 내버려 두었습니다. 이 범죄에 가까운 부당함을 생각할 때면, 영국은 어떤 문학도 누릴 자격이 없다고 말하고 싶어집니다. 영국에는 기껏해야 장군과 제독과 사업가 들이 전투에서 이기고 돈을 버는 데 싫증이 났을 때 읽다 잠들 수 있을 만한 추리 소설이나 애국가, 신문 사설만 있으면 됩니다. 하지만 우리까지 불공평해지지는 맙시다. 저 무익한 분노를 품은 속죄양 몰이꾼들에 합류하는 것은 되도록 피합시다. 몇 년 전부터 영국은 — 드디어 — 두 세계 사이의 다리를 놓기 시작했습니다. 그 노력의 증거가 여기, 이 책입니다. 이 책은 산 것도 돈 주고 빌린 것도 아닙니다. 이것은 공립 도서관에서 빌린 것입니다. 영국은 이런 책을 일반 독자에게 빌려줍니다. 〈수세기 동안 이 나라의 모든 대학에서 쫓아냈던 당신들도 모국어를 배워야 할 때가 되었습니다. 도와 드리겠습니다〉 하면서요. 만일 영국이 우리를 도울 수 있다면, 우리도 영국을 도와야지요. 하지만 어떻게요? 영국이 우리에게 빌려준 이 책에 쓰인 말을 읽어 봅시다. 〈어떤 결함이든 발견하면 해당 지역 사서에게 알려 주십시오.〉 이것이 영국이 말하는 방식입니다. 요컨대 〈책을 빌려 드릴 테니, 비평가가 되어 주십시오〉 하는 것이지요.

우리는 영국이 우리에게 빌려주는 책을 빌려 비평적으로 읽음으로써 두 세계 사이의 구렁에 다리를 놓도록 도울 수 있습니다. 우리는 문학을 이해할 수 있도록 스스로를 가르쳐야 합니다. 돈이 우리를 대신하여 생각해 주던 때는 지났습니다. 누구를 가르치고 누구를 가르치지 않을지 결정하는 것은 더 이상 재력이 아닙니다. 누구를 퍼블릭 스쿨과 대학에 보낼지, 어떻게 가르칠지, 그들이 쓰는 글이 다른 직업을 면제받아도 될 만한지 결정하는 것은 모두 우리가 될 것입니다. 그러려면 우리는 스스로 배워서 분별할 수 있어야 합니다. 어떤 책이 두고두고 즐거움의 배당금을 지불해 주겠는지, 또 어떤 책이 2년만 지나면 한 푼도 지불해 주지 못하겠는지 말입니다. 새 책이 나오는 대로 여러분도 시험 삼아 오래갈 책과 금방 사라질 책을 평가해 보십시오. 쉬운 일은 아니지요. 우리가 비평가가 되어야 하는 또 한 가지 이유는, 장래에는 소수의 유복한 젊은이들, 우리에게 나눠 줄 세상 경험이라고는 털끝만큼밖에 없는 그들에게만 글쓰기를 맡기지 않으리라는 데 있습니다. 우리는 우리 경험을 보태어 우

240

리 몫의 기여를 할 것입니다. 이것은 한층 더 어려운 일이지요. 그러기 위해서도 우리는 비평가가 될 필요가 있습니다. 작가는 다른 어떤 분야의 예술가보다도 비평가가 되어야 합니다. 언어란 워낙 일상적이고 친숙한 것이라 정말로 영구적인 예술이 되기 위해서는 체로 치고 망으로 걸러야 하기 때문이지요. 매일 글을 쓰십시오. 자유롭게 쓰십시오. 하지만 우리가 쓴 것을 항상 위대한 작가들이 쓴 것과 비교해 봅시다. 굴욕적이지만 반드시 해야만 하는 일입니다. 뭔가를 남기고자 한다면, 창조하고자 한다면 그것이 유일한 길입니다. 우리는 두 가지를 다 해야 합니다. 전쟁이 끝나기를 기다릴 필요도 없습니다. 지금이라도 시작할 수 있습니다. 우리는 실제적이고도 산문적으로, 공립 도서관에서 책을 빌려 봄으로써, 시와 희곡과 소설과 역사와 전기와 옛것과 새것을 잡식성으로, 동시다발적으로 읽음으로써 시작할 수 있습니다. 취사선택에 앞서 시식을 해보아야 합니다. 훌륭한 시식가가 되는 것으로는 충분치 않습니다. 우리에게는 각자 자기 입맛에 맞는 음식을 찾아낼 만한 식욕이 있습니다. 평민이라고 해서 왕들 앞에서 지레 물러날 필요는 없습니다. 아이스킬로스, 셰익스피어, 베르길리우스,[42] 단테[43] 등이 보기에는 그거야말로 치명적인 죄입니다. 그들이 말할 수 있다면 — 그리

42 Publius Vergilius Maro(B.C. 70~B.C. 19). 로마 시인.
43 Dante Alighieri(1265~1321). 이탈리아 시인.

고 실은 말할 수 있습니다만 — 이렇게 말할 것입니다. 〈나를 저 가발 쓰고 가운 입은 자들에게만 맡겨 두지 말아 다오. 네가 직접 나를 읽어 다오.〉 그들은 우리가 악센트를 틀리든 자습서를 앞에 놓고 읽어야 하든 상관하지 않습니다. 물론 우리는 — 우리는 평민이요 아웃사이더가 아닙니까? — 숱한 꽃을 짓밟고 유서 깊은 잔디밭을 망가뜨릴지도 모르지요. 하지만 한때 도보 여행가로 유명했던 빅토리아 시대의 한 고명한 인사[44]가 보행자들에게 준 조언을 명심하기로 합시다. 〈침입 금지라고 쓰인 팻말을 보거든 즉시 침입하라〉고 말입니다.

즉시 침입합시다. 문학은 그 누구의 사유지도 아닙니다. 문학은 공유지입니다. 거기에는 국경도 전쟁도 없습니다. 두려움 없이 자유롭게 걸어 들어가, 자기 길을 스스로 발견합시다. 그럴 때 비로소 영국 문학은 이번 전쟁에서 살아남아 구렁을 건널 것입니다. 우리 같은 평민이요 아웃사이더들이 그 나라를 우리 자신의 나라로 만들 때, 책을 읽고 쓰는 법을, 어떻게 보존하고 어떻게 창조할지를 스스로 배울 때 말입니다.

44 울프의 아버지 레슬리 스티븐을 가리킨다.

너무 많은 책이 쓰이고
또 나오는 게 아닐까?[1]

레너드 울프(LW)와 버지니아 울프(VW)의 대담

LW 책을 만드는 게 요즘은 장사 내지는 산업이 되었는데, 내 생각에는 별로 건전한 상황이 아닙니다. 광업 못지않게 나쁜 상황이에요. 너무 많은 책이 쓰이고 또 나오고 있어요. 백 년 전에는 책을 만드는 일이 수공업이었지요. 작가는 펜과 잉크로 글을 썼고, 인쇄공은 손으로 조판을 했고요. 그런데 이제 대규모 산업이 되어서, 속기사들에게 받아쓰게 한 다음 타자기로 쳐서 자동 식자기에 맡깁니다. 기계 시대의 산물 중 하나지요. 전에는 책을 쓰는 사람들의 수가 적었고 정말로 글 쓰는 재능 있는 사람들만이 썼는데, 요즘은 글 쓰는 재능이라고는 없이 그저 타자기로 단어들을 엮어 나가는 기계적인 요령만으로 책을 쓰는 사람들이 수두룩합니다. 장

---

1 1927년 7월 15일 BBC 방송에서 한 대담. 당시의 방송은 대부분 생방송이라 미리 준비한 원고를 읽는 식이었다("Are Too Many Books Written & Published?", *Essays VI*, pp. 609~616).

화에 일어난 일이 책에도 일어나고 있어요. 전에는 장화라는 것이 손으로 소량 만드는 것이었는데, 요즘은 기계로 엄청난 양을 만들지 않습니까. 수제화가 기계로 만든 신발보다 발에 더 잘 맞고 오래가듯이, 손으로 만든 책이 기계로 만든 책보다 더 잘 읽히고 세월이 가도 더 나아요.[2]

VW 당신은 인구가 늘어났다는 걸 잊고 있군요. 요즘은 많은 사람들이 하루 일과가 끝나면 테이블 앞에 앉아서 책을 읽거나 편지를 쓰지만, 백 년 전에는 구석에 앉아서 물레를 돌리거나 안락의자에 앉아 코를 고는 것이 고작이었지요. 내 생각에는, 책이 늘어난 것은 무조건 환영할 일이에요. 18세기에는 어느 정도 교육을 받은 중류층 사람들만이 책을 썼으니까요. 귀족들은 글쓰기를 자기 신분에 못 미치는 일로 여겼고, 노동자들은 자기 신분에 넘치는 일로 여겼지요. 그 결과 문학은 특정 계층의 전유물이 되어서 그들의 취향을 반영하고 그들의 의견을 돋보이게 만들었어요. 훨씬 더 많은 책이 쓰이는 요즘에는, 그만큼 좋은 책의 수도 늘어나는 게 마땅해요. 우리는 훨씬 더 넓은 그물을 훨씬 더 깊은 바다에 던지고 있으니, 더 많은 물고기를 뭍으로 끌어올려야지요.

LW 글쓰기의 질이 양에 비례해서 좋아졌다는 주장은 입증할 수 있을 것 같지 않네요. 하지만 그 점은 잠시 제쳐 두고라도, 책의 과잉 생산이 경제적인 면에서 형편없는 결과를 가

2 『등대로』에서 램지 씨도 손으로 만드는 장화에 대해 얘기한다.

져왔다는 사실은 부정할 수 없을 겁니다. 책을 써서 생계를 꾸릴 수 있는 작가는 극소수예요. 가령 6개월 걸려서 소설 한 편을, 또는 2년 걸려서 팀북투의 역사를 썼다고 칩시다. 그 소설로 광부가 3주간 버는 만큼 벌 수 있다면 행운일 테고, 그 역사책으로 도대체 돈을 벌 수나 있다면 기적이겠지요. 작가들의 허영과 출판업자들의 낙관주의만 아니라면, 벌써 여러 해 전에 소설가들의 총파업[3]이 일어났을 겁니다. 사실 알고 보면 많은 작가들이 파업 방해자일 뿐이에요. 즉, 생계가 서지 않는 임금을 받아들이고 있다는 말입니다. 사실 책이 나오기를 너무나 간절히 바라서 표지에 자기 이름이 찍힌 책을 보기 위해서라면 오히려 돈을 낼 사람들도 부지기수지요. 그 때문에 과잉 생산과 수요를 훨씬 웃도는 공급이 일어나는 거고요. 그러다 보니 이 대량 생산 시대의 출판업자와 작가 모두 이전의 소량 생산 시대에 벌던 것보다 적게 법니다.

VW   나라면 이렇게 말하겠어요. 손해를 볼 위험도 더 크지만, 이익을 남길 가능성도 더 크다고요. 19세기의 가장 유명한 작가들, 그러니까 디킨스, 새커리, 샬럿 브론테 같은 이들이 만족했던 수익에 대해 오늘날 인기 있는 소설가들이라면 코웃음을 칠걸요. 요즘 문학은 그 당시 문학보다 훨씬 더한 복권이에요. 일주일 전만 해도 다락방에 살다가 다음 주

___
3   1926년 5월 3~12일의 총파업은 정부로 하여금 탄광 소유자들이 광부들의 노동 시간을 늘리고 임금을 삭감하는 것을 막게 하려는 것이었으나 실패로 돌아갔다.

에는 자동차를 사고 시골에 저택을 짓는 사람들이 있다는 건 우리 모두 아는 사실이지요. 그새 무슨 일이 일어났느냐고 요? 소설을 영화화할 권리를 미국에 팔았고, 평생 먹고살 재산이 생긴 거지요. 그런가 하면 전혀 다른 부류의 작가도 있어요. 평생 아무도 읽고 싶어 하지 않는 책을 쓰고, 줄곧 가난해서 먹고살 돈도 넉넉지 않고, 그러다 지쳐서 비참하게, 쓰라린 심정으로, 장례비도 되지 못할 원고들에 둘러싸인 채 죽어요. 출판업자들도 똑같이 불확실한 처지지요. 그 역시 파산할지도 모르지만 백만장자가 될지도 몰라요. 인간 본성을 감안해 보면, 대다수의 사람들은 자동차를 살 수도 다락방에 살 수도 있는 지금 체제를, 작가와 출판업자가 대체로 웬만큼은 살았지만 어디 교외에서 멋들어지게 살 가능성은 없었던 예전 체제보다 더 낫게 여길 거예요.

LW 그럴지도 모르지요. 하지만 나는 현재와 같은 사태가, 이 엄청나게 쏟아져 나오는 책들이 문학에 정말로 유익이 될지 심히 의심스러워요. 당신이 말하는 베스트셀러의 책임이 실로 큽니다. 베스트셀러 작가는 널리 선전되지만 조잡한 상품으로 시장을 범람시키고 있어요. 상업적으로 말하자면 그렇다는 거예요. 작가는 — 말하자면 테니슨과 그의 홍방울새들처럼[4] — 꼭 써야 하기 때문에, 또는 쓰고 싶기 때문

---

4   앨프리드 테니슨은 「A. H. H.를 추모하는 시In Memoriam A. H. H.」의 제21가 6행에서 〈나는 내가 노래해야 하기 때문에 노래할 뿐 / 홍방울새들이 노래하듯 노래할 뿐〉이라고 했다.

에 쓰는 게 아니라, 베스트셀러를 내기를 바라서 쓰지요. 다들 대번에 대대적으로 인기를 끌 책을 쓰려 하는데, 좋은 문학은 그렇게 만들어지는 게 아니라고 나는 확신합니다. 베스트셀러는 출판업자들에게도 악영향을 미치지요. 출판업자들은 아마 수십만 부씩 팔리는 소설로 거대한 이익을 거둬들일 겁니다. 그 수익 때문에 그는 그보다 못한 책들도 베스트셀러가 될지도 모른다는 가능성에 돈을 걸려는 유혹에 빠지지요. 하지만 출간 전에 베스트셀러를 점치는 것만큼 어려운 일도 없습니다. 차라리 더비 경마에서 우승마를 점치는 편이 훨씬 쉽지요. 우리 출판업자는 자신의 추측이 어긋났다는 것을 알게 될 겁니다. 새로 낸 책들은 베스트셀러가 아니고, 그 도박의 결과는 많은 돈을 잃어버리고 책의 전반적인 수준을 떨어뜨렸다는 것뿐이지요. 얘기는 거기서 끝나지 않습니다. 그렇게 질 낮은 책들이 많다는 사실 자체가 가뜩이나 드문 양질의 책들이 독자를 만날 가능성을 떨어뜨립니다. 모처럼 좋은 책이 나오더라도, 자칭 베스트셀러들의 홍수 가운데 묻혀 버리는 거지요. 독자 대중도 피해를 봅니다. 어떤 주제에 대해서든 워낙 책이 많다 보니, 바쁜 사람들은 어느 책이 가장 잘된 것인지 알아볼 시간이 없습니다. 그래서 먼저 손에 잡히는 책, 아니면 가장 선전이 잘된 책을 집어 들게 되고, 반면 좋은 책은 구석에서 읽히지 않은 채 죽어 가지요.

   VW   지금 같은 상황에 대해 할 말이 많다는 데는 동의해요. 하지만 내 생각은 좀 달라요. 당신은 너무 많은 사람들이 책을 쓴다고 말하지만, 나는 반대로 충분히 많은 사람들이 책을 쓰고 있지 않다, 책을 쓰는 사람들만 너무 많은 책을 쓴다고 말하겠어요. 대부분의 사람들은 좋은 책 한 권을 쓸 만한 사연은 갖고 있어요. 많은 사람들이 대여섯 권, 아니 열댓 권의 좋은 책은 쓸 수 있지요. 하지만 아무도, 설령 셰익스피어라 하더라도, 좋은 책을 50~60권이나 쓸 수는 없어요. 그런데 우리 소설가 중에는 벌써 백 권 넘게 쓴 사람들도 있답니다. 어떤 작가가 일단 쓰기 시작하면, 아무것도 그를 멈출 수 없어요. 그는 해마다 계절마다 책을 내지요. 더 이상 인간이 아니라 기계가 되는 거예요. 8월에 종이 한 뭉텅이를 넣으면 10월에는 소설 한 권이 툭 튀어나오는 기계 말이에요. 대개의 사람들은 억지로라도 가끔씩 쉬면서 다른 일을 할 때 글이 훨씬 더 나아질걸요. 늘 똑같은 삶을 사는 똑같은 사람들에 의해 쓰인다면, 아이디어와 이미지, 그리고 말 그 자체가 진부해지고 말아요. 반면 나는 훨씬 더 많은 사람들이 책을 쓸 수 있으리라 확신해요. 독자로서 나는 거의 전적으로 직업적인 작가들의 책만 읽게 된다는 게 유감이에요. 학자들만이 라틴어와 그리스어에 대해 쓰고, 유명한 사람들만이 자신의 삶에 대해 쓰거나 다른 사람들에게 쓰게 하지요. 전에 없이 많은 사람들이 읽고 쓰게 된 오늘날도 책을 쓰는 것은 소수의 직업적인 작가들의 손에 맡겨져 있어요. 나라면 30권

이상의 책을 쓴 작가에게는 새로 책을 낼 때마다 벌금을 물리겠어요. 반대로, 전에 책을 써본 적 없는 사람이 책을 쓰면 상을 주겠어요. 자서전이 좋겠지요. 독자는 무엇보다도 다양성을 원한답니다. 온갖 부류의 사람들이 쓴 책을 원해요. 부랑자와 공작 부인, 연관공과 수상이 쓴 책을요. 독자의 욕구는 이루 다 채울 수 없거든요.

LW 독자의 욕구를 이루 다 채울 수 없다고요? 나도 그렇게 믿을 수 있으면 좋겠습니다. 그게 가장 중요한 점이에요. 어떻든 이른바 진지한 책에 관한 한 말입니다. 만일 좀 더 많은 사람들이 책을 읽고, 책을 읽는 사람들이 좀 더 많은 책을 읽고 또 산다면, 너무 많은 책이 쓰이고 또 나오고 있다고 말할 이유도 없겠지요. 하지만 나는 책의 공급이 수요에 비해 아무래도 지나치다고 확신합니다. 만일 전 국민의 수입 중 어느 정도가 책을 사는 데 쓰이는지 정확히 알 수 있다면, 아주 흥미롭고 또 아주 울적한 결과가 나오리라고 확신합니다. 무엇 때문인지 대부분의 사람들은 연극 구경에 10실링 6펜스, 영화 구경에 3실링 9펜스를 쓰는 것은 아무렇지 않게 생각하면서, 책을 사는 데 7실링 6펜스, 심지어 반 크라운[5]을 쓰는 것은 너무나 망설이다 결국 사지 않게 되지요. 하지만 연극은 세 시간이면 끝나는데, 책은 평생 가거든요.

VW 그래요, 그게 책의 큰 단점 중 하나지요. 책은 평생

5 2실링 6펜스.

가요. 언제까지나 우리 벽을 차지하고, 언제까지나 먼지를 털어 주어야 해요. 도대체 같은 책을 처음부터 끝까지 몇 번이나 다시 읽겠어요? 서재에 있는 책 중에서 두 번 읽은 책이 얼마나 되지요? 그런데도 책들은 누가 펼쳐 보지도 않는 채 꽂혀 있고, 때로는 먼지가 그대로 쌓인 채 몇 달씩 몇 년씩 가요. 필요한 건 개인의 서재를 다른 사람들에게도 개방하는 제도예요. 그러면 같은 동네에 사는 사람들이 서로 다른 사람들의 책을 이용할 수 있지요. 저마다 상당수의 책을 자기 책장에 우두커니 놔둔 채로 지내는 지금 같은 체제는 사람이 발명한 가장 낭비적인 체제라고 봐요.

LW 필요한 건 사람들이 책을 읽는 것이야말로 가장 즐거운 일 중 하나라는 걸 알고, 그래서 독서 습관을 들이는 겁니다. 대중이 인기 있는 소설에 대해 건강한 욕구를 갖는 것은 좋다고 봐요. 하지만 역사, 전기, 시에 대한 욕구는 한심할 정도로 미미해요. 물론 오늘날 독서 습관이 다른 많은 습관들과 경쟁해야 한다는 것도 한 가지 이유겠지요. 우리가 즐겨 주기를 바라는 오락들 간의 경쟁이 1백 년 전에 비하면 훨씬 치열하다는 말입니다. 시간을 보낼 만한 재미난 방식들이 얼마든지 많으니까요. 18세기에는 아마도 둘러앉아 차를 마시며 이야기하는 것과, 안락의자에 앉아 기번[6]의 『로마 제국 쇠망사*The History of the Decline and Fall of the Roman*

6 Edward Gibbon(1737~1794). 영국 역사가.

Empire』나 골드스미스[7]의 『웨이크필드의 목사*The Vicar of Wakefield*』를 읽는 것 중에서 한 가지를 골라야 했을 겁니다. 그런데 오늘 저녁에는, 통상적인 연극, 음악회, 무도회, 만찬 모임 등은 차치하고라도, 라디오를 듣거나 영화 구경을 가거나 그레이하운드가 기계 토끼를 쫓는 것을 보거나 아니면 자동차나 오토바이로 드라이브를 하거나 할 수 있어요. 이 모든 것이 우리를 안락의자와 책으로부터 멀어지게 합니다. 그런데도 집에 남아 책을 읽기로 한다면, 우리의 사고가 가장 쉽고 즐거운 방식으로 이루어지기를 바라게 되지요. 그래서 해 아래 오만 가지 일들에 관한 대중적인 안내서들이 엄청나게 쏟아져 나오는 겁니다. 러시아 문학에서부터 원자의 구조와 양봉법에 이르기까지 말이에요. 그런 책들은 그 자체로서는 탄복할 만하지만, 독자를 식상하게 하고 정신적인 노력을 하고 싶지 않게 만들어요. 그러니 진지한 작가가 독자를 만나고 생계를 꾸릴 가능성이 얼마나 되겠습니까? 그런데도 글을 쓰려는 욕구가 너무나 강해서, 인간 정신의 허영과 낙관주의가 너무나 대단해서, 사람들은 여전히 팔리지 않는 책을 쓰고 출판업자들은 그들의 책을 내는 데 도박을 거는 겁니다.

VW 당신이 그려 보이는 그림은 정말 암담하네요. 하지만 나는 그게 전적으로 옳은지 의문이에요. 당신은 일시적인

7 Oliver Goldsmith(1730~1774). 아일랜드 소설가.

상태를 묘사하고는 현재 사태가 그러하니 언제까지나 그러할 것이라고 추정해요. 하지만 그 점에서는 당신이 잘못 생각하고 있어요. 당신은 오늘날 대다수의 독자가 처음으로 책을 읽는다는 사실을 기억해야 해요. 그들의 할아버지, 할머니들은 성경을 더듬더듬 읽는 정도였지요. 이제는 남녀를 불문하고 모든 연령의 수백만 독자들에게 문학 전체가 주어졌어요. 당연히 처음에는 단것을 찾지요. 쉽고 재미난 책, 읽기에 어려움이 없는 책을요. 하지만 영국인들은 기질상 문학적인 사람들이에요. 그들의 책에 대한 사랑은 그림이나 음악에 대한 사랑보다 훨씬 먼저 시작되지요. 말이나 사냥에 대한 사랑에도 그리 못 미치지 않아요. 그들이 글쓰기에 대한 열정이 워낙 강해서 설령 그 때문에 굶어 죽더라도 글을 쓰고 책을 펴낼 거라는 점은 당신 자신도 인정했잖아요. 내가 보기에는 그들이 독자로서 성숙해 가다 보면 단것에 물려서 소고기나 양고기처럼 실속 있는 것을 찾게 될 것 같아요. 그러니까 흥미로운 책, 어려운 책, 역사, 전기, 시를요. 소설이 꼭 나쁘다는 게 아니에요. 내 말은 사람들이 책을 많이 읽으면 읽을수록 더 좋은 책을 읽게 되고, 도서관에서 책을 빌리는 대신 자기 책을 소유한다면 읽는 것에 더해질 기쁨도 알게 되리라는 거예요. 하지만 이 대목에서 출판업자들이 나서야 한다고 생각해요. 책은 좀 더 싸져야 해요. 책이 마음에 안 들면 던져 버리거나 마음에 들면 남에게 주어 버릴 수 있을 정도로 싸져야 해요. 게다가 모든 책을 백 년은 갈 것처럼 만드는 것도 이상해요. 보통 책의 수명은 기껏해야 아마 석 달일 거예요. 왜 이 사실을 직면하지 않지요? 왜 초판을 스러지기 쉬운 소재, 6개월쯤 지나면 깨끗하게 먼지 더미가 될 만한 소재로 만들지 않지요? 재판이 필요하다면, 이번에는 좋은 종이에 찍어 제대로 장정할 수 있겠지요. 그렇게 하면 훨씬 더 많은 수의 책이 석 달 정도면 자연사할 거예요. 공간이 낭비되지도 않고 먼지가 쌓일 일도 없고요. 내 생각에는 그게 이상적인 상태인데, 프랑스에서는 벌써 거의 그렇게 되었더군요. 프랑스에서는 책을 사서 읽는 것이 담배 한 갑을 사서 피우는 것만큼이나 간단해요. 그래서 프랑스에서는 독서 습관이 자리 잡았고, 사람들은 바람직한 일이라서가 아니라 실제로 재미있어서 책을 읽지요. 하지만 여기 영국에서는 책값이 너무 비싸서 살 수 있는 사람이 적고, 책을 내다 버릴 만큼 여유로운 사람은 없을 거예요. 그러다 보니 책을 잘 읽지 않고 엄숙하게 읽게 되지요. 둘 다 나쁜 일이라는 데는 당신도 동의하리라 생각해요.

LW 이제 보니 당신도 세상 사람들처럼 낙관주의자군요. 당신 말대로면 좋겠습니다. 하지만 책값에 관해서는, 현재 평균적인 값으로도 책은 전쟁 전보다 정말 싸졌다는 걸 기억해야 해요. 게다가 싼 책에 대한 주장에는 악순환이 있어요. 당신은 출판업자들이 책을 싸게 만들면 더 많은 사람들이 책을 읽을 거라고 하지만, 나는 더 많은 사람들이 책을 사 읽어야만 출판업자들이 책을 싸게 만들 수 있다고 봅니다. 어쨌든 우리 둘 다 동의하는 점이 있는데, 그건 그 무엇도 사람들이 책을 쓰지 못하게는 할 수 없다는 거지요. 책을 쓰고자 하는 욕구, 작가들의 허영심, 그리고 출판업자들의 기대가 항상 책을 쓰게 할 겁니다. 2천5백 년 전 솔로몬왕 시대에 현자는 말하기를 〈많은 책을 짓는 일은 끝이 없고〉, 〈많은 공부는 몸을 상하게 한다〉고 했는데,[8] 오늘날 조지 5세 시대[9]에도 같은 말을 할 수 있을 테고, 앞으로 또 2천5백 년 후에도 그럴 수 있기를 바랍니다.

---

8 전도서 12장 12절.
9 조지 5세(1865~1936)의 치세는 1910년부터 시작되었다.

문학이라는 공유지에 낸 새로운 길

22살 버지니아 스티븐이 처음 정식 지면에 글을 — 서평과 스케치들을 — 쓰기 시작했을 때, 그녀는 그것을 손쉬운 돈벌이 이상으로 여기지 않았던 것 같다. 그녀는 『가디언』지 여성 코너의 편집자에게 샘플 원고를 보낸 후, 편집자를 소개해 준 친지에게 이렇게 쓰고 있다.

나는 L 여사의 솔직한 비평 같은 건 전혀 원치 않아요. 나는 그녀의 수표를 원해요! 나는 그녀가 글 한 편을 보고 알 수 있는 것보다 훨씬 더 내 장단점을 잘 알아요. 하지만 이런 식으로 쉽게 푼돈을 벌 수 있다면 큰 도움이 될 거예요. 어제 우리 은행 계산서가 왔는데, 크게 마이너스가 되어 있더군요. 모두 그 바보 같은 병 때문이에요. 그러니 뭔가 글을 써서 소소한 경비들을 충당할 수 있다면 기쁘겠어요.[1]

1   1904년 11월 11일, 바이올렛 디킨슨Violet Dickenson(1865~1948)에

레슬리 스티븐이 남긴 유산은 적지 않았지만 마음 놓고 써 젖힐 만한 액수는 아니었으며, 그녀 자신의 발병으로 인해 정양에 상당한 비용이 들어간 터였다. 버지니아가 재정적으로 다소 편안해진 것은 1909년 캐럴라인 고모의 유산을 받은 후였으므로, 그 이전에는 자신이 할 수 있는 일, 즉 글쓰기로 돈을 벌어야겠다는 압박감이 있었던 것을 이해할 수 있다. 〈이런 식으로 쉽게 푼돈을 벌 수 있다면〉이라는 말은 좀 어떨까 싶지만, 실제로 「하워스: 1904년 11월Haworth, November, 1904」(1904, 본서 제1권)같은 글은 단 두 시간만에 썼다니, 그녀가 그렇게 생각했던 것도 무리가 아니다. 물론 모든 글이 그렇게 쉽게 쓰이지는 않았으나, 〈신문에는 문학적 장단점과는 별개인, 나름대로의 문제가 있다〉는 것은 진작부터 예견했던 바였다. 그녀는 그것을 배울 각오가 되어 있었고 또 실제로 배워 나갔다.[2]

그런 글쓰기를 돈벌이로만 여겼던 것은 그녀에게 쓰고 싶은 글이 따로 있었기 때문이다. 캐럴라인 고모 역시 그녀가 신문 잡지에 글 쓰는 것을 〈황금을 위해 영혼을 파는 일〉로 여기며, 그보다는 견실한 역사책을 쓰기를 바랐었다. 손쉬운

게 보낸 편지.
2 울프는 1902년부터 1937년까지 『타임스 리터러리 서플러먼트』의 편집장이었던 브루스 리치먼드Bruce Richmond(1871~1964)가 은퇴한 후 일기에 이렇게 썼다. 〈나는 내 글쓰기 기술을 상당 부분 그에게서 배웠다. 어떻게 압축하는지, 어떻게 활기 있게 만드는지, 그리고 공책과 펜을 들고 진지하게 읽게 되었다.〉(1938년 5월 27일 일기).

글쓰기에 빠져들지 말고 〈힘든 일의 아름다움〉을 깨달으라는 것이었다. 다만 버지니아에게 그 〈힘든 일〉은 역사책 쓰기가 아니라 창작이었다. 그녀는 자신이 과연 창작을 할 수 있을까에 대해 이미 오래전부터 조바심하며 이런저런 구상을 해보던 터였다. 가령, 스무 살 때는 이런 작품을 구상하기도 했다.

난 이런 희곡을 써보려 해요. 온통 대사로만 이루어진 건데, 너무나 흥미진진해서 관객이 몸을 비틀게 될 거예요. (……) 한 남자와 한 여자를 등장시켜서, 그들이 성장하는 걸 보여 주는 거예요. 서로 만나지 못하고 서로에 대해 알지도 못하지만, 그런데도 [관객은] 그들이 점점 더 가까워지는 걸 느끼게 될 거예요. 그리고 이게 진짜 흥미로운 대목인데, 그들이 거의 만날 때쯤에 — 문 하나를 사이에 두고 — 어떻게 어긋나 버리는가를 보게 돼요. 그렇게 빗나가서 다시는 어디서도 가까워지지 못하지요. 넘치는 대사와 감정들만 끝없이 이어지겠지요.[3]

끝없이 이어지는 말(대사)과 감정뿐인, 즉 지문(地文) 없는 작품이라니, 그녀가 원숙기에 쓴 『파도 *The Waves*』(1931)를 연상시켜 흥미롭다. 하여간 그녀는 창작을 원했고,

3 1902년 10월/11월, 바이올렛 디킨슨에게 보낸 편지.

1907년 10월에는 그 첫 원고를 쓰고 있었다. 그녀가 〈멜림브로시아*Melymbrosia*〉라 부르던, 1915년 3월에야 〈출항The Voyage Out〉이라는 제목으로 출간될 소설이었다. 그 무렵의 한 편지는 그녀의 포부를 잘 보여 준다.

나는 내 장래에 대해 많이 생각하고, 어떤 책을 쓸지도 정했어요. 소설을 어떻게 개혁할지, 어떻게 무수히 달아나는 것들을 어떻게 포착하여 전체를 담고 무한한 낯선 형태들을 형상화할지요. 나는 해 질 녘 숲을 자세히 바라보고, 돌 깨는 사람들이 마치 과거와 미래로부터 돌을 떼어 내려는 듯 골똘한 눈길로 작업하는 것도 지켜봐요. 이런 흥미로운 것들이 내 산책길에 함께하지만, 내일이면 또 활기 없는 낡은 문장들과 씨름하게 되겠지요.[4]

그녀는 단순히 소설을 쓰려 했을 뿐 아니라, 〈소설을 개혁〉하고자 했다. 그녀의 소설은 〈무수히 달아나는 것들을 포착하여 전체를 담고 무한한 낯선 형태를 형상화하는〉 것이 될 터였으니, 후일의 또 다른 편지에 따르면 그녀는 『출항』을 통해 〈인생의 광대한 격랑을, 가능한 한 다양하고 무질서한 대로 보여 주려 했다〉[5]고도 한다. 이는 『자기만의 방』에서

---

4 1908년 8월 19일, 클라이브 벨Clive Bell(1881~1964)에게 보낸 편지.
5 1916년 2월 28일, 리턴 스트레이치에게 보낸 편지.

〈인생의 리얼리티를 찾아내어 수집하고 그것을 다른 사람들에게 전달하는 것이 작가의 의무〉라고 한 말과도 일맥상통한다. 또는 「여성과 소설Women and Fiction」(1929, 본서 제1권)의 표현을 빌자면, 〈소설이란 수천 가지 다른 것 ─ 인간적, 자연적, 신적인 온갖 것에 대한 진술이며, 그것들을 서로서로 연결시키려는 시도〉로, 그렇듯 상이한 요소들을 연결해 주는 것이 작가의 〈비전〉이다. 문제는 인생의 리얼리티에 대한 그녀의 비전이 이전 작가들의 비전과 같지 않다는 데 있었다. 「현대 소설Modern Fiction」(1919)은 그 리얼리티에 대한 인식 변화를 말해 주는 글이다.

우리가 그것을 삶이라 부르든 정신이라 부르든, 진실 또는 리얼리티라 부르든 간에, 이것은, 이 본질적인 것은 줄곧 달아나고 우리가 제공하는 잘 맞지 않는 옷에 더 이상 갇히기를 거부한다. (……) 마음속을 들여다보면, 삶은 〈이렇다〉는 것과 거리가 멀어 보인다. 평범한 날 평범한 마음을 잠시 검토해 보자. 마음은 무수한 인상을 받아들인다 ─ 하찮거나, 기발하거나, 덧없거나, 아니면 강철과 같이 날카롭게 새겨지는 것들을. 사방에서 그것들은 무수한 원자들의 부단한 소나기처럼 쏟아지고, 그것들이 그렇게 쏟아져서 월요일 또는 화요일의 삶이 될 때, 강조점은 이전과 다른 곳에 찍힌다. 중요한 순간은 이곳이 아니라 저곳에 오는 것이다. (……) 삶은 규칙적으로 배열된 일련의 마차 등이 아니라 빛무리이며, 의식의 처음부터 마지막까지 우리를 둘러싸고 있는 반투명한 외피이다. 이 다양한, 알려지지 않고 한정 지어지지 않은 정신을 — 설령 그것이 어떤 탈선이나 복잡성을 보인다 하더라도 — 가능한 한 외적이고 이질적인 것이 섞이지 않게끔 전달하는 것이 소설가의 직무가 아니겠는가?

이 글은 그녀가 비교적 전통 소설의 형식을 답습한 『밤과 낮Night and Day』으로부터 실험적 기법을 도입한 『제이컵의 방Jacob's Room』(1922)으로 나아가게 된 의식적 변화를 반영하는 것으로, 소설이 어떤 것이라야 하는가에 대한 애초의 생각이 더욱 발전한 것을 보여 준다. 뒤이어 『제이컵의 방』에 대한 아널드 베넷의 혹평에 분개하여 쓴 「베넷 씨와 브라운 부인Mr. Bennett and Mrs. Brown」(1923), 그리고 그 글을 좀 더 발전시킨 「소설의 인물Character in Fiction」(1924) — 이 글 역시 전자의 제목으로 발간되었다 — 에서, 그녀는 사실주의 전통의 리얼리티가 더 이상 유효하지 않음을 주장한다. 이 글에서 〈1910년 12월이나 그즈음에 인간이라는 존재의 성격이 달라졌다〉고 한 것은 자주 모더니즘의 선언처럼 인용되곤 하는 말이다.

이런 글들을 보면, 울프가 신문 잡지에 쓰는 글이 더 이상 서평이나 스케치에 머물지 않으며, 상당한 폭을 지니게 되었음을 알 수 있다. 그녀는 신문 잡지에 쓰는 글을 여전히 피치 못할 돈벌이요 소설 쓰기에 대한 방해로 여기면서도 『밤과 낮』을 탈고하던 1919년에는 45편, 즉 거의 매주 한 편을 썼고, 소설이 성공하면 서평을 안 써도 되리라고 기대했던 때도 있었지만 『댈러웨이 부인 Mrs Dalloway』(1925) 이후 소설이 성공한 다음에도 계속 썼다. 이런 기고문들은 다방면에서 그녀의 생각을 개진하는 중요한 언로가 되었던 것이다. 울프는 그 여러 종류의 글 중에서 고르고 다듬은 것을 『보통 독자』 1, 2권으로 펴내기도 했다.

『보통 독자』라는 제목은 울프가 이런 글들을 썼던 입장 내지 자세를 잘 보여 주는 말이다. 제1권의 서문으로 실은 「보통 독자」라는 글에서 그녀는 이 제목의 출처로 일찍이 새뮤얼 존슨이 했던 말을 인용하고:

나는 보통 독자와 의견이 일치할 때면 즐겁다. 왜냐하면 시의 가치에 대한 최종적인 평가는, 고도로 세련된 감수성이나 학문적 독단에 의해서가 아니라, 문학적 편견에 물들지 않은 독자의 상식에 의해 내려져야 하기 때문이다.

존슨 박사의 이 말이 보통 독자의 자질과 목표를 높이 사고〈많은 시간을 들이고도 딱히 이렇다 할 성과를 남기지 않는〉 보통 독자의 활동에 〈대가의 인정〉을 부여하는 것이라면서, 이를 발판 삼아 〈보통 독자〉라는 인물을 좀 더 구체적으로 묘사하고 있다.

보통 독자란 존슨 박사가 암시하듯이 비평가나 학자와는 다르다. 교육도 그렇게 잘 받지 못했으며 타고난 재능도 대단치 않다. 그는 지식을 전달하거나 다른 사람들의 의견을 교정하기 위해서가 아니라 자신의 즐거움을 위해 책을 읽는다. 무엇보다도 그는 자신이 만나는 어떤 잡동사니를 가지고든 본능적으로 일종의 전체를 창조하기에 이른다. 그것이 한 인간의 초상이든 한 시대에 대한 묘사이든 글쓰기에 대한 이론이든 간에 말이다. 그렇듯 그가 책을 읽으면서 부단히 만들어 내는 구조물은 허술하고 엉성할망정 애정과 웃음과 논쟁을 허락할 만한 진짜 물건처럼 보이기에 충분해서 일시적이나마 만족감을 준다. 그는 성급하고 부정확하고 피상적이라, 여기서는 이 시를 한 토막, 저기서는 낡은 가구 한 토막을 끌어다 쓰며, 그것이 자기 목적에 부합하고 자기 구조물을 완성하는 데 도움이 되는 한 자신이 그것을 어디에서 얻었는지 또는 본래 그것이 어떤 것인지도 개의치 않는다. 그러므로 비평가로서의 그의 결함은 너무나 명백하여 일일이 지적할 필요조차 없다. 그러나 존슨 박사의 주장대로, 보통 독자가 문학 작품의 가치를 평가하는 일에 적으나마 발언권을 갖는다고 한다면, 그 자체로서는 하찮을지언정 그토록 중요한 결과에 기여하는 약간의 사색과 의견을 적어 보는 것도 의의가 있는 일일 것이다.

〈보통 독자〉란 비평가나 학자와는 달리, 남을 가르치기 위해서가 아니라 〈자신의 즐거움을 위해〉 책을 읽는 사람이다.[6] 〈타고난 재능이 대단치 않다〉는 말은 그녀와 같은 다독가에 명민한 통찰력의 소유자에게는 지나친 겸양이겠지만, 〈교육을 (비평가나 학자만큼) 그렇게 잘 받지 못했다〉는 말은 정규 교육을 받지 못한 데 대한 자의식을 드러내 준다. 자신의 남성 가족들처럼 대학 교육을 받지 못했다는 사실은 그녀에게 평생 한이 되었지만 제도 교육으로부터 자유로울 수 있다는 자부심으로 작용하기도 했으니, 책의 저자로서 〈교육받지 못한 자〉를 자처하는 태도에서도 그 일단이 엿보인다.

그녀의 문학 관련 에세이 중에서 좀 더 원론에 가까운 글들을 엮기로 한 이 제2권은 그렇듯 그녀가 글쓰기의 출발점으로 삼았던 〈독자〉의 모습을 보여 줄 수 있는 글로 시작하기로 한다. 「서재에서 보낸 시간Hours at Library」(1916)은 그녀가 평

---

6 common reader는 〈일반 독자〉로도 옮길 수 있지만, 〈일반 독자〉라고 하면 어감상 〈대중〉의 느낌이 있어, 전문가가 아닌 그저 〈보통 수준의 독자〉라는 뜻인 〈보통 독자〉가 더 나을 것 같다.

생의 애독서로 간직했던 아버지 레슬리 스티븐의 서평집에서 제목을 가져온 글로, 어린 시절, 더 나아가 젊은 날 그녀 자신의 모습을 보여 주어 흥미롭다. 말하자면 아버지의 서재에서 보낸 시간이야말로 그녀의 출발점이요 평생의 밑천이 되었던 셈이니, 그 아버지의 독서 지침은 귀담아들어 볼 만하다.

문학이라는 아마도 좀 더 어려운 문제에 대해서도 마찬가지였다. 심지어 오늘날도, 열다섯 난 딸이 따로 검열하지 않은 서재를 마음대로 드나들도록 허락하는 것이 현명한 일인가에 대해 의심하는 부모가 있을 것이다. 하지만 내 아버지는 허락했다. 몇몇 사실에 대해, 그는 아주 간략하게, 아주 수줍게 언급하는 데 그쳤다. 하지만 〈읽고 싶은 것을 읽으라〉고 말해 주었고, 그 자신의 표현을 빌리자면 〈초라하고 무가치한〉, 하지만 분명 다양했던 그의 많은 책들을 허락받지 않고도 다 읽을 수 있었다. 좋아하는 책들을 좋아하니까 읽는다는 것, 실제로 좋아하지 않는 책들을 좋아하는 척하지 말아야 한다는 것 — 그것이 독서에 관한 그의 유일한 지침이었다. 자신이 말하고자 하는 바를 가능한 한 적은 말로, 가능한 한 명료하게 써야 한다는 것이 글쓰기에 관한 그의 유일한 지침이었듯이 말이다. 그 밖의 다른 것은 스스로 배워야 할 터였다.[7]

7 「레슬리 스티븐」, 1932년 11월 레슬리 스티븐 탄생 1백 주년을 기념하

그렇다면 자연스럽게 떠오르는 질문은 〈책은 어떻게 읽을 것인가?〉 하는 것이다. 울프는 바로 그 질문에 대한 강연을 했고, 강연 원고(1926)를 발전시킨 「책은 어떻게 읽을 것인가?How Should One Read a Book?」(1932)를 『보통 독자』제2권에 실었다. 애초의 강연 원고와 이 글은 같은 질문에 대한 같은 취지의 답변이지만 실제 문면은 전혀 다르다. 뒤로 갈수록 강연 원고에 없던 개별 작품의 인용이 많아져서 다소 읽기에 껄끄러울 수도 있을 나중 글을 번역한 것은(먼저 글에 대해서는 제3권 해설에서 다시 살펴보게 될 것이다) 그것이 울프의 최종 수정본이라는 사실 외에도, 그 서두가 실로 아버지의 딸다운 조언을 담고 있고:

정말이지 독서에 관해 한 사람이 다른 사람에게 줄 수 있는 유일한 조언은 아무 조언도 따르지 말고 자신의 본능에 따라, 자신의 이성을 사용하여, 자신의 결론에 이르라는 것뿐이다.

말미에는 널리 알려진 울프 특유의 위트가 나오기 때문이다.

나는 때로 꿈꾸었다. 심판이 날이 밝아와 위대한 정복

여 쓴 글(본서 제4권에 수록).

자들과 법률가들과 정치가들이 보상을 받을 때, 그들이 왕관과 월계관과 영원히 썩지 않을 대리석에 각인된 이름을 얻게 될 때, 하나님께서 우리가 책을 끼고 지나가는 것을 보시고는 베드로를 향해 부러움이 섞인 어조로 이렇게 말씀하시는 것을 말이다. 〈저들에게는 상이 필요 없어. 여기서 그들에게 더 줄 게 없어. 저들은 책 읽기를 사랑해 왔으니 말이야.〉

이어 울프가 지향했던 새로운 소설에 관한 글을 세 편 실었다. 앞서 언급했던 「현대 소설」과 「베넷 씨와 브라운 부인(소설의 인물)」이 소설이 재현하고자 하는 리얼리티에 대한 인식 변화를 다룬 글이라면, 한 편 더 고른 「시, 소설, 그리고 미래Poetry, Fiction and the Future」(1927)는 이전의 장르들로 담을 수 없는 현대성의 징후들을 담을 새로운 장르로서의 소설의 가능성을 전망한 글이다.

우리는 소설이라는 동일한 이름으로 변장을 하고 나타나는 다양한 책들을 위해 새로운 이름들을 발명해야 할 것이다. 이른바 소설 중에는 뭐라고 이름 붙여야 할지 알 수 없는 것도 생겨날 것이다. 물론 산문으로 쓰이기는 하겠지만, 시적인 특징들을 많이 지닌 산문이 될 것이다. 그것은 시처럼 고양된 무엇을 지니되 산문의 평범함도 많이 지닐 것이다. 극적이되 희곡은 아닐 터이니, 상연되는 대신 읽힐 것이다. 그것을 어떤 이름으로 부를지는 그리 중요한 문제가 아니다. 중요한 것은 이제 지평선 위로 떠오르기 시작한 이 책이 아마도 현재 시가 기피하는 듯한, 극 역시 환대하지 않는 듯한 감정들을 표현해 주리라는 것이다.

뒤이어 그녀가 전망한 소설의 다양한 양상들이 이후 한 세기가 지나는 동안 어떻게 실현되었는지 되짚어 보는 것은 흥미로운 일이 될 터이다.

「서평 쓰기Reviewing」(1939)는 서평가로서 울프가 느꼈던 문제점들을 희화화하면서 신간 서적에 대한 새로운 평가 방안을 제안한 글인데, 오늘날도 시사하는 바가 적지 않다. 어떤 의미로는 이미 암암리에 〈거터 앤드 스탬프〉 방식이 통용되고 있지 않은지, 정말로 작가와 독자 모두에게 도움이 되는 서평이란 어떤 것이라야 할지 생각해 볼 만하다.

이상과 같이 울프의 〈에세이〉에는 회고문, 강연 원고, 서평 내지 서평을 계제로 한 문학 담론 등이 모두 포함되며, 울프 자신이 그 모든 글을 통틀어 〈에세이〉라 불렀다는 것은 처음 『보통 독자』를 구상하던 1923년 여름의 일기를 보면 알 수 있다. 하지만 「에세이의 퇴락The Decay of Essay-Writing」(1905), 「현대 에세이Modern Essay」(1922) 등의 글에서 울프가 〈에세이〉라고 하는 것은 주로 개인적 에세이 personal essay를 말한다. 본서에 싣지는 못했지만 「에세이의 퇴락」에서 정의하듯 에세이란 〈대문자 I로 시작하여 나는 느낀다, 나는 생각한다, 로 이어지는 자기 본위적인 글〉, 그러면서도 〈물처럼 순수하고 포도주처럼 순수〉하여 오로지 〈즐거움을 위해〉 읽게 되는 글인 것이다. 「현대 에세이」에서 여러 에세이스트들에 관한 울프의 논평은 비록 그들의 글을 직접 읽지 않는다 해도 그녀가 생각한 좋은 에세이란 어떤 것인가를 짐작케 해준다.

울프가 많이 쓴 글로는 전기문도 있다. 만년에는 블룸즈버리 그룹의 일원이던 로저 프라이[8]의 전기를 집필하기도 했지만, 평소에도 울프는 역사 속에 잊혀 가는 인물들, 특이한 인물들에 대한 관심이 많아 그들에 관한 전기문을 많이 썼다. 「전기라는 예술The Art of Biography」(1939)은 리턴 스트레이치가 쓴 전기들을 출발점으로 하여 전기라는 장르의 특성을 논한 글이다. 전기는 엄정한 사실들에 기초해야 한다는 제약이 있으므로 허구 문학에서와 같은 상상력의 자유를 누리기 어렵고, 따라서 전기 작가는 예술가가 되기 어렵다. 하지만 인간적 삶의 진실은 과학적 사실과는 다르며, 삶을 바라보는 시각은 시대에 따라 변하기 마련이다. 그런 의미에서 전기 작가는 주어진 사실들 가운데서 〈거짓과 비

8 Roger Eliot Fry(1866~1934). 영국 화가, 미술 비평가.

현실성과 유명무실한 관습의 잔재를 탐지〉하며 새로운 진실로 나아갈 수 있을 것이다. 전기에 대한 이런 분석은 사실주의 소설의 한계를 깨고 새로운 리얼리티에 대한 〈비전〉에 도달하고자 했던 그녀의 모더니즘 소설론과도 일맥상통하는 데가 있다.

그 밖에도 일기, 편지 등 다양한 글쓰기에 대한 울프의 생각은 개별 작품론 곳곳에 흩어져 있는데, 이렇게 다양한 글을 다루는 울프의 솜씨는 —「서평 쓰기」에서 서평가의 일을 옷 수선 재봉사의 일에 비유하기도 하지만 — 과연 장인 craftsman의 그것이거니와, 「솜씨Craftsmanship」(1937)는 단순한 기호로 환원되지 않는, 살아 있는 언어의 특질에 관한 고찰을 담고 있다. BBC 방송의 한 프로그램에서 내보낸 이 담화의 녹음은 울프의 육성으로 유일하게 남아 있는 것이기도 하다. 나아가, 「후원자와 크로커스The Patron and the Crocus」(1924)는 글의 생산자뿐 아니라 소비자 — 한 송이 크로커스로 비유되는바 진실한 작품을 맞이할 후원자가 갖추어야 할 자질에 관해 말하고 있다. 또는, 여기에는 싣지 않았지만, 「오늘의 예술은 왜 정치를 따르는가Why Art Today Follows Politics」(1936) 같은 글에서처럼, 울프의 관심사는 비단 글쓰기에 그치지 않고 언어의 특질, 문학 작품의 수용, 예술과 정치 등으로 범위를 넓혀 가는 것을 볼 수 있다.

특히 세상을 떠나기 1년 전에 쓴 「기우는 탑The Leaning

Tower」(1940)은 문학과 계층, 시대 변화 등을 아우르며 자기 시대의 문학을 평가한 글로, 문학사적인 식견과 시대적 자각을 보여 주는 중요한 글이다. 이전 시대의 작가들이 교육받은 계층이라는 상아탑에 머물렀다면, 자기 시대의 작가들은 세계 대전과 혁명이라는 크나큰 변혁을 치르며 점차 기울어 가는 탑에 갇힌 자로서의 고뇌를 표현하고 있다는 것으로, 울프 자신은 누구보다 그 사탑(斜塔) 작가들을 가까이에서 알고 지냈으면서도 그녀 자신은 ─ 교육받은 계층이 아니라 〈교육받은 남자의 딸〉일 뿐이었으니까 ─ 그들에게 거리를 두며 객관적인 위치에서 사태를 조망한다. 그리고 문학이야말로 옛 세계와 새로운 세계 사이의 가교가 될 수 있다고, 문학은 만인의 것임을 주장한다.

문학은 그 누구의 사유지도 아닙니다. 문학은 공유지입니다. 거기에는 국경도 전쟁도 없습니다. 우리는 두려움 없이 자유롭게 걸어 들어가, 자기 길을 스스로 발견합시다. 그럴 때에, 영국 문학은 이번 전쟁에서 살아남아 구렁을 건널 것입니다. 우리 같은 평민이요 아웃사이더들이 그 나라를 우리 자신의 나라로 만든다면, 책을 읽고 쓰는 법을, 어떻게 보존하고 어떻게 창조할지를 스스로 배울 때 말입니다.

누구나 글을 쓰고 책을 낼 수 있다는 생각은 이 선집의 제
1권에 소개한 「여성 노동자 조합의 추억Memories of a
Working Women's Guild」(1930) 말미에서도 시사된 바 있
지만, BBC 방송에서 진행한 남편 레너드 울프와의 대담 「너
무 많은 책이 쓰이고 또 나오는 게 아닐까?Are Too Many
Books Written and Published?」(1927)에서도 확인된다. 〈교
육받은 남자〉인 레너드는 아무나 책을 쓴다고 불만을 토로
하는 반면, 아웃사이더를 자처하는 울프는 왜 그러면 안 되
는가? 하고 반문하며 문학은 공유지임을 강변하는 것이다.
정규 교육을 받지 못했지만, 그래서 오히려 제도권으로부터
자유로운 시각을 누리는 당당함이 있다. 이쯤 되고 보면 그
녀는 대학 교육을 받지 못한 것이 오히려 다행이라 해야 하
지 않겠는가? 그녀는 자신이 열어 갈 길에 대해 이렇게 말한
바 있다.

　　나는 〈유명〉해지거나 〈위대〉해지지는 않을 것이다. 나
　는 계속 탐험하고, 변화하고, 마음과 눈을 열고, 규정당하
　거나 정형화되기를 거부할 것이다. 중요한 것은 자기 자
　신을 자유롭게 풀어 주는 것, 아무것에도 방해받지 않고
　자기 세계의 크기를 발견하게 하는 것이다.[9]

9　1933년 10월 19일 일기.

옮긴이 최애리 서울대 인문대학 및 동 대학원에서 프랑스 문학을 공부했고, 중세 문학 연구로 박사 학위를 받았다. 크레티앵 드 트루아의 『그라알 이야기』, 크리스틴 드 피장의 『여성들의 도시』 등 중세 작품들과 자크 르 고프의 『연옥의 탄생』, 슐람미스 샤하르의 『제4신분, 중세 여성의 역사』 등 중세사 관련 서적, 기타 여러 분야의 책을 번역했다. 버지니아 울프의 작품으로는 『댈러웨이 부인』, 『등대로』, 『밤과 낮』을 번역했다. 서양 여성 인물 탐구 『길 밖에서』, 『길을 찾아』를 집필했고, 그리스도교 신앙시 100선 『합창』을 펴냈다.

버지니아 울프 산문선 2

문학은 공유지입니다

발행일 **2022년 6월 10일 초판 1쇄**

지은이 **버지니아 울프**
옮긴이 **최애리**
발행인 **홍예빈 · 홍유진**
발행처 **주식회사 열린책들**

경기도 파주시 문발로 253 파주출판도시
전화 **031-955-4000** 팩스 **031-955-4004**
www.openbooks.co.kr

Copyright (C) 주식회사 열린책들, 2022, *Printed in Korea.*
ISBN 978-89-329-2258-4 04840
ISBN 978-89-329-2256-0 (세트)